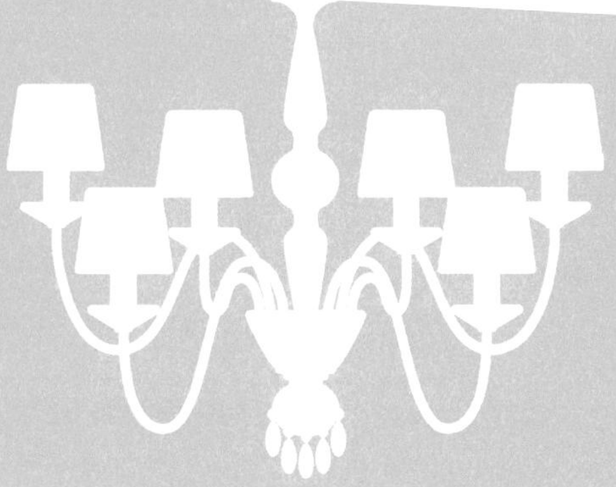

Franz Bartelt

DAS HOCHZEITSGESCHENK

Weitere Titel des Autors:

Paradiesische Aussichten

Titel in der Regel auch als Hörbuch und E-Book erhältlich

Franz Bartelt

DAS HOCHZEITS-
GESCHENK

Roman

Übersetzung aus dem Französischen
von Ulrike Werner

Lübbe

MIX
Papier aus verantwortungsvollen Quellen
FSC® C083411
FSC
www.fsc.org

Dieser Titel ist auch als E-Book erschienen

Titel der französischen Originalausgabe:
»Le fémur de Rimbaud«

Textredaktion: Marion Labonte, Wachtberg
Umschlaggestaltung: FAVORITBUERO, München
Umschlagmotive © shutterstock: art designer | kstudija | Leremy | Ela Kwasniewski | EV-DA | Pushkin
Satz: Dörlemann Satz, Lemförde
Gesetzt aus der FF Celeste Regular
Druck und Einband: CPI books GmbH, Leck – Germany

Printed in Germany
ISBN 978-3-7857-2546-7

5 4 3 2 1

Sie finden uns im Internet unter: www.luebbe.de
Bitte beachten Sie auch: www.lesejury.de

»Das ist gelogen, bei meinem Oberschenkel!
... ich habe deren zwei, verbogen und geprägt!
Bei meinem Oberschenkel! Bei meinem
Oberschenkel! Bei meinem Oberschenkel!
Er ist es doch, den ich seit vierzig Jahren an der Kante
meines geliebten Stuhls verbiege ...«

Arthur Rimbaud

1

Ich möchte die Karten gleich auf den Tisch legen: Ich bin nicht irgendwer und war es auch nie. Ich bin ein Einzelgänger, aber kontaktfreudig. Wortkarg, aber redegewandt. Intelligent, aber nicht überheblich. Ich sehe gut aus – was wahr ist, muss wahr bleiben –, bin aber keineswegs geckenhaft eitel.

Wenn ich gewollt hätte, hätte ich Ingenieur werden können, Zahlen waren schon immer mein Ding. Oder Schauspieler in Monumentalfilmen. Ich verfüge nicht nur über das entsprechende Äußere, sondern bin durch meinen Nachnamen sozusagen prädestiniert. Dazu später mehr. Zunächst jedoch möchte ich versuchen, diesen Bericht ohne allzu große Ausschweifungen zu beginnen.

Da ich mit einer tiefen, klaren Stimme gesegnet bin, die jeden bezaubert, der meine Stimmübungen verfolgt, liebäugelte ich eine Zeit lang mit einer Karriere als Sänger. Ich habe übrigens schon vor Jahren Schallplatten verkauft, was bereits ein Vorzeichen war, um nicht zu sagen ein Symptom.

Um ehrlich zu sein, war ich in allen Dingen begabt. Es war fast schon zu viel. Gab man mir Ton in die Hand, verwandelte ich ihn in eine Kugel oder in eine Büste des Papstes – je nach Aufgabenstellung. Das Resultat war immer gleich: herausragend. Mit einem Pinsel und einer Farbpalette hätte ich Picasso mit ziemlicher Sicherheit in seinem Fachgebiet geschlagen, doch niemand hat mir je eine Malerausrüstung geschenkt, weshalb ich meine Fähigkeiten in diesem Bereich nie unter Beweis stellen konnte. Ein wahrer Verlust für die Kunstgeschichte!

Tatsächlich wurde mir eher beiläufig klar, welch großartiger Maler in mir steckte, als der Zufall des Lebens mir Arbeit bei einem Konditor bescherte. Ich beschriftete Torten für Geburtstage, Erstkommunionen, Hochzeiten oder Abschiedsfeiern. In dieser Disziplin war ich stark. Zur Dekoration fabrizierte ich Engel aus Sahne, Rosen aus Zucker, bearbeitete sämtliche klassischen Themenfelder, so allegorisch sie auch sein mochten – einmal sogar Vogelfüße aus Schokolade, zum zwanzigjährigen Bestehen der Ornithologischen Gesellschaft der Ardennen. Ein absolutes Meisterwerk. Und Anlass schieren Glückstaumels bei den Tierfreunden.

Es liegt jedoch in der Natur der Konditorei – wer könnte es ihr verdenken –, der Kreativität des Künstlers Grenzen zu setzen. Ich möchte dieses wunderbare, sehr nützliche und in seinen Werken oft herzergreifende Handwerk beileibe nicht verunglimpfen, aber in der Zuckerbäckerei muss der Künstler seine Fähigkeiten beschränken. Er kann sich nicht voll und ganz entfalten und vergeudet sein Talent. Das muss man wissen.

Irgendwann, eines Sommers, betätigte ich mich auf den Terrassen der Bistros als Trommler. Und ich verkaufte Osterglocken und Postkarten auf Märkten. Später handelte ich mit Werkzeug. Gleichzeitig entwarf ich in meinem Kopf Haute-Couture-Kleider, schrieb Drehbücher für amerikanische Filme und komponierte zeitgenössische Symphonien. Das alles war in mir, schon seit eh und je. Ich bin ein erfinderischer Geist und hätte mir alles aufschreiben sollen. Doch genug davon. Ich könnte viele Stunden oder gar tagelang über meine Begabungen sprechen und genieße es, über mein keineswegs alltägliches Leben zu berichten. Im Übrigen heiße ich Monroe. Genau wie Marilyn. Und man ruft mich Majésu. Majésu Monroe. Ein Name, den keinesfalls irgendein Dahergelaufener trägt.

In jenem Jahr führte ich einen kleinen Raritätenladen. Natürlich ausschließlich Qualitätsware, keinen verstaubten Tand. Nur Originale für kundige Liebhaber. So konnte man bei mir zum Beispiel ein Taschentuch erwerben, das aus dem heiligen Grabtuch von Turin geschnitten war und dessen Echtheit von frommen Italienern bestätigt wurde.

Meine wundervollen Exponate stellten den Sammler vor die Qual der Wahl. Unter anderem führte ich eine Socke von Arthur Rimbaud, mit einem Loch am großen Zeh (das Loch stammte von Arthur, die Socke von seiner Mutter), außerdem einen Knochen aus der Hand Napoleons, ein (hermetisch verschlossenes) Reagenzglas mit Syphilisviren von Alfred de Musset sowie ein (ebenfalls abgedichtetes) Glas mit dreihundert Jahre alten, ausgezeichnet konservierten englischen Filzläusen.

Mit besonderem Stolz erfüllte mich der Erwerb des Verdauungstraktes von Pantagruel. Leider musste ich mich von ihm trennen, als die Versicherung für den Lieferwagen fällig wurde.

In meinem Katalog fanden sich achthundert Raritäten, die zumeist einen solch großen Seltenheitswert besaßen, dass sie durchaus als Unikate bezeichnet werden konnten. Und dabei spreche ich nicht einmal von den Reliquien, meinen Wunderpulvern, den Eiern des Kolumbus in auskristallisiertem Schweinefett oder dem

Porträt von Jesus Christus, mit Bleistift von einem römischen Offizier gezeichnet, der ihn seinerzeit jeden Tag zu Gesicht bekommen hatte. Aber von meinem Geschäft werde ich später erzählen. Eins nach dem anderen.

Man kann sagen, was man will, aber es ist als Einstieg immer gut, mit dem Anfang zu starten. Alles begann an einem Markttag in Larcheville. Vor meiner Auslage schlenderte seit zwei oder drei Minuten eine Frau hin und her. Eigentlich recht hübsch. Blond, ein wenig knochig, magere Schultern, kleine Brüste und kleiner Hintern. Ungeachtet der Wärme trug sie die in den Ardennen übliche obligate Strickjacke. Als sie auftauchte, war ich gerade in die *Deontologie des Reifenschlauchs* vertieft, eine komplizierte Kosmogonie, die ich am Tag zuvor auf einem Flohmarkt entdeckt hatte. Die Kundin schien sich für einen Ring zu interessieren.

»Er ist schön«, erklärte ich. »Er gehörte der Schwester von Rasputin.«

»Der Schwester von Rasputin?«

»Dem Nesthäkchen. Rasputin hatte, wie Sie sicher wissen, zwei Schwestern. Eine jüngere und eine ältere, die sich beide irgendwann aus dem Staub machten. Der Ring der älteren wurde 1917 oder etwas später von den Revolutionären konfisziert – auf den Tag genau weiß ich es nicht. Dieser Ring hier ist authentisch und historisch, und ich würde ihn nicht verkaufen, wenn ich nicht über die entsprechenden Zertifikate verfügte. Verfasst im Russisch der damaligen Zeit. Für dreißig europäische Piepen gehört der Ring Ihnen. Sie müssen zugeben, dass der Preis für einen Gegenstand dieser Güte nicht übertrieben ist.«

»In der Tat. Etwas Altes zum Preis von etwas Neuem.«

»Möchten Sie ihn anprobieren? Ich bin sicher, dass er Ihnen wie angegossen passt. Und er trifft genau Ihren Stil. Was arbeiten Sie?«

Sie erklärte, Gesellschaftsdame zu sein. Tatsächlich spielte sie drei- oder viermal in der Woche im Café oder zu Hause Karten mit alten Leuten, aber das erfuhr ich erst ein paar Tage später. Der Ring stand ihr wirklich gut. Als gewiefter Händler sparte ich nicht mit bewunderndem Lob.

»Welch schöne Hand er Ihnen macht, Madame!«

»Finden Sie?«, fragte sie mit fast leiser Stimme.

»Die Hand einer Prinzessin, Madame! Ihre Hand sieht aus wie die einer Prinzessin! Dieser Ring ist für Sie bestimmt. Er hat auf Sie gewartet. Er hat ganz allein auf Sie gewartet!«

Meinen schwungvollen Äußerungen zum Trotz schien sie zu zögern, zu zweifeln und zu überlegen. Sie hielt ihre Hand ins Licht, begutachtete das Schmuckstück, krümmte die Finger und streckte sie wieder.

»Er schmeichelt Ihrer Hand, Madame. Und Sie sind die einzige Frau auf der ganzen Welt, die diesen Ring trägt. Die wahrhaft Einzige. Vertrauen Sie mir.«

»Er gefällt mir. Aber es wäre närrisch. Dreißig Piepen sind immerhin eine Menge Geld.«

»Ich könnte Ihnen Rabatt gewähren. Einen Preisnachlass.«

»Ratenzahlung wäre mir lieber«, sagte sie und senkte den Blick wie eine ärmliche Frau, die sich schämt, ihre Mittellosigkeit zuzugeben.

Großzügig, wie ich nun einmal bin, außerdem durchdrungen von wahrem Humanismus und philanthropischen Überzeugungen, haben mich notleidende Frauen schon immer betroffen gemacht. Ich neige zu Mitleid und gebe jeder Schwäche und selbst dem ruinösesten Mitgefühl nach. Die Frau gefiel mir. Vor allem körperlich. Sie verwirrte mich. Ich fühlte mich zu ihr hingezogen.

»Sie sind arm. Das ist es also«, sagte ich und setzte einen Gesichtsausdruck auf, der zu diesen Worten passte.

»Das ist es nicht«, widersprach sie. »Es ist nur gerade ein wenig schwierig. Eine kurzfristige Durststrecke.«

»Aber da haben Sie ja noch Glück! Stellen Sie sich vor, es wäre eine Hunger- und eine Durststrecke. Das wäre wahre Not.«

»Nun, so weit ist es noch nicht ...«

»Der Ring wird Ihnen Glück bringen, Madame. Er hat sogar schon damit angefangen, denn ich bin bereit, ihn Ihnen in drei Raten zu überlassen, und zwar ohne zusätzliche Kosten.«

»Sechs Raten wären nicht möglich?«

Wir wurden uns einig. Ich notierte ihren Namen, ihre Adresse und ihre Telefonnummer. Sie hieß Noème. Nicht etwa Noémie. Ich schreibe es richtig. Noème. Ich wusste nicht, dass es Frauen gibt, die Noème heißen. Noème Parker, 35 Rue du Yactus, dritter Stock, gleich gegenüber der Treppe. Allein das ist eine Geschichte.

In jener Zeit verfügte ich über ein wenig Kapital. Kurz nacheinander hatte ich die Zahnstocher von Landru, das Bleilot eines Kathedralenerbauers, den Metallabguss eines Louisdor, der einst dem Großneffen von Henri IV. gehört hatte, sowie die Originalausgabe eines Werkes von Jean-Paul Bourrez verkauft. Das Buch mit dem Titel *Durch die Flasche gesehen* ist berühmt dafür, das in Bibliophilenkreisen am seltensten nachgefragte Werk zu sein. Es wäre übertrieben zu behaupten, ich hätte die Ta schen voller Geld gehabt, aber ich verfügte über einen bescheidenen Wohlstand und ließ es mir daher nicht nehmen, Noème an jenem Abend auf ein Glas ins Café des Arcades einzuladen. Sie sah keinen Grund, die Einladung eines Händlers abzulehnen, der ihr Ratenzahlung gewährte.

»Sobald ich meine Ware eingepackt habe, werde ich mich ganz und gar Ihnen widmen. Sehen Sie, der Ring wirkt bereits. Mögen Sie Bier?«

Sie mochte alles Trinkbare. Im Beisammensein mit den alten Herrschaften, denen sie Gesellschaft leistete, hatte sie sich an die unterschiedlichsten Getränke gewöhnt, die in den Bistros serviert wurden – angefangen vom Viertel Rotwein bis hin zum Boquebier. (Ich schreibe immer »Boque« anstatt »Bock«. Das ist meine ganz persönliche Orthografie. Es gibt Dinge, die ich nicht gern mit Akademikern teile.)

Was sich im Café des Arcades abspielte, kann ich heute kaum noch wiedergeben. Vermutlich müsste ich beschreiben, wie die Liebe wie eine Naturgewalt über uns hereinbrach. Jedenfalls floss das Bier während unseres Gesprächs in Strömen. Noème war eine Frau, die nichts zu verbergen hatte. Sie berichtete von ihrem unglücklichen Leben mit einem Straßenkünstler irgendwo in der Vorstadt, einem Typen, der Pennern auf der Walz die Menschenrechte predigte und abends seine eigenen Rechte einforderte, indem er über seine Tussi rutschte, ehe er sich an den gedeckten Tisch setzte. Aber so sind Männer nun einmal, auch wenn es den meisten Frauen nicht unbedingt gefällt.

»Ich kann durchaus verstehen, dass seine Nerven blank lagen«, erklärte Noème. »Schließlich ist es kein

Vergnügen, den ganzen Tag lang irgendwelche Wilden zur Raison bringen zu wollen. Trotzdem habe ich ihn verlassen. Er entsprach so gar nicht dem Bild, das ich mir von der Liebe mache.«

»Und welches Bild machen Sie sich von der Liebe?«, fragte ich sie.

Sie wandte den Blick zur Zimmerdecke, wo es offensichtlich nichts zu sehen gab, denn ihr Blick kehrte umgehend zu mir zurück. Mir ist bewusst, dass ich ein durchaus ansehnlicher Zeitgenosse bin.

»Meine Vorstellung von der Liebe«, sagte sie, »hat viel mit Romantik zu tun. Und mit einem Helden, der weiß, was er tut. Einem Mann, der seine Frau beschützt. Jemandem, der zwei starke Arme und ein Gehirn besitzt und der sich immer und jederzeit Respekt zu verschaffen weiß. Auch nach fünfzehn Anisettes noch.«

»Ich möchte nicht aufdringlich sein«, erklärte ich, »aber ich bin der Mann, den Sie suchen.«

»Wie bitte?«

»Der Mann, den Sie suchen. Ich entspreche in allen Punkten den Anforderungen Ihres Profils. Zwar meide ich Anisette, weil es ein Produkt der Mittelmeerregion ist, aber vierzig Bier sind eine meiner leichtesten Übungen. Jeder der hier Anwesenden kann bezeugen, dass ich bis zum letzten Tropfen völlig klar bleibe. Ich bin ein Wunderknabe, eine Naturgewalt, angesiedelt irgendwo zwischen Byron, Victor Hugo und Paul Verlaine. Ich möchte mich nicht loben, aber die Liste meiner Heldentaten ist schier endlos. Und wenn ich noch eins draufsetzen darf: Ich habe mich in meinem ganzen Leben noch nicht ein einziges Mal übergeben. Was ich trinke, läuft einfach durch. Und ich bleibe korrekt.«

Schlagartig wurde ihr bewusst, dass ich etwas ganz

Besonderes war. Mit tellergroßen Augen starrte sie mich an, den Mund weit aufgerissen. Was den Bierkonsum betraf, so stand sie mir in keiner Weise nach. Ich gab einen von Lebensart geprägten Rhythmus vor, denn üblicherweise passte ich meinen Genuss den Gepflogenheiten der Gastfreundschaft an. Wenn ich mit einer Dame zusammen bin, missbrauche ich meine Stärke auch dann nicht, wenn der Durst mich plagt. Es ist meine Art, mich galant zu zeigen – eine Tugend, die heutzutage immer mehr in Vergessenheit gerät.

Wir waren so guter Stimmung und verstanden uns so wunderbar, dass wir uns noch nicht trennen wollten. Also gingen wir in die Rue Jean-Jaurès und gönnten uns eine Pizza mit vier Käsesorten. Ich bezahlte. So war es abgemacht. Ich fühlte mich in Höchstform und zeigte es auch. Ich erzählte ihr alles, mein gesamtes Leben, alle Einzelheiten. Ich berichtete von meinen Großtaten, meinen Eroberungen, meinen erstaunlichen Begabungen und meinen Abenteuern.

»Sie sind unglaublich«, wiederholte sie zwischen zwei Stücken Pizza.

»Das ist wohl der richtige Ausdruck«, bestätigte ich. »Aber so bin ich geboren. Was ich mit meinen Händen auch anfasse – es wird etwas daraus. Das Gleiche gilt für mein Gehirn und meine Sinnlichkeit. Ich bin gleichzeitig Künstler, Wissenschaftler und Mystiker – kurz, ein absolut vollständiger Mensch.«

»Ein Genie«, fügte sie hinzu.

»So weit würde ich vielleicht nicht gehen. Zumindest würde ich es nicht selbst von mir behaupten. Von Ihrer Seite akzeptiere ich diese Beurteilung natürlich, die im Übrigen meiner eigenen Überzeugung und damit der Realität entspricht. Allerdings umfasst sie nur einen geringen Teil meiner Persönlichkeit. Wissen Sie, Genialität erweist sich meist als neurotisch. Ich jedoch maße mir an, normal zu sein.«

Nicht, dass ich versuchte, sie zu beeindrucken. Absolut nicht. Die in meinem Herzen keimende Liebe sorgte lediglich dafür, dass ich jede sich mir bietende Chance wahrnahm. Ich war verrückt nach ihr und wollte, dass sie ebenso verrückt nach mir war. Dieser Wunsch nach Gegenseitigkeit ist nur allzu menschlich. Als guter Demokrat ließ ich sie von Zeit zu Zeit auch etwas sagen. Sie vertraute mir ihre Not, ihre Enttäuschungen und ihre Hoffnungen an. Sie war eine Tochter aus vermögendem Haus. Ihr Vater besaß florierende Unternehmen in Frankreich, Belgien und Luxemburg. Ihre Mutter war depressiv.

»Aber sie zwingt sich dazu«, sagte Noème. »Ab einer gewissen Einkommenshöhe verspüren Damen des Bürgertums in kleinen Provinzstädten das Bedürfnis, sich analysieren zu lassen. Es ist eine Frage des Lebensstandards. Meine Mutter hat mindestens zehn Spezialisten der Freud'schen Schule verschlissen. Allesamt echte Kapazitäten, die meist auf schnelles Geld aus sind und ihre Beute normalerweise nicht so schnell wieder ziehen lassen. Sogar Schlafkuren hat meine Mutter gemacht. Ihrer Ansicht nach muss man sich, wenn man reich ist, das wahrhaft Überflüssige gönnen. Das, was ihr schon seit Kindertagen am wenigsten gefehlt hat, ist Schlaf. Ich habe sie nie vor elf Uhr vormittags aufstehen sehen. Trotzdem gönnt sie sich seit zehn Jahren einmal jährlich eine Schlafkur. Es ist eine wahre Verschwendung, und das macht sie glücklich.«

Als verträumte Idealistin hatte Noème schon immer mit dieser Überflussgesellschaft brechen wollen. In der

Schule begann ihr Widerstand damit, dass sie sich weigerte, auf die Fragen der Lehrer zu antworten. Ganz offen strafte sie solch gewagte Anforderungen wie den Satz des Thales oder grammatikalisch komplizierte Pluralbildungen mit Missachtung. Jahrelang bekundete sie unnachgiebig ihren Hass auf Racines Andromache, die für sie nichts weiter als eine Puffmutter darstellte. Dem muss ich übrigens beipflichten. Und irgendwann trat Noème sogar in die Kommunistische Partei ein.

»In die Kommunistische Partei Frankreichs!«, rief ich. »Sie imponieren mir!«

»In der Tat, in die Kommunistische Partei Frankreichs. Es waren übrigens die Genossen, die mich in das gut gehütete Geheimnis der Anisette einweihten – genauer gesagt ein paar Eisenbahner, die mit mir auf Stalins Gedächtnis anstießen. Jungs von echtem Schrot und Korn. Männer aus Stahl. Mit ihnen bin ich zweimal nach Paris zu Demos gefahren. Als ihre Marketenderin. Was bedeutete, dass ich für den Proviant zuständig war. Vor allem für den flüssigen. Auf der Straße skandierten wir irgendwelchen Blödsinn, an den außer mir niemand wirklich glaubte. Die Jungs sahen gut aus, aber mehr war da nicht. Nach einem Jahr wurde mir endlich klar, dass selbst die lautesten Schreihälse keineswegs die Absicht hatten, alle Reichen aufzuhängen. Ich hingegen hatte davon geträumt, Unternehmern die Augen auszukratzen, Bischöfen die Eier abzuschneiden und reiche Dämchen von linken Hunden vergewaltigen zu lassen. Das Programm der Kommunisten wirkt so schillernd, dass naive Menschen dafür gern in die Partei eintreten und ihren Monatsbeitrag leisten. Ist man aber einmal dabei, Genosse, dann heißt es aufgepasst: Kein Großaktionär wird angeschwärzt, keinem Magnaten wird ein

Härchen gekrümmt, und selbst Privatbesitz bleibt unangetastet. Den Kommunisten sind Erdöl und Weizen ebenso heilig wie das imperative Mandat. Unter solchen Umständen verliert das Fußvolk seine Illusionen. Inzwischen fühle ich mich ziemlich ernüchtert. Ich glaube an gar nichts mehr.«

An diesem Punkt breitete sich Schweigen zwischen uns aus. Ich spürte, dass die Entscheidung bevorstand. Mit leisem Seufzen legte ich die Karten endgültig auf den Tisch.

»Ich verstehe«, erklärte ich, einer plötzlichen Inspiration folgend. »Ich verstehe Sie sehr gut, Noème. Es gibt Dinge, die ich Ihnen nicht sagen kann, aber glauben Sie mir, bitte glauben Sie mir – noch ist nicht alle Hoffnung verloren.«

Das, was ich ihr mehr oder weniger widerstrebend über dem leeren Teller gestand, ließ sie aufhorchen. Interessiert blickte sie mich an.

»Was wollen Sie damit ausdrücken, Majésu?«

Es war das erste Mal, dass sie mich beim Vornamen nannte. Ich schmolz dahin. Ich gehörte ihr. Sie verfügte über meinen Körper, meine Seele und mein Leben. Von nun an würde ich ihr nichts mehr abschlagen können.

Sie blieb hartnäckig. »Was wollen Sie damit ausdrücken, Majésu?«

»Ich kann es Ihnen nicht sagen, Noème. Wissen Sie, es gibt Dinge, die man besser für sich behält.«

»Sagen Sie es mir. Ich flehe Sie an.«

»Es ist viel zu schwerwiegend. Trotzdem sollen Sie wissen, dass es Menschen gibt, die im Schatten arbeiten. Es gibt sie. Im Schatten.«

»Bitte ein wenig genauer, Majésu. Was reden Sie da von Schatten? Was wollen Sie mir damit sagen?«

»Es ist ein Geheimnis, Noème. Drängen Sie mich nicht. Es ist wie Dynamit. Akute Lebensgefahr!«

»So schlimm?«

Schlimm! Welch lächerliches Wort. Es war viel schlimmer als schlimm. Allein der Gedanke daran ließ meine Gesichtsmuskeln entgleisen.

Noème hatte mir das Entsetzen offensichtlich am Gesicht abgelesen, denn sie leerte ihr Glas in einem einzigen Zug. Ich glaube gar, dass sie ein wenig zitterte. Sie schüttelte den Kopf und wand sich auf ihrem Stuhl. Als Nächstes würde sie sich auf die Papiertischdecke übergeben, fürchtete ich.

»So beruhigen Sie sich doch, Noème«, bat ich sie.

»Sie beginnen etwas, ohne es zu Ende zu bringen«, warf sie mir vor. »Das ist nicht fair.«

Mit sehr leiser Stimme erklärte ich ihr, dass es mehr als unvorsichtig wäre, jemandem ein solches Geheimnis an einem öffentlichen Ort anzuvertrauen, wo es überall Ohren, Kameras, böswillige Menschen und Polizisten in Zivil gäbe.

»Die gibt es tatsächlich, da haben Sie recht«, räumte sie ein. »Die Bullen sind wirklich überall. Der Franzose an sich ist eine Seele mit einer Uniformmütze. Er liebt die Ordnung. Ich bin überzeugt, dass zwei Drittel der Tische in diesem Restaurant mit Polizisten oder Möchtegern-Bullen besetzt sind.«

»Sie mögen auch keine Polizisten? Dann müssten wir beide uns doch gut verstehen, oder?«

Aber sie wollte immer noch mein Geheimnis wissen. Ich spürte, dass sie zu allem Möglichen bereit war, wenn nur ihre Neugier befriedigt würde. Meine Strategie funktionierte. Sofort setzte ich nach.

»Ich bewohne ein abhörsicheres Zimmer«, flüsterte

ich ihr zu. »Dort ist man gegen jede Art von indiskreten Lauschern geschützt. Außerdem habe ich Bier im Kühlschrank. Genau genommen handelt es sich um den perfekten Ort für die Fortsetzung unseres Gesprächs. Es liegt an Ihnen, sich zu entscheiden.«

»Verraten Sie mir dann Ihr Geheimnis?«

»Sagen wir mal, dass wir zumindest ernsthaft darüber sprechen könnten.«

Und so kam sie mit zu mir.

2

Meine Wohnung sieht zwar nicht besonders einladend aus, aber man sollte nie nach Äußerlichkeiten urteilen. Sie hat Klasse. Außerdem ist sie zentral gelegen – weniger als fünf Minuten von der Grand-Place entfernt. Ein Fenster geht zum offiziellen Denkmal für die Gefallenen hinaus, das Schlafzimmer hingegen liegt zum Hof und ist garantiert ruhig. Alle anderen an den Hof grenzenden Wohnungen gelten als unbewohnbar und wurden von der Stadt geräumt, daher ist es ausgesprochen friedlich. Geblieben ist nur ein bulgarisches Homosexuellen-Pärchen. Sie sind die Besitzer des Mietshauses und haben geschworen, bis zu ihrem letzten Atemzug dort wohnen zu bleiben. Von ihnen habe ich die Bruchbude gemietet, in der ich wohne und meine einzigartige Ware in sechs hintereinander liegenden Zimmern mit geometrisch gemustertem PVC-Boden lagere. Außerdem verfügt die Wohnung über ein altmodisches Bad sowie eine geräumige, nach Süden ausgerichtete Küche, und der Strom liegt hinter Wandschränken – was will man mehr!

»Bitte schenken Sie der Unordnung keine Beachtung, Noème«, warnte ich. »Sie können sich sicher vorstellen, wie das ist: Ein Antiquitätenhändler sammelt viel, und das führt zu Durcheinander.«

»Bei Ihnen herrscht tatsächlich ein gewisses Tohuwabohu«, nörgelte sie.

Mithilfe von Fußtritten schlugen wir eine Schneise

durch das Wirrwarr aus Kartons. Ich erklärte ihr, dass die Anhäufung von Kisten im Falle einer Invasion den Feind aufhalten sollte.

»Fürchten Sie denn etwas in der Art?«, fragte sie.

»In der heutigen Zeit und in unserer Gesellschaft muss man immer auf der Hut sein. Es ist zwar traurig, aber diese Welt steht unabhängigen, möglicherweise leicht anarchistischen Freigeistern im Rimbaud'schen Sinn ausgesprochen böswillig gegenüber – wenn Sie wissen, was ich meine.«

Zum Zeichen, dass ich kein Geizhals bin, nahm ich zwölf Flaschen Bier aus dem Kühlschrank und versicherte ihr, meine Munition damit noch nicht verschossen zu haben. Daraufhin erkundigte sie sich:

»Sind Sie Alkoholiker?«

Ich versicherte ihr, dass dies nicht zutraf.

»Ich schon«, verkündete sie nicht ohne einen gewissen Stolz.

Ich glaube, ich hatte es bereits bemerkt. Im Café des Arcades und anschließend in der Pizzeria hatte sie recht tief ins Glas geschaut. Aber für jemanden wie mich, der alles über das Leben weiß, ist so etwas kein nennenswerter Makel. Wie auch immer man darüber denken mag: Durst vermag viele Dinge zu erklären. Ich will nicht verschweigen, dass auch ich eine gewisse Tendenz zeige. Aber es gibt Tage, an denen ich nichts trinke. Und wenn ich trinke, dann öffentlich. Das ist es, was mich von einem Alkoholiker unterscheidet, der jeden Tag und dazu noch oft im Verborgenen trinkt.

Ich füllte Ein-Liter-Maßkrüge. Ein Liter ist genau die Dosis, die bewirkt, dass man die unmittelbare Zukunft heiter in Angriff nehmen kann. Die Nacht war noch jung. Wir kuschelten uns auf die Couch. Nicht auf irgendeine Couch. Es handelte sich um ein Einzelstück, den Stolz der Erben Darwins. Als ich sie halb verschüttet auf der städtischen Müllkippe fand, recherchierte ich einer Eingebung folgend sofort ihre Herkunft, erfasste die Tragweite ihrer historischen Bedeutung und beschloss, sie zu retten. Dieses Möbelstück ist so wertvoll, dass ich darauf verzichtete, es wieder auf den Markt zu bringen.

»Wie ist das nun mit diesem Geheimnis?«, begann Noème.

Wir hatten Zeit. Zunächst befeuchteten wir unsere Kehlen, rauchten eine Zigarette und genossen den Abend. Noch zögerte ich. Und gab ihr auch zu verstehen, dass ich zögerte. Würde ich ihr sagen, was sie zu erfahren wünschte, würde ich mich ihr für den Rest meiner Tage vollends ausliefern. Eine kleine Träne stahl sich in mein rechtes Auge, das sehr empfindlich ist. Ich versuchte mich an einem Themenwechsel.

»Ich freue mich sehr, Noème, Sie bei mir in meiner vertrauten Umgebung begrüßen zu dürfen. Fühlen Sie sich wohl in meiner Nähe?«

»Die Couch scheint mit Pfirsichkernen gepolstert zu sein, aber das Bier schmeckt gut. Es ist also ein Mittelding.«

»Wir könnten uns auf den Bettrand setzen. Selbstverständlich ganz ehrenhaft. Das Schlafzimmer ist gleich nebenan.«

Zunächst zierte sie sich in aller Freundlichkeit. Sie sprach von diesem und jenem, ohne dabei jedoch zu vergessen, dass ich ihr eine sensationelle Enthüllung mehr oder weniger versprochen hatte. Ich für mein Teil setzte auf gerührte Zuvorkommenheit und machte ihr

Komplimente, die an Schmeicheleien grenzten. Das ist nun einmal der Preis, den man für die Verführung einer Frau bezahlen muss. Aber ich war verliebt. Ich wiederhole: Ich war verliebt.

»Bitten Sie mich, um was Sie wollen, Noème. Ich bin Ihr Sklave.«

Sie aber wollte mich nur das aussprechen hören, was ich nicht sagen wollte.

»Majésu ...«

Ihre Hand streifte meine. Sie leerte eine zweite Maß. Neigte ihren Kopf in meine Richtung. Sie lächelte und zwinkerte mir zu. Ich spürte, dass sich der Abstand zum Bett von Minute zu Minute verringerte.

»Noème, damit ich mein Geheimnis mit Ihnen teilen kann, müssen wir untrennbar verbunden sein, müssen tiefe Übereinkunft und machtvolle Gefühle herrschen.«

Wie unsere Lippen sich berührt haben? Es bleibt mir ein Rätsel. Ich hatte es nicht kommen sehen. Alles schien ganz normal, bis ich plötzlich eine Zunge in meinem Mund spürte, die nicht mir gehörte. Mein Kopf begann sich zu drehen. Ich probierte. Es war köstlich. Ich liebe Frauenzungen, oh ja.

Als sie wieder zu einem etwas gesitteteren Benehmen zurückfand, stellte sie fest, dass eine ihrer Brüste bereits in meiner Hand lag.

»Sie verlieren aber wirklich keine Zeit«, warf sie mir vor.

»Ich entschuldige mich in aller Form«, erklärte ich mit falscher Verlegenheit.

»Entschuldigen Sie sich nicht. Ein Mann, der küsst, weiß nie, was er mit seinen Händen anfangen soll.«

»Es geschah ganz von selbst, wissen Sie ...«

»Männer gehen einem selten direkt an den Slip. Sie

brauchen eine Titte. Es ist ihre Art, das Terrain zu sondieren.«

Sie glühte geradezu und suhlte sich auf dem Sofa der Familie Darwin. Ihr Rock rutschte weit über die Schenkel hinauf, was nicht meine Schuld war – ich schwöre es. Ein herrlicher Augenblick. Erneut ließ ich eine Bemerkung über die Bequemlichkeit des Bettes fallen und über die Vorteile, die uns ein Umzug dorthin bescheren würde, um unseren Körpern ein ihnen würdiges Umfeld zu bieten – so in der Art eben. Die einigermaßen materialistische Argumentation wertete ich mit Zärtlichkeit auf.

»Noème«, murmelte ich, »ich muss Ihnen gestehen, dass Sie mir ganz und gar nicht gleichgültig sind.«

Als Erklärung war dies vielleicht nicht gerade vielsagend, trotzdem nickte sie zustimmend. Von der Zustimmung zur Einwilligung ist es nur ein winziger Schritt. Aus Liebe entsteht Liebe. Ich liebte sie, und sie liebte mich. Mein ganzes Wesen fügte sich ihrer Forderung. Und schließlich wagte ich mich vor, mit geneigtem Haupt, wie ein romantischer Narr oder ein Poet.

»Noème, wollen Sie meine Frau werden?«

Sie hatte sicher einiges erwartet – das jedoch nicht. Sie schnappte nach Luft.

»Es ist mir ernst, Noème. Wir sollten diese Chance ergreifen. Unser Schicksal will es so.«

Zehn Minuten später wälzten wir uns auf dem Bett. Der Halbschatten des Zimmers wurde nur unterbrochen von einem Lichtstrahl, der durch die halb geöffnete Tür aus dem Flur hereindrang.

»Nicht jetzt«, flehte Noème, als ihr schwante, dass ich zum eigentlichen Akt übergehen wollte.

Ich zog mich zurück, setzte mich auf die Bettkante,

barg das Gesicht in den Händen und begann zu weinen. Einer meiner Tricks, wenn nicht sogar der überzeugendste.

»Was ist?«, fragte sie beunruhigt.

»Als ich vorhin davon sprach, dass noch nicht alle Hoffnung verloren ist, wollte ich dir eigentlich nur mitteilen, dass ich einen Unternehmer getötet habe.«

Noème wollte alles ganz genau wissen. Sie setzte sich neben mich, ihre warme, gierige Hüfte dicht neben meiner, ihre Hände lagen flach auf den Oberschenkeln. Sie zitterte am ganzen Körper. Das, was ich ihr anvertraute, versetzte sie in Trance. Ich legte ein erhabenes Zögern an den Tag und beschränkte mich dann darauf zu wiederholen, dass ich einen Unternehmer getötet hatte.

»Wann war das? Wann?«

»Vor einem Jahr.«

»Du hast einen Unternehmer umgebracht?«

»Ja. Ich will, dass du das weißt, denn es steht mir nicht zu, dir irgendetwas zu verheimlichen. Ich liebe dich, und du musst meinen Charakter kennen und wissen, wozu ich fähig bin. Ich habe einen Unternehmer getötet.«

»Aus Versehen?«

»Nein, im Dienste der Gerechtigkeit.«

»Unglaublich, nicht zu fassen, unglaublich, nicht zu fassen«, murmelte sie vor sich hin.

»Und doch ist es wahr«, flüsterte ich zurück.

Nach und nach, angepasst an das Maß ihrer wachsenden Sympathie, rang ich mir weitere Details ab, sozusagen als Vorspiel zu noch aufsehenerregenderen Enthüllungen. Ich führte politische und revolutionäre Beweggründe an, sprach von Widerstand gegen Ungerechtigkeit und Willkür, von Ressentiments gegen die Regierung und persönlicher Unzufriedenheit mit der Arbeitswelt.

»Nicht einmal die Kommunisten töten Unternehmer!«, rief sie.

»Feiglinge«, erklärte ich mit verzerrtem Mund.

»Verräter, meinst du wohl«, korrigierte sie mich.

»Entschuldige. Die Aufregung lässt mich die Worte verwechseln.«

Es dauerte eine Weile, alle Einzelheiten zu berichten. Ein Verbrechen zu gestehen fällt nicht leicht, auch wenn es nach allen Regeln der Kunst und aus hehren Motiven begangen wurde. Als ich vielleicht ein wenig zu lange bei meinen Skrupeln verweilte, winkte Noème entnervt ab. Fast wirkte sie verärgert.

»Wir weinen lebendigen Unternehmern schon keine Träne nach – dann erst recht keinen toten. Du hast ihn getötet und damit nur deine Pflicht getan.«

»Ich weiß, dass ich nur meine Pflicht getan habe. Trotzdem ist es bei Licht besehen eine strafbare Handlung.«

»Ich hoffe, er hat ordentlich gelitten.« Sie lachte hämisch. »Hat er gelitten? Sag mir, dass er gelitten hat.«

»Nicht sehr. Ich bin äußerst präzise vorgegangen und hatte mich vorher kundig gemacht.«

»Wie hast du es getan?«

»Mit dem Messer. Ein glatter Schnitt durch die Halsschlagader.«

Nun war sie vollends verzaubert. Außer sich vor Begeisterung und Freude.

»Bravo! Du hast ihn ausbluten lassen wie ein Schwein! Das hat schon fast symbolischen Charakter. Gehörte das zu deinem Plan?«

»Selbstverständlich.«

»Erzähl! Zuerst: Wer war es?«

Die Zeitungen waren damals voll davon gewesen, und mir war klar, dass der Name meines Opfers Noème nicht unbekannt sein würde. Ich neigte mich zu ihrem Ohr vor und flüsterte:

»Dourdine. Maximilien Dourdine.«

Ich dachte, sie würde abheben. Sie flog buchstäblich bis zur Decke wie ein Champagnerkorken.

»Du warst es, der diesem Mistkerl von Dourdine den Garaus gemacht hat?«

Jetzt war die Stunde der Bescheidenheit gekommen. Ich senkte den Blick und ließ die Schultern unter dem Gewicht der Verantwortung sacken. Noème fluchte wie ein Müllkutscher und war so glücklich, als hätte sie gerade eben die wunderbarste aller Nachrichten erhalten.

»Du hast Dourdine abgestochen!«

Das entsprach exakt der Wahrheit. Die von einer rachsüchtigen Hand an einem gerechten Arm geführte Klinge hatte die Halsschlagader glatt durchtrennt. Das Blut war bis zur gegenüberliegenden Hauswand gespritzt. Der Todeskampf hatte bei Weitem nicht lange genug gewährt. Ich verfolgte ihn, während ich leise die *Internationale* summte und dazu mit der Schuhspitze den Takt schlug.

Mein Schlafzimmer war plötzlich erfüllt von Schweigen und Halbdunkel. Wir waren in Gedanken vertieft, die sicher einige Gemeinsamkeiten aufwiesen. Gegen Mitternacht wurde es im Hof plötzlich laut. Es waren die alten bulgarischen Homosexuellen, die wie jeden Abend betrunken nach Hause kamen.

»Ich dachte bisher immer«, äußerte Noème, nachdem sie lange ihre Erinnerungen durchforstet hatte, »dass man den Mörder von Dourdine festgenommen hätte.«

»Das ist die unschöne Seite der Geschichte. Der Mann heißt Mika Brahut und hat nie aufgehört, seine Unschuld zu beteuern. Völlig zu Recht. Selbst wenn die Richter nachsichtig sind, riskiert er zwanzig Jahre, und das ist eine ganze Menge für ein nicht begangenes Verbrechen. Ich mache mir deswegen ernsthaft Vorwürfe.«

»Du brauchst doch nur daran zu denken, dass es nicht deine Schuld, sondern die von Dourdine ist. Und natürlich die der Polizei, die nachlässig gearbeitet hat. Ganz zu schweigen vom Gericht. Du hast nichts weiter getan, als einen Unternehmer auszuschalten. Eine völlig legitime Tat, deretwegen du dir keine Vorwürfe machen musst.«

»Manchmal wandern meine Gedanken nachts zu Mika Brahut, der auf dem feuchten Stroh seines Verlieses dahinvegetiert, und dann kann ich nicht mehr schlafen.«

»Du bist viel zu sensibel. Und möglicherweise zu stark von der jüdisch-christlichen Kultur geprägt.«

Um ehrlich zu sein, hatte mich Mika Brahuts Schicksal nie sonderlich beschäftigt, abgesehen davon, dass er Maximilien Dourdine hätte ermorden können. Natürlich wegen ausgesprochen banaler Beweggründe. Es verhielt sich nämlich so, dass Dourdine ein Verhältnis mit Madame Brahut gepflegt hatte, die er zu seinem Eigentum, seiner Sklavin und seiner Marionette gemacht hatte. Ihr hatte es gefallen. Er hatte sie geschlagen und mitten in der Nacht bei strömendem Regen in wenig mehr als einen Müllsack gehüllt Streichhölzer kaufen geschickt. Außerdem hatte er ihr Sex mit kleinwüchsigen Männern aufgezwungen, manchmal mit mehreren gleichzeitig.

»Sogar mit farbigen Zwergen«, erzählte ich Noème, die längst nicht über alle Scheußlichkeiten des urbanen Lebens informiert war.

Sie fand den Bericht über diese Gräuel entsetzlich, schlug beide Hände vor das Gesicht und erklärte, ihr würde gleich übel.

»Schon allein deswegen hast du gut daran getan, diesen gemeinen Kerl auszuschalten, Majésu. Du bist ein Heiliger, und das meine ich so, wie ich es sage.«

Erinnerungen wurden in ihr wach. Ihr fiel ein, dass sie Maximilien Dourdine in ihrer Jugend einmal begegnet war.

»Er gehörte nicht zu denen, die bei uns ein und aus gingen«, erzählte sie. »Aber irgendwann, als er Präsident der Handelskammer war, hatte er wegen irgendeiner Immobiliensache mit meinem Vater zu tun. Beide gehören zu den Menschen, die viel Zeit damit verbringen, ihre Geschäfte auf dem Rücken der Schwachen abzuwickeln. Mein Vater ist kein schlechter Mensch, aber man muss sich anstrengen, um positive Seiten an ihm zu entdecken.«

Ihre letzten Worte versetzten sie in eine Art Träumerei. Sie atmete schneller und lehnte ihren Kopf an meine Schulter. Ich begriff, dass ich auf dem Gipfel ihrer Wertschätzung angelangt war. Meine Arme schlossen sich um sie. Jetzt gehörte sie mir.

Es wurde eine Nacht voll höchster Genüsse. Ich bereute keine Sekunde, mich so schnell verliebt und mich dabei ausschließlich auf meinen Instinkt verlassen zu haben. Sie war eine wunderbare, verwegene und vielseitige

Geliebte, die tapfer ihr Pensum verrichtete, ohne ihre Muskeln und ihr Vokabular zu schonen. Sobald wir eine Pause einlegten, bat sie mich, erneut von dem Mord an Dourdine zu erzählen. Die Geschichte erregte sie.

»Mein Leben lang habe ich mich danach gesehnt, einen Unternehmer zu töten«, stöhnte sie.

»Ich habe es getan ...«

Im Halbkoma, das zum Teil auf die vielen aufeinander folgenden Höhepunkte und zum Teil auf die Müdigkeit zurückzuführen war, die sich allmählich unser bemächtigte, pries sie mich wie einen Helden, einen außergewöhnlichen Menschen oder eine lebende Legende. Immer wieder schwor sie, dass sie mich liebte, dass sie noch nie jemanden so geliebt habe wie mich und dass sie mich für immer lieben würde. Dabei verpflichtete sie sich mir für dreißig, später für fünfzig Jahre. Jede Stunde fügte sie zehn Jahre dazu.

»Ich werde dich bis zu meinem Tod lieben«, erklärte sie schließlich.

»Ich dich auch«, erwiderte ich, denn ich konnte mich ja nicht lumpen lassen.

Am nächsten Morgen zeigte ich ihr die Zeitungsartikel, die ich ausgeschnitten und in einer geheimen Schatulle gesammelt hatte. Während des Lesens stieß sie immer wieder kleine Freudenschreie aus. Ihr Jubel steigerte sich noch, als sie in einer Reportage über den Tatort den Beruf von Mika Brahut entdeckte.

»He, hast du gelesen, welcher Tätigkeit dieser Brahut nachgeht? Er ist Gerichtsvollzieher! Gerichtsvollzieher sind niemals unschuldig, gehen aber so gut wie immer straffrei aus. Er bezahlt also jetzt für all das Böse, das er im Verlauf seines Berufslebens begangen hat. Du hast zwei Fliegen mit einer Klappe geschlagen. Bravo! Ein Unternehmer auf dem Friedhof, ein Gerichtsvollzieher hinter Gittern. Zwei Schädlinge weniger in dieser Stadt. Du kannst mit erhobenem Haupt herumlaufen, Majésu! Wir bräuchten viel mehr Männer wie dich.«

Wir tranken Kaffee aus Schalen, aus denen schon Sarah Bernhardt getrunken hatte. Noème hatte sich in ein Handtuch aus Spanien gewickelt, das einen blutenden Stier beim letzten Ansturm im Kampf zeigte. Das Licht, das durch das Fenster drang, versprach einen sommerlichen Tag. Es war reines Wohlgefallen, die Luft einzuatmen, die noch einen Hauch von maritimen Ausdünstungen, die letzten Krumen der Nacht und einen Nachgeschmack brünstiger Garnelen mit sich trug. Ich fühlte mich wie im siebten Himmel, als Noème ihre Schale mit einem Knall auf dem Tisch absetzte und mich, ohne die Augen von dem Zeitungsausschnitt zu heben, den sie gerade las, fragte:

»Was hast du eigentlich mit der Tatwaffe gemacht?«

Sie hatte gerade gelesen, dass das Messer, mit dem Dourdine getötet wurde, nie gefunden worden war. Dieses Detail machte sie neugierig.

»Hast du es aufbewahrt?«

»Natürlich nicht.«

»Du hättest es tun sollen. Ich finde, ein Messer, mit dem ein Unternehmer erstochen wurde, ist ein Wertgegenstand. Die Gesellschaft entwickelt sich weiter. Heute ist es Beweisstück, morgen Ausstellungsstück und irgendwann Wahrzeichen des bewaffneten Kampfes. Was hast du damit gemacht?«

Ich sagte ihr, dass ich es fünf Minuten nach dem Mord in den Fluss geworfen hatte, zugegebenermaßen schweren Herzens, weil es ein prächtiges Werkzeug war, das zudem seither über eine Geschichte verfügte. Der Entschluss, das Messer zu versenken, war mir als Raritätenhändler natürlich ziemlich schwergefallen. Als Mann, der seine Freiheit liebt, war ich jedoch gezwungen gewesen, mir den Rücken freizuhalten, oder etwa nicht? Daher war ich überzeugt, das Richtige getan zu haben. All das versuchte ich Noème zu erklären, die jedoch nicht wirklich Verständnis für meine Vorsichtsmaßnahme aufbrachte, die sie für ein Anzeichen von Panik sowie mangelndem Vertrauen in die Richtigkeit meines Handelns und eine Irritation des ideologischen Standpunkts hielt.

»Ich hätte es behalten«, sagte sie. »Wer hätte es schon in dem Durcheinander bei dir gesucht? Eine Sache mehr oder weniger in deinem Chaos hier wäre niemandem aufgefallen.«

»Es gehörte zu meinem Plan, es nicht zu behalten. Mein Verbrechen war, wie alle politischen Morde, gut vorbereitet, und ich hatte mir Gedanken über die unmittelbaren und die späteren Folgen gemacht. Mein Prinzip lautete, keine Spuren zu hinterlassen. Ich muss zugeben, dass ich mich auf diese Weise zusätzlich zu meinem Verbrechen der Heuchelei, dieses bürgerlichen Lasters, schuldig gemacht habe. Aber das war der Preis dafür, dass ich heute hier bin, obwohl ich eigentlich anstelle von Mika Brahut im Gefängnis sitzen müsste.«

»Du hast einen Gerichtsvollzieher daran gehindert, weiteres Unheil anzurichten. Das ist der positive Aspekt. Ich will dich keinesfalls kritisieren, und ich habe auch kein Recht dazu, denn schließlich habe ich noch keinen Unternehmer getötet.«

Minutenlang fixierte sie ein Stück Camembert, das

ein wenig schräg auf dem Rand eines eckigen Tellers lag. Ich dachte, sie würde es zurechtrücken, aber sie tat es nicht. Stattdessen sah sie mit liebesgetränktem Blick zu mir auf und murmelte:

»Vielleicht hättest du meinen Vater töten sollen.«

3

Noème hatte Stellung bezogen, und das gefiel mir an ihr. Als Spross aus reichem Hause hatte sie mit der Familientradition gebrochen, das konnte ich nur bewundern. Sie bewohnte ein winziges Appartement in einem Mietshaus in der Nähe der Autobahn und der städtischen Mülldeponie. In den nach Gras und schalem Bier riechenden Fluren lungerten Penner herum. Leere Bierdosen lagen in Pfützen, die langsam trockneten.

In diesem Viertel machte sich Noème an die Erlösung ihrer Familie. Sie nahm es auf sich, die Fehler ihrer Eltern auszubügeln. Sie opponierte in allem gegen sie. Die Eltern lebten in einer Villa mit dreiundzwanzig Zimmern mitten in einem zwei Hektar großen Park. Noème begnügte sich mit fünfunddreißig Quadratmetern in einem Haus, dessen Mieter zumeist bereits zahlungsunfähig geboren wurden. Die Eltern reisten wahlweise in einer deutschen Limousine oder per Hubschrauber. Für Noème war es eine Ehre, sich entweder mit öffentlichen Verkehrsmitteln oder zu Fuß fortzubewegen. Die Garderobe der Eltern wurde in London oder Paris maßgeschneidert, Noèmes Kleider stammten von der Wohlfahrt. Sie legte Wert darauf, in dem Maße arm zu leben, wie ihre Eltern reich waren, und zeigte sich in dem Maße hilfsbereit, wie sie sich egoistisch verhielten.

»Nur die Armen verdienen Beachtung«, erklärte sie.

»Meine Eltern sind verachtenswerte Geschöpfe. Ich spucke ihnen vor die Füße.«

Dennoch hatte sie die Brücken nicht gänzlich hinter sich abgebrochen. Von Zeit zu Zeit stattete sie ihren Eltern einen Besuch ab, um sie zu provozieren, ihnen Unbehagen zu bereiten und ihnen peinlich zu sein. Manchmal gelang es ihr, ihnen einige Geldscheine abzuluchsen, die sie sofort dazu nutzte, Barfüßigen ein Paar Schuhe und Hungrigen eine nahrhafte Suppe zu besorgen.

Dreimal in der Woche organisierte sie eine Spielerunde im Palace, einer Bar, in der sich alles traf, was im Viertel Rang und Namen hatte, darunter alte Männer mit schmutzigen Verbänden, unverheiratete Teeniemütter und ausgemusterte Arbeitslose. Mit ihnen spielte sie Karten oder Domino, spendierte ihnen Wein, den sie abends in ihren Pappkartons tranken, und verteilte Tabak, Batterien für Transistorradios, saubere Unterhosen, Toilettenpapier, Seife und Rasierklingen. Samstags veranstaltete sie eine Lotterie, bei der den weiblichen Teilnehmern Gewinne wie Unterwäsche, Vaseline, Aspirin und sogar Vibratoren winkten. Die Männer gewannen Parfum, aufblasbare Puppen und einschlägige Magazine. In gewisser Weise war Noème von öffentlichem Nutzen.

Von da an betätigte ich mich zu ihrer Unterstützung ebenfalls im sozialen Bereich. Zum Dank half sie mir an meinem Stand auf den Märkten. Kurz und gut: Zusammengeschweißt durch die Liebe und unsere philosophischen Überzeugungen trennten wir uns nie – weder bei Tag noch bei Nacht.

Aus praktischen Erwägungen zog sie schließlich bei mir ein. Fast jeden Abend kam sie nach dem Essen auf die Liquidation Dourdines zurück, stets auf der Jagd nach genaueren Angaben, minuziösen Schilderungen des Geschehens und Beschreibungen meiner Gefühle im besagten Augenblick und des Zustands meines Nervenkostüms an den folgenden Tagen.

Sie lauschte meinem Bericht voller Inbrunst. Ich hatte keine Geheimnisse vor ihr. Und ich wollte ihr vor allem auch gar nichts verheimlichen. Abend für Abend bemühte ich mich, den Vorgang in allen Einzelheiten wieder aufleben zu lassen. Ich bemühte jeden Winkel meines Hirns, um mich in die Situation zurückzuversetzen, bis ich sie förmlich in einem anderen Seinszustand, wie unter Hypnose oder im Traum, erneut durchlebte. Noème war fasziniert.

»Ich habe ihn nicht nur getötet, Noème, ich war auch bei seiner Beerdigung zugegen. Ganz schön waghalsig, oder? Ich stand vor dem Trauerhaus, als der Leichenwagen den Sarg abholte. Ich war in der Messe. Und ich habe mir die Dreistigkeit gestattet, auf den Friedhof zu gehen und zuzuschauen, wie er in das Grab hinabgelassen wurde. Was sagst du jetzt?«

Sie war sprachlos und bedachte mich mit einem Blick, den man – sofern man gläubig ist – in aller Regel den Heiligen in der Kirche vorbehält.

»Aber das ist noch nicht alles«, fuhr ich fort, während ich den Tonfall meiner Vertraulichkeiten eine Spur dramatischer gestaltete. »Das ist noch längst nicht alles.«

»Aber es ist zu viel. Ich glaube, ich falle gleich in Ohnmacht ...«, stöhnte sie und legte eine Hand auf ihr Herz.

Sie war beeindruckt von mir. Und das gefiel mir sehr. Ich sorgte dafür, dass sie verrückt nach mir war. In solchen Momenten hätte ich alles von ihr verlangen können – auf die Knie zu fallen, sich den wildesten Exzessen hinzugeben, sich ins Feuer oder aus dem Fenster zu stürzen. Ich muss gestehen, dass ich dem Drang, sie zu ermutigen, nicht immer widerstehen konnte. Jedes Mal gehorchte sie gefügig und tat Dinge, von denen ich nicht einmal gehört hatte. Zur Belohnung schenkte ich ihr eine neue Episode meiner Geschichte.

»Nach Mika Brahuts Verhaftung ließ ich keine Gelegenheit aus, ihn zu beobachten. Ich war als Erster zur Stelle, als die grüne Minna kam. Und jedes Mal wenn der Verdächtige abends flankiert von zwei Polizisten verschwunden war, war ich der Letzte, der seinen Posten vor der Polizeiwache oder dem Gefängnis verließ – lange nach den Journalisten und unmittelbar bevor die Putzfrauen anrückten.«

»Du bist ein Mann, der aufs Ganze geht«, stieß Noème verzückt hervor.

»Ich muss sagen, dass meine Gefühle während seiner Vernehmung sehr zwiespältig waren. Gäbe es in diesem Land Gerechtigkeit, hätte ich vor dem Untersuchungsrichter stehen müssen.«

»Brahut hat dieses Schicksal verdient. Wie viele Tränen hat er auf dem Gewissen, weil er armen, unglücklichen Menschen ihre Fernseher weggenommen hat? Wie viele Türen hat er mit Gewalt öffnen lassen? Wie viel zu weit ist er in die Privatsphäre von Leuten eingedrungen, die nicht die Mittel hatten, sich zu verteidigen? Er begleicht seine Schuld. Du kannst stolz auf dich sein, Majésu.«

Sie stürzte sich auf mich, nahm mich in die Arme, bedeckte mich mit Küssen und surrte Worte der Dankbarkeit in meine Ohren. In gewisser Weise verstand ich sie. Sie hatte in ihrem Leben nicht oft Gelegenheit gehabt, einem Mann meines Formats zu begegnen.

Meine Bescheidenheit ist unerschütterlich, und ich würde sogar so weit gehen, sie als genetisch bedingt zu bezeichnen, aber durch Noèmes Schmeicheleien, die ich selbstverständlich annahm, weil es sich nicht geziemt, ein solches Geschenk abzulehnen, fühlte ich mich zum Riesen heranwachsen. Meine Haut war nicht mehr elastisch genug, mich zusammenzuhalten. Aus allen Poren drang ich aus mir heraus. Gewisse Leute mögen mich vielleicht für anmaßend halten, aber das entspricht nicht den Tatsachen. Eher erschien es mir, als verwandelte ich mich endlich in mich selbst. Bisher hatte ich mich immer einschränken müssen, und die Frauen, die ich geliebt hatte, waren nicht in der Lage gewesen, meine wahre Natur zu erkennen. Für sie war ich immer nur ein charmanter Partner, ein herausragender Liebhaber und ein strahlender Gefährte gewesen. Erst Noème hatte meine übernatürliche Dimension entdeckt – in einem Wort: den Mythos.

An Markttagen half sie mir an meinem Raritätenstand. Die Arbeit gefiel ihr. Wir saßen nebeneinander auf Klappstühlen wie Angler am Fluss, umgeben von den Gegenständen, die ich in meiner Sammelleidenschaft zusammengetragen hatte und zwischen denen wir uns wie zu Hause fühlten.

Die Geschäfte liefen mittelmäßig. Es war eine eher ruhige Zeit ohne Aufregung oder spezielle Ängste. Einigermaßen gut gingen sizilianische Lockenwickler, Schüreisen aus der Basse-Normandie und Plüschheuschrecken. Die Kundschaft interessierte sich leider weniger für die Prunkstücke meiner Auslage, darunter zum Beispiel die Kugel, die Mata Haris Leben beendet hatte und die nun in einem Herz aus böhmischem Kristall ruhte.

Die Echtheit des Exponats war durch einen handgeschriebenen Brief des verheimlichten Sohnes der berühmten Spionin bestätigt. Unter einer Million würde ich mich von diesem Juwel nicht trennen können, und das entsprach nicht einmal einem Drittel seines wahren Wertes. In Larcheville jedoch sind Liebhaber solcher Schätze eher rar gesät. Der Einheimische als solcher beschränkt sich auf den Erwerb von Kleinigkeiten, immer in der Hoffnung, beim Wiederverkauf noch ein wenig Gewinn zu machen. Er klebt an seinem Geld. Als unverbesserlicher Provinzler fürchtet er überdies stets, übervorteilt zu werden. Er macht einen weiten Bogen um meinen Stand, als stünde mir die Unehrenhaftigkeit ins Gesicht geschrieben wie eine schlimme Krankheit. In diesem Landstrich sind die Kunden von Vorurteilen zerfressen.

»Die Menschen hier sind ziemlich schwerfällig«, sinnierte Noème und sprach damit in aller Unschuld ein wahres Wort gelassen aus.

»Von Raritäten haben sie jedenfalls keine Ahnung. Eigentlich ist das auch gut so, denn sie verdienen die anmutigen Einzelstücke nicht, die ich im Angebot habe. Ich behalte die Sachen lieber, als dass ich sie an primitive Ignoranten verkaufe. Es sind Werke, die man zu schätzen wissen muss. Siehst du diese Perle da?«

»Ja, Majésu. Eine Holzperle.«

»So mancher mag sich fragen, warum ich sie zum Preis eines Zuchtperlenkolliers verkaufe, denn auf den ersten Blick scheint sie eine so hohe Summe nicht wert. Das findest du doch auch, oder?«

»Ich würde tatsächlich nicht einmal zehn Centimes dafür geben.«

»Und doch ist diese Perle von historischer Bedeutung. 1934 wurde der Jagdaufseher von General de Gaulle am Blinddarm operiert, und in seinem Wurmfortsatz fand man diese Perle. Der Vollständigkeit halber möchte ich betonen, dass sich diese Blinddarmentzündung bereits zu einer beginnenden Peritonitis ausgeweitet hatte, jawohl. Und hier liegt jetzt der Beweis und sieht vollkommen unschuldig aus.«

Wenn ich gerade nicht über meine Raritäten sprach, unterhielt sie mich mit Anekdoten über die Armen und deren Armut, und manchmal tauschten wir unsere bösen Gedanken zum Thema Unternehmertum aus.

Nach vierzehn Tagen hatten wir bereits alles Notwendige in die Wege geleitet, um alsbald heiraten zu können.

Wir waren dazu geschaffen, uns gut zu verstehen. Zwischen uns lief alles großartig, sowohl auf der körperlichen als auch auf der geistigen Ebene. Wir teilten die gleichen Vorlieben und die gleichen Abneigungen. Soziale Ungerechtigkeit machte uns beide wütend, während Sonnenuntergänge am Fluss uns Tränen in die Augen trieben. Innerhalb kürzester Zeit – weniger, als es brauchte, dies hier niederzuschreiben – überzeugte ich sie von den Finessen meiner Raritäten, während sie mir die Augen für die Herrlichkeit der Armut öffnete.

Hatte ich erwähnt, dass dies die schönste Zeit meines Lebens war? Voller Zärtlichkeit, Kultur und Leidenschaft.

Mein Äußeres und meine Fähigkeiten hatten mir schon des Öfteren die Möglichkeit beschert, zu heiraten oder mit einer Frau zusammenzuleben. Es gibt Männer, die Frauen anziehen wie ein Honigtopf die Bienen, und zu diesen gehöre ich ganz offenkundig. Darüber hinaus gehe ich einer angesehenen Beschäftigung nach, welche die Herausforderungen des Handels mit vielseitiger Gelehrtheit verbindet. In meiner Gesellschaft langweilt sich keine Frau. Ich weiß immer eine historische Anekdote zu erzählen, sei es die Erinnerung an einen Flohmarkt oder an ein Abenteuer, in dem ein mysteriöser Gegenstand die Hauptrolle spielt. Im Bett – in der Pause zwischen zwei Anwandlungen von Wollust, wenn die Gespräche ein wenig einsilbiger werden – präsentiere ich die Schnupftabakdose von Talleyrand, den Nachttopf der heiligen Theresa, eine Rippe von Boucher de Perthes und tausend andere kuriose Dinge, zu denen der breiten Öffentlichkeit der Zugang stets verwehrt geblieben ist.

Noème schätzte vor allem meine Sammlung unternehmerfeindlicher Flüche. Jahrelang hatte ich die Gewerkschaftstraktate des ausgehenden neunzehnten und beginnenden zwanzigsten Jahrhunderts auf der Suche nach ihnen durchforstet. Dank meiner Hartnäckigkeit war es mir gelungen, einen dicken Band voll blutiger Schelte, düsterer Schimpfwörter, verbaler Gewalt und mörderischer Sarkasmen zusammenzustellen.

»Hätte ich dieses Werk nur schon früher gekannt!«, rief sie. »Damit hätte ich meinen tyrannischen Vater mundtot machen können! Als Jugendliche konnte ich ihn lediglich als Rüpel oder reaktionären Massenausbeuter beschimpfen, stinkfaul noch dazu, was genau genommen ja alles fast noch freundlich klingt. Mein Vokabular war für den Zivilisationsschock nicht gerüstet! Jetzt weiß ich, was ich ihm entgegenschleudern würde. Ich werde drei oder vier Seiten dieses Werks auswendig lernen und ihm damit den Marsch blasen. Er bekommt von mir das volle Programm. Ich werde ihn in die Knie zwingen. Sein Herz soll vor Wut platzen.«

Sie paukte die unternehmerfeindlichen Flüche wie

Kinder in der Schule Gedichte, mit dem gleichen Eifer und dem gleichen Willen, es richtig gut zu machen. Der Blick, den sie mir sandte, ließ eine gewisse Dankbarkeit erkennen.

»Warum habe ich dich nicht schon früher kennengelernt?«, fragte sie.

Ihre Liebe zu mir drang aus all ihren Poren. Und ich war verrückt nach ihr. Je inniger sie mich liebte, desto inniger liebte ich sie. Und je mehr ich sie liebte, desto besser verstand ich ihren Kummer, ausgerechnet als Tochter eines Unternehmers geboren zu sein. Wenn sie sich anderswo über diesen Makel beklagte, reagierten die Leute ablehnend, bezeichneten sie als Nestbeschmutzerin und bezweifelten ihre Pein.

»Selbst wenn sie eher den Rechten nahestehen«, erklärte sie mir händeringend, »sind die armen Leute überzeugt, dass die Kinder reicher Leute nicht unglücklich sein können. Sie verstehen es einfach nicht. Ihnen kommt es vor wie ein gnädiges Schicksal, Teil einer millionenschweren Familie zu sein. Sie argumentieren, dass Reiche sich alles kaufen können, dass sie von der Geburt bis zum Tod fröhlich sind, dass sie in schönen Häusern wohnen und schöne Autos fahren und dass sie einfach nur um des Vergnügens willen Geld ausgeben. Sie können sich den Leidensweg eines ehrbaren Mädchens in der Umgebung von Ausbeutern nicht vorstellen. Wie soll ich ihnen plausibel machen, dass Geld die Dinge nur beschmutzt, dass es Ungerechtigkeiten fördert und die Herzen der Menschen zerstört? Ich bin Idealistin. Mein politisches Gewissen ist rein. Ich kämpfe für die Gerechtigkeit. Mit zwölf Jahren, gleich nach meiner feierlichen Firmung, habe ich dem Kapitalismus den Krieg erklärt. Damals verfügte ich allerdings noch über ein wenig Glauben an die Religion. Also wandte ich mich an die Jungfrau Maria und flehte sie an, meine Familie zu ruinieren. Und zwar nicht nur meinen Vater und meine Mutter, sondern auch meine Onkel, meine Vettern und die Freunde meines Vaters. Ich habe wirklich inbrünstig gebetet und bin auf Knien in der Kirche herumgekrochen. Leider vergeblich. Nach dieser Erfahrung begann ich, an der Existenz Gottes zu zweifeln. Ich beobachtete die Welt objektiver, und mir wurde klar, dass Gott – sollte es ihn wirklich geben – niemals die furchtbaren Dinge zulassen würde, die sich Tag für Tag hier unten abspielen und zu denen auch gehört, dass er reichen Menschen eine Tochter geschenkt hat, die sich immer danach sehnte, als Arme unter Armen zu leben.«

Ihre Geständnisse zermalmten mir das Herz. Um Noème zu zeigen, wie solidarisch ich mich mit ihrem Schmerz fühlte, nahm ich ihre Hand und leckte sie. Sie liebte diese speichelfeuchten, lauwarmen Zungenspiele, denn ein Reicher hätte sich damit begnügt, einen gezierten Kuss auf ihren Handrücken zu drücken.

Wir waren entschlossen, uns einander in allem anzupassen, und als wir über unsere Hochzeit sprachen, kamen wir daher überein, dass die Zeremonie ärmlich ausfallen sollte.

»Du wirst in aller Armut heiraten«, pflichtete ich ihr bei. »Und ich werde mich in Lumpen kleiden wie ein Bedürftiger.«

»Aber sie müssen sauber sein. Wir werden alle beide sehr sauber sein«, schrie sie, ohne selbst daran zu glauben, während sie unablässig in die Hände klatschte.

»›Ärmlich, aber sauber gekleidet‹, wie der große Honoré de Balzac in *Vater Goriot* schreibt. Apropos Vater

Goriot: Vor einigen Jahren habe ich seine Haube verkauft – von Balzac höchstpersönlich zertifiziert.«

Der Ehrlichkeit halber sei erwähnt, dass das Konzept der Ärmlichkeit für mich eine Neuerung darstellte. Wie die meisten Armen meiner Generation frönte ich lange dem Ehrgeiz, eines Tages reich und berühmt zu werden. Es gab Zeiten, da hätte ich so gut wie alles dafür getan. Damals sah ich mich am Steuer eines Sportwagens und in Palästen mit einem Pool in jedem Raum, inklusive Golfplatz im Nachbarzimmer. Ich sah mich mit den Fingern schnipsen, um die Dienerschaft herumzuscheuchen, und ich sah mich beim Candle-Light-Dinner mit juwelenbehängten Schauspielerinnen.

Das alles natürlich immer unter der Voraussetzung, dass ich meine Begabungen hätte ausleben dürfen, doch leider hat sich die entsprechende Gelegenheit nicht ergeben. Ich bewarb mich bei verschiedenen Quizshows im Fernsehen, kam aber nie in die engere Auswahl. Natürlich nicht, denn in der Medienlandschaft herrschen übelste Günstlingswirtschaft und stinkender Nepotismus. Man stellte mir weitaus komplexere Fragen als meinen Mitbewerbern, und so wurde mir sehr schnell klar, dass meine Chancen bewusst verringert wurden. Dabei weiß ich über so gut wie alles Bescheid. Man hält mich in der Regel für umfassend gebildet.

»Dieser Majésu hat wirklich immer eine Antwort!«, so ist allenthalben über mich zu hören.

In meinem Metier ist Wissen das tägliche Brot. Man muss nicht nur das wissen, was die anderen wissen, sondern auch die Bildungslücken seiner Mitmenschen erkennen. Ich würde sogar behaupten, dass es wichtiger ist, das zu wissen, was andere nicht wissen. Man nennt so etwas »Gespür haben«. Beim Fernsehen taten die

Verantwortlichen alles, um mich auszumustern. Meine Überlegenheit war einfach zu eklatant. Sie war eine Beleidigung für die Organisatoren, ich hätte den gesamten Wettbewerb ins Wanken gebracht.

Dennoch bereue ich nichts, denn diese Fehlschläge und Intrigen haben es mir ermöglicht, meinen Weg zu finden. Ich war geschaffen für den Raritätenhandel und er für mich. Ich besitze die Seele eines Goldsuchers, die Geduld eines Alchimisten, die Kühnheit eines Konquistadors, den Scharfblick eines Historikers und eine gewisse Geschicklichkeit im Handeln.

»Du hast auch Mut. Ja, einen Unternehmer zu töten erfordert Mut«, sagte Noème. Sie war sehr von meinen Qualitäten eingenommen, aber der Umstand, dass ich den Tagen eines Ausbeuters der Menschheit ein Ende gesetzt hatte, war wohl der wichtigste Grund für ihre Liebe zu mir. Von Anfang an wusste ich, dass sie Vater und Mutter geopfert hätte, um den sozialen Fortschritt voranzubringen. Bis zu diesem Tag aber hatte sie das Thema nur beiläufig durch mehr oder weniger deutliche, meist metaphorische Anspielungen angeschnitten. Nach und nach jedoch entstand aus unzusammenhängenden Nebensätzen und nebulösen Andeutungen eine Art Projekt, bei dem es sich noch nicht um ein Programm oder einen wirklichen Plan handelte, das aber alle Zutaten enthielt, um sich eines Tages zu Letzterem zu entwickeln.

»Ich hatte einen Traum, Majésu. Mein Vater und meine Mutter lagen mit durchschnittenen Kehlen auf der Veranda unseres Hauses. Ich trug ein Brautkleid und tanzte im Garten. Kennst du dich mit Traumdeutung aus?«

Ein halbes Jahr zuvor hatte ich den Kaffeesatz des

letzten von Jung getrunkenen Gebräus in einer Tasse aus seinem Besitz, derer er sich nach Angabe glaubwürdiger Zeugen mehrfach bedient hatte, nach Luxemburg exportiert. Mit anderen Worten: Ich kannte mich in prophetischen Träumen und ihrer Interpretation bestens aus.

Ohne mir jedoch Zeit für eine Antwort zu lassen, wechselte Noème das Thema.

»Mein Problem ist, dass ich meine Eltern gern zu unserer Hochzeit einladen würde, Majésu.«

»Glaubst du, sie würden die Einladung annehmen?«

»Ich weiß es nicht. Die Vorstellung mag völlig verrückt sein, aber wenn ich meinem Traum Glauben schenke, dann kann der schönste Tag meines Lebens – der Tag, an dem ich tanze, obwohl ich sonst nie tanze – nur der eine Tag sein, an dem gleichzeitig meine Hochzeit mit meinem Traummann stattfindet und meine verhassten Eltern sterben. Doppeltes Glück.«

Diese Träumereien machten sie glücklich. Abende lang malte sie sich den tragischen Zufall aus. Ich wandte ein, dass sie in ihrem Traum ein Hochzeitskleid trug, obwohl wir doch übereingekommen waren, uns in Lumpen trauen zu lassen.

Ziemlich trocken gab sie zurück: »Ich habe nicht genau darauf geachtet, aber ich glaube, das Brautkleid war ziemlich lumpig.«

Um ehrlich zu sein, verspürte ich nicht die geringste Lust, ihre Eltern zu ermorden. Auch nicht, um der Hochzeit einen eher aufständischen Charakter zu verleihen. Selbst der angespannteste Generationenkonflikt rechtfertigt nicht den Punkt »Mord an den eigenen Eltern« auf der Hochzeitsliste, und so nachlässig man mit Konventionen auch umgehen mag, so schickt sich doch ein angemessener Abstand zwischen Fest und Trauer, sofern es irgend möglich ist.

Auch wenn der Tod von Noèmes Eltern aus naheliegenden Gründen keinerlei Einfluss auf mich haben würde, so lag mir sehr viel daran, dass er nicht ausgerechnet mit unserem Freudentag zusammenfiel, auf den wir beide ungeduldig und mit überschwänglichen Gefühlen warteten. Wenn es denn unbedingt sein musste, sollte man die Alten entweder deutlich vor der Zeremonie liquidieren oder eben danach.

»Sie dürfen keinesfalls vorher sterben«, protestierte Noème. »Ich will sie doch einladen und ihnen Schande machen. Ich will sie vor dem Standesamt aus ihrem dicken Auto steigen sehen und ihre Gesichter beobachten, wenn sie uns in Lumpen entdecken und wir uns Ringe aus Pull-off-Verschlüssen von Sardinenbüchsen an die Finger stecken. Ich will beobachten, wie sie angeekelt ein Glas billigen Fusel auf uns erheben und Chips essen, deren Verfallsdatum schon seit Monaten abgelaufen ist. Die Verlegenheit dieser Verräter der Menschlichkeit wird mein schönstes Hochzeitsgeschenk.«

»Wenn ich mir einen Einwand gestatten darf: Ich halte es nicht für ratsam, alles am gleichen Tag zu machen. Ich stehe zu meinen Taten, aber ein Gefängnisaufenthalt und ein frisch Verheirateter passen nicht recht zusammen. Wenn ich deine Eltern noch am Abend unserer Eheschließung ins Jenseits befördere, wird die Polizei mich innerhalb von vierundzwanzig Stunden deinen liebenden Armen entreißen, da bin ich sicher. Der Mord an einem Unternehmer lässt sich nicht improvisieren.«

Ich sprach mit der Stimme der Weisheit, und Noème mühte sich, meiner Argumentation zu folgen. In ihrer

Vorstellung überwog der künstlerische Aspekt, mit den prosaischen Einzelheiten beschäftigte sie sich nicht. Weil ich gerade so gut in Schwung war, erteilte ich ihr anhand von Zahlen und Beispielen eine Lektion in Sachen Pragmatismus und bemühte mich, sie zu überzeugen, dass später immer noch genügend Zeit blieb, ihre Erzeuger ohne Risiko aus dem Weg zu räumen. Ich erwähnte jeden einzelnen Schritt der Vorbereitungen, den ich im Hinblick auf die Auslöschung Dourdines unternommen hatte, nannte alle Schwierigkeiten und alle unvorhersehbaren Hindernisse, die sich mir in den Weg gestellt hatten. Und das, obwohl mir das Schicksal in der Person Mika Brahuts einen Joker vor die Füße gelegt hatte, auf den später der Verdacht gefallen war.

»Wir müssen uns überlegen, ob es in der Umgebung deines Vaters einen Mika Brahut gibt, Noème. Sollte dem so sein, wird uns dieses Verbrechen weder auf der technischen noch auf der moralischen Ebene irgendwelche Schwierigkeiten bereiten. Stimmst du mir zu?«

Sie tat es, allerdings mehr aus Liebe denn aufgrund meiner Überzeugungskraft. Sie biss sich auf die Lippen und dachte angestrengt nach. Schließlich erklärte sie, dass ihr Vater eigentlich nur Feinde hatte – sowohl solche, die ihre Antipathie offen zeigten, als auch solche, die ihn im Geheimen verabscheuten. Er hatte Handwerker, ehrenwerte Arbeiter und unbescholtene Beamte betrogen. Er hatte Alibis, falsche Zeugenaussagen und gefälschte Dokumente gekauft. Er hatte Arbeiter, Angestellte und Vorgesetzte entlassen, Familien ruiniert, Familienväter in den Freitod, Kinder ins Exil, Tanten in die Verzweiflung, Vettern in den Alkoholmissbrauch und Freunde in die Schande getrieben. Es klang, als hasse ihn die ganze Welt und als gäbe es auf Erden nicht ein einziges Wesen, das nicht mindestens schon einmal daran gedacht hatte, ihn zu vernichten, und zwar am besten qualvoll und äußerst schmerzhaft.

»Das Beste wäre, ich würde dich meinen Eltern vorstellen«, sagte sie. »Dann kannst du dir selbst ein Bild von den Zuständen machen und hast außerdem Gelegenheit, die genaue Lage ihrer Halsschlagadern zu erkunden. Wir laden uns einfach morgen Abend bei ihnen ein. Dafür brauchen wir nicht einmal einen Grund zu erfinden, es ist schließlich völlig normal, dass eine Frau ihre Eltern informiert, wenn sie heiraten und eine entsprechende Einladung aussprechen will. Ich kann mir jetzt schon ihren Gesichtsausdruck vorstellen, wenn ich ihnen den glücklichen Auserwählten präsentiere.«

Sie prustete vor Lachen. Ich war verletzt.

»Wie bitte? Findest du, dass ich nicht gut genug für dich bin?«, erkundigte ich mich.

»Natürlich bist du gut genug für mich, Majésu. Aber ich bin mir nicht sicher, ob du es auch für sie bist.«

»Ich bin nicht irgendwer und schreite hoch erhobenen Hauptes durchs Leben. Ich unterhalte mich auf Augenhöhe mit dem Papst oder mit dem Staatspräsidenten. Die Reichen beeindrucken mich keineswegs. Ich hätte viele Dinge im Leben erreichen können, aber ich habe es vorgezogen, meinem Schicksal zu gehorchen. Ich bin der, der ich immer sein wollte. Ich habe mich perfektioniert.«

»Reg dich nicht auf, Liebling. Wenn du meine Eltern erst kennengelernt hast, wirst du keine Lust mehr haben, von ihnen respektiert oder anerkannt zu werden. Und du wirst mich noch besser verstehen und noch viel inniger lieben.«

Für das, was folgte, bedarf es keines Kommentars. Ohne mich loben zu wollen, kann ich sagen, dass ich großartig war. Nicht nur die Bettlaken werden sich daran erinnern.

4

Das Haus der Parkers lag am Ortsausgang, etwa eine Viertelstunde Fußmarsch von der Endhaltestelle des Busses entfernt, und sah aus wie ein Schloss. In Einkaufstüten hatten wir ein Picknick mitgenommen, Brot, Käse, ein Sixpack Bier und eine Banane. Noème wollte ihren Eltern keinesfalls etwas schuldig sein.

»Ich habe unsere Ankunft lediglich deshalb auf die Essenszeit gelegt, um das Vergnügen zu haben, ihre Einladung ausschlagen zu können. Sich an ihren Tisch zu setzen geht gerade noch an, schließlich sind wir keine Barbaren. Aber von dem Essen zu kosten, für das das Volk im Schweiße seines Angesichts gearbeitet hat, würde meine Kräfte übersteigen.«

Die Hausangestellte öffnete beim ersten Läuten. Drinnen waren bereits alle über unsere Ankunft informiert, denn der Park wurde von Kameras überwacht. Einem Besucher mit meiner Sehschärfe entgeht so etwas nicht.

»Ah, Mademoiselle Noème! Ich werde Ihren Herrn Vater und Ihre Frau Mutter sofort informieren …«

Noch ehe die Frau auf dem Absatz kehrtgemacht hatte, packte Noème sie hart am Arm und fragte mit schneidender Stimme:

»Wann haben Sie die letzte Gehaltserhöhung bekommen?«

Die Angestellte senkte den Blick und begann zu zittern.

»Nicht einmal eine kleine Anpassung?«, bohrte Noème weiter. »Und auch keinen Bonus wegen gesundheitsgefährdender Tätigkeiten? Keine Vergütung für den Misstand, mit derart verachtenswerten Menschen unter einem Dach leben zu müssen? Sie brauchen nicht vorauszugehen, ich kenne den Weg.«

Sie schob das Hausmädchen mit einem energischen Stoß beiseite und ging auf die Glastür zu, die sich rechts von der monumentalen Treppe befand.

»Hast du bemerkt, wie es hier nach Geld stinkt?«, fragte sie.

Ich muss zugeben, es hatte etwas. Der Antiquitätenhändler in mir war jetzt hellwach. Objekte aus Bronze, seltene Holzarten, Stilmöbel und Marmor – jedes einzelne Stück war einen ganzen Batzen Geld wert. Auch die Gemälde lohnten ein genaueres Hinsehen. Noème platzte gewaltsam in das große Wohnzimmer und zog mich am Zipfel meiner Jacke hinter sich her.

In den Sesseln saßen sechs oder sieben Personen, die neugierige Blicke austauschten. Eine Frau stand auf, fuhr sich mit dem rechten Handrücken über die Stirn und trat einen Schritt vor.

»Ah, Noème! Wie schön, dich wieder einmal hier zu Hause zu sehen!«

Es war zweifellos ihre Mutter. Familienzusammengehörigkeit erkenne ich mühelos auf den ersten Blick.

»Meine Mutter«, stellte Noème sie vor und zog die Nase hoch.

»Das ist meine Tochter Noème«, erklärte Madame Parker den anderen Gästen, die lächelnd nickten und ihr Erstaunen zu verbergen versuchten. »Gib mir einen Kuss, meine Kleine.«

Noème gehorchte, weil man die Liebe einer Mutter

um keinen Preis der Welt enttäuschen sollte, ohne Rücksicht darauf, dass Pedanterie bekanntermaßen die Fessel der Revolution ist. Anschließend küsste sie die Wange eines schwergewichtigen Mannes mit schweinchenrosa Hautfarbe, der in einem anderen Ambiente problemlos als Bürger der britischen Inseln durchgegangen wäre.

»Mein Vater«, sagte sie und schob mich auf ihn zu.

Ich ergriff die Hand, die sich mir wenig überzeugt entgegenstreckte. Die Mutter erkundigte sich mit lauter Stimme, ob Noème alle Gäste kenne. Anwesend waren der Geschäftsführer eines Reinigungsunternehmens nebst Gattin, ein bereits stark alkoholisierter Abgeordneter, ebenfalls nebst Gattin, sowie ein hohlbrüstiger Greis, der mir als international angesehene Koryphäe auf dem Gebiet des Zirkumflex im dichterischen Werk von Rimbaud präsentiert wurde.

»Ich möchte Ihnen Majésu vorstellen«, begann Noème. »Majésu Monroe.«

»Monroe, wie die berühmte Amerikanerin?«, erkundigte sich die Mutter, um zu verdeutlichen, dass sie keineswegs ungebildet war.

»Wie Marilyn, ganz richtig«, bestätigte ich.

Um zu beweisen, dass ich mich in jeder Gesellschaft wohlfühlte, fügte ich gleich im Anschluss hinzu, dass ich mit der Schauspielerin weder verwandt noch verschwägert sei.

»Ja, ja, Amerika ist weit weg«, bemerkte die Mutter. »Aber wissen Sie, mit Flugzeugen ist die Welt heutzutage zu einem Dorf geworden.«

»Nennen wir es lieber eine Kleinstadt«, brummte der Abgeordnete und warf einen schrägen Blick auf sein Glas, das schon länger nicht mehr gefüllt worden war.

»Ich lasse noch schnell zwei Gedecke auflegen«, erklärte die Mutter. »Ihr habt doch sicher Hunger.«

Noème schwang ihre Einkaufstüte.

»Wir haben uns Proviant mitgebracht.«

»Verstehe«, sagte die Mutter, ohne aus der Fassung zu geraten. »Aber von einem Teller schmeckt es einfach besser.«

Getreu ihrer Überzeugung protestierte Noème zwar, aber nur noch aus Prinzip. Sie lümmelte sich in einen Sessel und benahm sich so, wie sich arme Leute ihrer Ansicht nach benehmen. Sie popelte in der Nase, rülpste und benutzte unflätige Wörter, wann immer sich die Gelegenheit dazu bot. Ihr Vater ließ sie nicht aus den Augen. Ich spürte seinen Verdruss, vielleicht litt er sogar. Er ging sparsam mit Worten um und hörte seinen Gästen mit beflissener, wohlwollender Miene zu, die man – je nachdem, ob man ihn mochte oder nicht – als distanziert oder herablassend bezeichnen konnte.

»Dürfte ich kurz um Ruhe bitten?«, rief Noème, nachdem sie in die Hände geklatscht hatte.

Die Aufmerksamkeit aller Anwesenden wandte sich ihr zu.

»Ihr denkt hoffentlich nicht, dass ich gekommen bin, um mir euren Schicki-Micki-Klatsch anzuhören ...«

»Wir denken gar nichts, Noème«, wandte die Mutter ein. »Du bist hier zu Hause und kannst in diesem Haus ein und aus gehen, wie es dir gefällt. Wir freuen uns immer, wenn du kommst.«

»Ich muss euch etwas mitteilen«, fuhr Noème fort und ließ ihren Blick von einem zum anderen gleiten. »Dazu möchte ich vorausschicken, dass ich das nicht etwa aus Vergnügen mache oder weil ich mich den in eurer Kaste herrschenden Konventionen füge, sondern lediglich, weil mir wichtig ist, dass ihr die Neuigkeit von mir und nicht etwa von jemand anderem erfahrt. Im Gegensatz zu gewissen Leuten habe ich nichts zu verbergen, nichts zu gewinnen und auch nichts zu verlieren – abgesehen von meinem Selbstwertgefühl und der Liebe des einfachen Volkes.«

Ein überraschtes Schweigen breitete sich aus, das lediglich vom Magenknurren des Abgeordneten gestört wurde. Zwar versuchte er, das Geräusch mittels eines vorwurfsvollen Blickes seiner Gattin zuzuweisen, doch ließ sich davon niemand täuschen.

»Ich wollte nur sagen«, setzte Noème ihre Ansprache fort, »dass Majésu und ich beschlossen haben, unsere Geschicke zu vereinen.«

»Was willst du damit sagen?« fragte Madame Parker. »Wollt ihr zusammenziehen oder was?«

»Nun, es geht wohl eher um das ›oder was‹. Wir leben nämlich schon seit einiger Zeit zusammen.«

»Ich verstehe nicht ganz.«

Sie sagte die Wahrheit. Sie verstand tatsächlich nicht. Der Vater blinzelte als Zeichen dafür, dass er seine Meinung kundtun wollte.

»Ich glaube, Liebling, Noème will uns ihre Absicht mitteilen, Madame Majésu Monroe zu werden. Habe ich das so richtig verstanden?«

»Du hast den Nagel auf den Kopf getroffen«, nickte Noème.

Die Mutter schien gerührt zu sein. Die Erste, die reagierte, war die Gattin des Abgeordneten. Sie gratulierte uns weinselig und herzlich.

»Ihr heiratet? Also, ihr heiratet«, wiederholte die Mutter immer noch völlig perplex. »Ihr beide heiratet. Du und Monsieur Monroe. Richtig?«

»Du hast es geschnallt«, bestätigte Noème ein klein wenig vulgär.

»Das habe ich nicht erwartet«, musste Madame Parker zugeben.

Noème erkundigte sich ironisch, ob die Neuigkeit ihr Mutterherz erfreue. Es war der Vater, der antwortete:

»Was dich glücklich macht, Noème, macht auch uns glücklich. Daran darfst du niemals zweifeln.«

»Sehr gut«, seufzte Noème. »Dann treffen wir uns also nächsten Samstag um sechzehn Uhr im Rathaus. Anschließend gibt es einen Umtrunk. Zwanglos. Majésu und ich würden uns über euer Kommen freuen, nicht wahr, Majésu?«

Ihre Frage erwischte mich auf dem falschen Fuß, was mir nur sehr selten passiert. Durch meine Fähigkeit, mehrere Gedanken gleichzeitig verfolgen zu können, hatte ich mich von der aktuellen Situation entfernt. Daher murmelte ich lediglich eine undeutliche Zustimmung. In diesem Augenblick erschien die Hausangestellte an der Tür und rief in voller Lautstärke:

»Es ist angerichtet.«

Noème und ich packten unser Picknick aus und öffneten die Bierdosen, während sich die reichen Rüpel sautierte Foie Gras reinzogen, deren Duft meinen Appetit ordentlich wachkitzelte. Sie spülten das Gericht mit einer Spätlese hinunter, die im ganzen Zimmer den Geruch von Weinbergen verbreitete. Tapfer wie eine Kämpferin biss Noème in ihren Brotkanten. Die Eltern boten auch mir Foie Gras an, doch ich fühlte mich verpflichtet, sie abzulehnen. Manchmal stellt uns der Himmel vor schwere Prüfungen.

»Welchem Beruf gehen Sie nach, Monsieur Monroe?«, fragte der Vater sehr sanft, während er sein zweites Stück Gänsestopfleber in Angriff nahm.

Die Frage war nicht besonders schwer zu beantworten, doch ich konnte nicht umhin, meiner künftigen Gattin einen raschen Blick zuzuwerfen. Sie war damit beschäftigt, mit dem kleinen Finger der rechten Hand, dessen Nagel sie eigens zu diesem Akt der Mundhygiene wachsen ließ und auf bestimmte Weise zuschnitt, in ihren Zähnen zu pulen. Wieder einmal fiel mir auf, wie gut ihr der Ring von Rasputins Schwester stand.

»Ich handele mit Raritäten«, erklärte ich stolz.

»Genau genommen verkauft er Antiquitäten«, warf Noème ein, die es mit der Wahrheit immer sehr genau nahm.

»Antiquitäten, sehr richtig«, bestätigte ich, »aber nicht etwa Trödel. Ich habe mich auf außergewöhnliche Fundstücke spezialisiert, auf wunderbare Dinge, denen Poesie innewohnt, verstehen Sie? So habe ich zum Beispiel vor wenigen Minuten erfahren, dass Monsieur hier Experte auf dem Gebiet des Zirkumflex im dichterischen Werk Arthur Rimbauds ist ...«

»Und zwar international«, verdeutlichte der hohlbrüstige Greis.

»Natürlich, ein internationaler Experte. Dabei musste ich unwillkürlich daran denken, dass ich einen authentischen Zirkumflex von Arthur Rimbaud in meinem Fundus habe.«

Die geradezu unglaubliche Enthüllung hinderte den Alten keineswegs an der selbst gestellten Aufgabe, seine Foie Gras im gleichen zeitlichen Rahmen zu vertilgen wie seine Tischgenossen. Er synchronisierte seinen letzten Bissen mit den letzten Happen der anderen, legte anschließend sein Besteck zur Seite und wandte mir dann seinen schönen Kopf eines kränkelnden Wissenschaftlers zu.

»Sie überraschen mich«, sagte er.

»Ich weiß. Und Sie sind nicht der Erste.«

»Ich bin überzeugt, dass er nicht echt ist.«

»Sollte er nicht echt sein, so wurde er von Arthur Rimbaud höchstpersönlich gefälscht. Ich möchte Sie darauf hinweisen, dass dieser Zirkumflex von Paul Verlaine in persona zertifiziert wurde.«

»Für einen Schoppen zertifizierte Paul Verlaine alles, was man ihm vorlegte. Er trank, was Ihnen vermutlich bekannt sein dürfte. Wie können Sie sich auf das Wort eines Alkoholikers verlassen? Auch möchte ich Sie daran erinnern, dass er seine Mutter schlug. Und dass er seine jüngeren Brüder schlecht behandelte, die keine Möglichkeit hatten, sich zu verteidigen, weil sie als Föten in Formaldehyd eingelegt waren.«

»Trotzdem ...«

Noème schnitt mir das Wort ab und fauchte mit einer Autorität, die ich noch nicht an ihr kannte:

»Hör auf, mit dem Kerl herumzudiskutieren, Majésu. Er ist nur ein Spinner von der Universität. Das führt doch zu nichts.«

Wie eine Löwin, die ihre Jungen verteidigt, drehte sie sich abrupt zu dem Rimbaud-Jünger um. Erst dachte ich, sie würde ihm ins Gesicht spucken, doch sie hatte ihre Gefühle unter Kontrolle.

»Was den Zirkumflex angeht«, sagte sie, »so kann es ein alter Professor, der vom Lesen halb blind ist, keinesfalls mit einem Mann am Puls der Zeit aufnehmen. Majésu weiß, wovon er spricht. Er denkt sich nichts aus.

Hätte er Sie verarschen wollen, hätte er behauptet, ganze Schachteln voller Zirkumflexe zu besitzen. Aber er hat nur von einem gesprochen. Einem ganz besonderen. Einem originalen.«

»Der Zirkumflex der Ardennen«, pflichtete ich ihr bei. »Er ist ein wenig überdehnt, und genau das ist der Beweis.«

»Sehen Sie«, trumpfte Noème auf. »Wissenschaftlicher geht es nicht. Nur, weil wir schlecht gekleidet sind, können Sie uns noch lange nicht das Recht auf Intelligenz, Kultur und Innenleben absprechen.«

»Dennoch muss ich nach wie vor daran denken ...« beharrte der Professor.

»Zum Denken braucht man ein Gehirn und keine Zeugnisse. Ich verstehe nicht, wieso Sie überhaupt hier sind, Sie und diese Gelbbauchhyäne von Abgeordnetem ...«

»Diese Diskussion ist sinnlos und bringt uns nicht weiter, mein Liebling«, warf der Vater ein. »Und das weißt du auch. Wie denken Sie darüber, Monsieur Monroe?«

Ich dachte nichts Besonderes und gehöre generell zu den Menschen, die niemals Öl ins Feuer gießen. Ich bin durchdrungen vom Geist der Schlichtung. In meinen Träumen existiert die universelle Harmonie, zumindest jedoch Friede auf Erden, gegenseitiges Verstehen, Eintracht und Einheit.

»Ich glaube, ich tendiere eher in Richtung eines Konsenses«, sagte ich. »Monsieur hat das Recht zu zweifeln. Er ist Kartesianer. Ein wenig wie der heilige Thomas. Ich halte mich zu Ihrer Verfügung, Ihnen das Objekt zu zeigen. Wann immer Sie wollen. Hier ist meine Karte.«

Die Akte war geschlossen. Der Vater hatte zu jedem

meiner Worte genickt. Der Abgeordnete schmollte und versenkte seine Nase in seinem Teller. Volksvertreter hassen es, als Gelbbauchhyänen bezeichnet zu werden, obwohl dieser Ausdruck durchaus mit ihren Funktionen korreliert.

Gegen Ende der Mahlzeit forderte Monsieur Parker mich auf, ihn in sein Büro im ersten Stock zu begleiten. Es ginge um eine Expertise, sagte er.

»Stellen Sie sich vor, ich besäße eine präparierte Biene, die mir als diejenige Biene verkauft wurde, die Malern und Künstlern in napoleonischer Zeit immer wieder als Modell diente. Wären Sie bereit, sie zu begutachten?«

Wie konnte der Mann wissen, dass er gerade mit einem der gewieftesten Kenner der Gattung Apidae aus der Zeit des Kaiserreichs diniert hatte? Mir ist klar, dass ich meine Gelehrtheit geradezu ausschwitze, mir war jedoch nicht bewusst, dass man sie mir von der Stirn und meinen Schläfen ablesen kann. Bescheiden, wie ich nun einmal bin, gab ich mich überrascht. Wie er darauf kam? Ob er etwa Gedanken lesen konnte? Hatte man in der Stadt von mir geredet? Er zog mich hinter sich her, während ich mir eine Frage nach der anderen stellte. Unterwegs betrachtete ich mich in den überall vorhandenen Spiegeln und straffte meinen Rücken, was ein probates Mittel ist, um größer zu wirken.

Das Büro war prachtvoll. Leider fehlt es mir hier an Platz, den Prunk ausführlich zu beschreiben, und außerdem möchte ich gern rasch zu den Fakten kommen.

Mit ausladender Geste lud Monsieur Parker mich ein, in einem der Sessel vor dem Schreibtisch Platz zu nehmen. Er trat hinter mich, und ich hörte ihn mit

Schranktüren, Gläsern und Flaschen herumhantieren. Er kam zurück, reichte mir ein Glas und setzte sich neben mich in einen Sessel. Auf Augenhöhe.

»Monsieur Monroe, ich betrachte es als meine Pflicht, ganz offen mit Ihnen zu sprechen. Von Mann zu Mann. Und glauben Sie mir, das fällt mir nicht leicht.«

Ich blickte mich um, auf der Suche nach einer Biene in einer Schatulle. Aber Monsieur Parker lieferte sofort eine Erklärung.

»In unserem Gespräch geht es nicht um Bienen ...«

Er wirkte leicht verärgert.

»Ich bin durchaus nicht gegen Bienen«, sagte ich, um ihn ein wenig zu entspannen, »aber auch nicht unbedingt dafür. Mir ist alles recht. Wenn Sie möchten, liefere ich Ihnen auch eine Expertise für einen Elefanten.«

»Ich zöge es vor, Monsieur Monroe. Glauben Sie mir, ich zöge es vor.«

»Ich habe keinen Grund, an Ihrem Wort zu zweifeln, Monsieur Parker.«

Er holte tief Luft und nahm seinen Mut zusammen:

»Ich möchte mit Ihnen über Noème sprechen«, sagte er verlegen.

»Das trifft sich gut, denn sie ist mein Lieblingsthema.«

»Ist es Ihnen wirklich ernst mit dieser Hochzeit?«

Die Frage fiel ihm schwer. Zwar stellte er sie, doch ich spürte, dass er weitaus lieber über andere Dinge gesprochen hätte.

»Absolut ernst, Monsieur Parker. Das Aufgebot ist bestellt, alle Einzelheiten des Festes sind bereits geregelt. Wir lieben uns. Ich muss Ihnen gestehen, dass Noème mich bereits gewarnt hat, dass Sie gegen unsere Verbindung sein würden. Aber es ist nun einmal, wie es ist – das Glück ist ein Eichhörnchen, wir haben das Leben noch vor uns und nichts ist stärker als die Liebe. Man muss Vernunft walten lassen und Klassenvorurteilen keinen Raum bieten.«

»Wissen Sie, Monsieur Monroe, ich bin durchaus nicht gegen die Verbindung. Ich liebe meine Tochter. Wir leben nicht mehr im Mittelalter und sie darf heiraten, wen sie will. Wie beurteilen Sie sie?«

»Sehr gut.«

»Ich meine: Wie beurteilen Sie sie psychologisch gesehen?«

»Sehr gut, Monsieur Parker.«

»Kommt sie Ihnen nicht manchmal ein wenig überzogen vor? Zum Beispiel in ihrer Wortwahl oder ihrem Benehmen?«

»Sie hat eben ihre eigene Lebensphilosophie. Sie glaubt, dass Geld nicht glücklich macht, und ich teile diese Ansicht.«

»Finden Sie sie ausgeglichen? Vernünftig? Umsichtig?«

»Aber sicher.«

Er trank einen Schluck. Ich wusste nicht, worauf er hinauswollte, und hatte das Gefühl, dass er dabei war, mich vor einer Gefahr zu warnen. Sein Kummer war offensichtlich, er lag in der Luft wie ein schlechtes Parfüm, und ich konnte ihn geradezu einatmen.

»Ich weiß nicht, wie ich es Ihnen sagen soll, Monsieur Monroe. Ich fürchte, Sie werden meiner Tochter über unsere Unterhaltung berichten, und dann wäre sie nicht nur sehr wütend, sondern auch sehr traurig ... Ehrlich gesagt wünsche ich mir, dass dieses Gespräch ganz unter uns bleibt ...«

»Sie haben Glück, Monsieur Parker. Ich bin ein

Mensch von absoluter Diskretion. Wenn ich über alles sprechen würde, was ich weiß, wäre ich ein gemachter Mann, aber wie Sie selbst feststellen können, bin ich nicht gerade mit irdischen Gütern gesegnet. Ich verspreche Ihnen zu schweigen wie ein Grab.«

Mein Versprechen schien ihn nicht restlos zu überzeugen, doch er gab sich damit zufrieden.

»Um es kurz und schmerzlos zu machen, Monsieur Monroe: Noème ist verrückt.«

»Verrückt! Das ist leicht gesagt, Monsieur Parker. Bisher konnte ich noch keine Anomalie feststellen.«

»Wie lange kennen Sie sich jetzt?«

»Seit etwa einem Monat. Fünf Wochen. Wäre in dieser Zeit etwas Merkwürdiges vorgefallen, hätte ich es sicher bemerkt. Wir verbringen unsere gesamte Zeit miteinander und lassen uns keine Sekunde aus den Augen. Tag und Nacht, werktags und an den Wochenenden. Außer beim Verrichten menschlicher Bedürfnisse sind wir immer zusammen. Und wir streiten nie, nie erhebt einer von uns die Stimme. Unser Verhältnis ist von Sanftmut geprägt, wir sind immer solidarisch und gehen von morgens bis abends und von abends bis morgens zärtlich miteinander um.«

Während ich redete, wanderten meine Gedanken zu Noèmes Wunsch, ihre Eltern zu Mordopfern zu machen. Am Esstisch hatte sie auf ihren Vater gezeigt und ein winziges Zeichen in Richtung seiner Halsschlagader gemacht, um mich an unsere geheime Abmachung zu erinnern. Ihre Aufmerksamkeit war jedoch eher auf den Unternehmer als auf den Vater gerichtet, ihr Vorhaben zeugte von rein politischem Kampfgeist. Keinesfalls konnte es sich um eine Familienangelegenheit handeln.

»Monsieur Monroe, meine Tochter wird einen Weg

finden, Ihnen das Leben schwer zu machen. Sie wird Sie nicht in Ruhe lassen. Sie wird Sie so lange drangsalieren, bis Sie ihren Forderungen nachgeben. Sie hat vor nichts Angst, und wenn es sein muss, setzt sie Himmel und Hölle in Bewegung, um ihren Willen zu bekommen. Sie ist pervers. Dieses Urteil zerreißt mir das Herz, Monsieur Monroe, beschreibt aber ziemlich genau die Persönlichkeit meiner Tochter. Es gibt Menschen, von denen man behauptet, sie seien zu allem fähig. Verglichen mit Noème sind diese Leute wahre Engel, das können Sie mir glauben. Sie ist nur zum Allerschlimmsten fähig.«

»Gestatten Sie mir, Sie darauf hinzuweisen, dass ich Ihnen nicht gestatte, meine derzeitige Verlobte und zukünftige Ehefrau zu verunglimpfen. Ich möchte Sie darauf aufmerksam machen, dass ich volljährig bin und um meine Verantwortung weiß. Wenn ich heirate, heirate ich wohlüberlegt. Da ich selbst körperlich und geistig gesund bin, wäre es für mich undenkbar, eine Person zu ehelichen, deren geistige Gesundheit nicht über jeden Zweifel erhaben ist. Und ich sage Ihnen, dass Noème die normalste Frau ist, der ich je im Leben begegnet bin.«

Er nahm meine Erklärung mit leicht enttäuschtem Gesichtsausdruck zur Kenntnis und seufzte:

»Sie wird irgendetwas aushecken, um Ihnen das Leben zu vermiesen. Ich weiß nicht, was, aber ihre Boshaftigkeit scheint manchmal grenzenlos. Meine Tochter ist aggressiv, nachtragend und feindselig. Sie akzeptiert nicht die kleinste Einschränkung.«

»Sie lehnt sich auf, Monsieur Parker, und sich aufzulehnen ist ein durchaus ehrenwerter Vorgang. Selbst Jesus tat es gegenüber den Römern, wenn ich Sie daran erinnern darf.«

»Aber man weiß auch, wie es für ihn ausging ...«

»Schon, aber das war erst ganz zum Schluss.«

»Auch für Noème wird die Geschichte schlecht ausgehen. Zumindest fürchte ich das. Ich kann kaum noch schlafen. Ich habe Magengeschwüre. Ich weiß nicht mehr, was ich tun soll. Ich muss zugeben: Ich bin ratlos.«

»Sie machen sich ganz umsonst Sorgen, Monsieur Parker.«

»Ich möchte doch nur verhindern, dass sie eines Tages auf dem Schafott endet.«

»Nun aber mal halblang. So weit sind wir noch lange nicht. Was reden Sie da überhaupt? Beruhigen Sie sich, Monsieur Parker. Beruhigen Sie sich und hören Sie auf, die Situation unnötig zu dramatisieren. Das Leben ist schön, und die Zukunft liegt in unseren Händen.«

»Wenn Sie wüssten, was sie uns alles angetan hat ...«

In seinen Augen standen Tränen. Es ist beeindruckend, einen so reichen Mann weinen zu sehen. In loser Reihenfolge erzählte er mir allerlei schreckliche Geschichten über Probleme in der Schule und im Firmungsunterricht, über launenhafte und missglückte Abendveranstaltungen, über Ferien, deren Ende von Blut und Feuer geprägt war. Falls er seine Tochter vor meinen Augen hätte abwerten wollen, wäre er es vermutlich genau so angegangen. Es war eine tränenreiche, aber grimmige Anklage.

»Wenn ich Sie richtig verstehe, wollen Sie mir Noème ausreden.«

»Ich versichere Ihnen, dass mich meine Liebe zu ihr zur Untertreibung zwingt. Ich zeichne Ihnen lediglich das Bild eines gnadenlosen, egoistischen, berechnenden, verrückten Mädchens. Wäre ich bei der vollen

Wahrheit geblieben, hätte ich Ihnen ein Monster beschreiben müssen.«

Er traute sich nicht einmal mehr zu trinken, sondern schob sein halb geleertes Glas an den Rand des Schreibtischs, bevor er sein Gesicht vor Leid in beiden Händen verbarg. Ich ging davon aus, dass er mir etwas vorspielte und dass sich hinter diesem Auftritt die Absicht verbarg, unsere Heiratspläne zu sabotieren. Alles, was er erzählte, war dazu angetan, Zweifel in mir zu wecken. Absichtlich. Er verfolgte eine Strategie. Menschen wie er sind nun einmal bösartig. Lügen ist für sie so selbstverständlich wie Atmen, und ihr Blick besudelt alles, was er trifft.

»Ich wollte Sie nur warnen, Monsieur Monroe.«

Während ich oben mit ihrem Vater sprach, rupfte Noème im Esszimmer ein Hühnchen mit den Gästen. Zu Beginn attackierte sie den Professor, den sie beschuldigte, eines seiner Werke durch die Parkers finanzieren lassen zu wollen, die mit ihrem Mäzenatentum öfter einmal Geldwäsche betrieben. Obgleich der alte Mann recht hartnäckig und ziemlich skrupellos war, hätte ihn beinahe der Schlag getroffen. Er faltete die Hände wie ein Tragödiendarsteller und flehte den Dichter Arthur Rimbaud höchstpersönlich an, den Blitz in den Schädel dieser eingebildeten Pute fahren zu lassen, welche die Universität derart in den Schmutz zog. Die Mutter entschuldigte sich im Namen ihrer Tochter. Aber Noème hatte sich bereits dem Geschäftsführer der Reinigungsfirma zugewandt und schmähte ihn in vollem Ernst, eine »schwarze Schlange« und »widerwärtig schulmeisterhaft« zu sein. Und so weiter. Meines Erachtens hatte sie recht. Ihre Mutter wusste schon längst nicht mehr, wie sie ihre Gäste noch bei Laune halten sollte. Als letzte Geste der Beschwichtigung reichte sie ein Körbchen mit Pralinen herum, und alle griffen beherzt zu.

»Wenn ich das richtig sehe«, erklärte Noème mit angeekelt verzogenem Mund, »bin ich hier die Einzige, die sich nicht kaufen lässt.«

Als ihr Vater und ich aus dem Arbeitszimmer traten, hörte ich, wie sie den Gästen Beleidigungen wie »Schleimer« und »Arschlöcher« an den Kopf warf, welche diese klaglos hinnahmen, als handele es sich um allgemein bekannte Fakten.

5

Fast während der gesamten Woche vor der Hochzeit schüttete es wie aus Eimern. Die Kunden blieben aus, die Arbeitsbedingungen waren schlecht, und die Verkaufszahlen sanken. Noème und ich verkrochen uns Schulter an Schulter unter unseren Planen und erlebten Augenblicke wässriger Gemeinsamkeit. Ich verkaufte mit Bärten verzierte Joghurtbecher, die Werke eines Varietékünstlers mit sinkendem Stern sowie aus Eierschalen geschnittene und auf Pfeifenputzer montierte Tulpen.

Noème schlug vor, dass wir uns zum Zeitvertreib der genauen Planung des Mordes an ihren Eltern widmen sollten. Seit dem Abend im Hause Parker warf sie mir vor, weniger motiviert zu wirken.

»Du hast es versprochen, also wirst du es auch tun«, sagte sie.

»Ich halte Wort«, versicherte ich, bemühte mich aber, ihre Ungeduld zu zügeln. Als sie mich nach dem Gespräch mit ihrem Vater ausfragte, berichtete ich von der Expertise einer präparierten Biene.

»Er hat dich eingelullt, das merkt man sofort«, sagte sie.

»Derjenige, der mich einlullt, muss erst noch geboren werden. Ich bin hart wie Granit. Oder wie Stahl.«

»Mein Vater ist gut im Manipulieren. Er hat keinerlei Moral und agiert immer berechnend. Er verfolgt nur seine eigenen Interessen. Unter seinem ausgesprochen liebenswerten Äußeren verbirgt sich ein gefährlicher Spinner. Er ist ein Unternehmer, wie er im Buche steht – hundertmal schlimmer als Dourdine.«

»Hundertmal schlimmer ist hundertmal zu viel, Noème. Du kennst doch das Sprichwort: Einmal Unternehmer, immer Unternehmer.«

»Mindestens hundertmal, Majésu. Mindestens.«

Jeden Tag überlegte ich, warum ein Mädchen aus reichem Haus unbedingt seine Eltern töten wollte – und zwar einzig und allein, weil sie reich waren.

Natürlich ist es eine Schande, reich zu sein, und ich bin der Erste, der bereit ist, das zuzugeben. Ich hasse die Reichen. Die Reichen zu hassen ist ein Liebesbeweis der Armen an sich selbst. Je mehr ich die Reichen hasse, desto mehr liebe ich mich. Aber es gibt Reiche und Reiche. Es gibt Reiche, die man nicht kennt, und Reiche, mit denen man von Mann zu Mann diskutiert hat.

»Du hast Dourdine um deines eigenen Vergnügens willen getötet«, plädierte Noème. »Meine Eltern könntest du töten, um mir eine Freude zu machen. Es wäre ein wundervolles Hochzeitsgeschenk.«

Ich jedoch dachte an etwas anderes. Woran? Ich weiß es nicht. Wenn ich denke, denke ich ins Leere. Ich bin ein Gehirn, das in höheren Sphären schwebt. Ich warte darauf, die Strömungen zu erhaschen, die den Lauf der Dinge verändern.

»Ich möchte dich so gern sehr glücklich machen, Noème«, sagte ich aufs Geratewohl.

»Du weißt, wie du mich glücklich machen kannst«, seufzte sie und schmiegte sich noch fester an mich.

Es bedurfte zweier Tage im Rauschen des Regens, sie zu überzeugen, dass die Parkers keinesfalls in der Hochzeitsnacht ermordet werden konnten. Mühsam kämpfte ich mich Zentimeter um Zentimeter vorwärts und wich nicht einen Schritt zurück. Noème gab sich abwechselnd verärgert oder verzweifelt, aber sie liebte mich und deshalb beugte sich ihr Wille schließlich ihrem Gefühl. Sie musste begreifen, dass es besser war, wenn ich die Tragödie nach eigenem Gutdünken und eigenen Methoden inszenierte und mich dabei auf die bei Dourdine bereits erworbenen Erfahrungen stützte.

»Mir doch egal …«, brummte sie zusammengekrümmt.

Sie bohrte nicht weiter, tat aber so, als würde sie schmollen. Ich beschäftigte mich damit, die Kleinode meiner Auslage umzuräumen. Ab und an trafen sich unsere Blicke, und ich weiß, dass sie in meinen Augen nach Zeichen meiner Entschlossenheit suchte, noch einmal einen Unternehmer zu töten. Was ihr die Fortsetzung unserer Geschichte versichern würde. Aber manchmal kamen ihr dann Zweifel:

»Wenn wir jetzt heiraten, wirst du deine Versprechen nicht halten wollen. Du wirst irgendeine Ausrede finden, um meine Eltern zu schonen.«

»Du kennst mich schlecht.«

»Ich kenne die Männer. Sie können gut reden, aber wenn man sie braucht, haben sie immer etwas anderes zu tun.«

Im Grunde ging es ihr nur um die Diskussion, weil sie befürchtete, dass wir uns nur noch anschweigen könnten. Wenn sie merkte, wie ich in die Unermesslichkeit meiner Träume abdriftete, war sie um ihrer selbst willen beunruhigt: Sie hatte dann die dumpfe Ahnung, verlassen zu werden. Ich muss zugeben, dass sie trotz ihrer manchmal unerbittlichen Art sehr zerbrechlich war. Daher nannte ich sie in trauter Zweisamkeit auch mein kleines Vögelchen, meine Dichterfeder, meinen geliebten Zephir und meine Zuckerwachtel. Die affektierten, kitschigen Kosenamen schienen ihr Ohr als Sozialaktivistin in keiner Weise zu beleidigen. Im Allgemeinen aber zog sie eine männlichere Sprache vor, eine Sprache ohne Poesie, die sie für eine Kunst im Dienste des Unternehmertums hielt. Ich teilte ihre Ansicht.

Trotz unserer beschränkten finanziellen Mittel hatte Noème mehr als hundert Gäste eingeladen. Die meisten von ihnen waren Arme und Alte aus ihrem Wohnblock und aus dem Bistro, in dem sie ihre altruistischen Ideen in die Tat umsetzte. Doch auch Persönlichkeiten vom Markt zählten zu den Geladenen: ein Gemüsehändler, ein Unterhosenverkäufer, ein Tätowierer, dessen Stand unter den Arkaden lag, und noch dazu irgendwelche schrägen Typen, die wir kaum kannten. Auch ein knappes Dutzend meiner Kumpel fand Berücksichtigung, unter ihnen ein Zollbeamter, mit dem ich seit der Grundschule befreundet war und der an der Grenze ab und zu Drogen schmuggelte – natürlich ohne sein Berufsethos je aus dem Blick zu verlieren.

Monsieur und Madame Parker hatten ebenfalls zugesagt. Sie schlugen vor, uns im Cadillac zu chauffieren. Angesichts der Ungeheuerlichkeit dieses Vorschlags hatte Noème sich darauf beschränkt, die Schultern zu zucken. In ihrem aus Putzlappen mit groben Stichen zusammengenähten Kleid sah sie hinreißend aus. Ich trug Kanalarbeiterstiefel. Die Idee stammte nicht von mir – natürlich nicht. Eigentlich fand ich sie sogar absurd. Aber meine naturgegebene Eleganz, meine aristokratische Kopfhaltung, meine katzengleiche Geschmeidigkeit, mein fester Blick und meine bezaubernde Konversation würden genügen, alle Blicke von den hässlichen Stiefeln abzulenken. Noème hatte mir eigenhändig einen Anzug aus Matratzenstoff genäht, dessen Grautöne mit dem etwas differenzierteren Grau der Putzlappen harmonierte.

»Wie originell!«, rief die Brautmutter begeistert. »Wisst ihr, dass so etwas in New York gerade hochmodern ist? Alle New Yorker heiraten in solcher Kleidung. Einfach toll! In den Staaten kostet ein solches Outfit ein Vermögen. Wirklich ein Vermögen! Mindestens zehntausend Dollar. Mein Liebling, du bist einfach überwältigend!«

Noème konnte sich offenbar des Gedankens nicht erwehren, dass es ihrer Mutter immer wieder gelang, ihr den Spaß zu verderben, ihre Anstrengungen ins Leere laufen zu lassen und ihre Provokation im Keim zu ersticken. Als sich unsere Blicke trafen, leuchtete eine kannibalische Gier in ihren Augen auf, und ich las darin das Schicksal, das sie für ihre Eltern erhoffte. Zwei Minuten später beugte sie sich zu mir und flüsterte:

»Sie verdienen es ... Kein Mitleid ... Urgh ...«

Ich fand, dass sie übertrieb. Zeit und Ort passten einfach nicht. Jetzt war Frohsinn angesagt. Noèmes Vater schüttelte mir in warmer Zuneigung die Hand. Er nannte mich seinen Schwiegersohn, legte mir den Arm um die Schultern, lud mich zu einem Traumurlaub auf einer Pazifikinsel ein und versprach, mir Miami zu zeigen. Er schlug mir freundschaftlich auf die Schulter und erklärte mir augenzwinkernd:

»Wir werden tolle Dinge miteinander unternehmen ...«

Diese Umstände weckten in mir ein Gefühl der Furcht. Ich stellte mir vor, dass mein Messer just in dem Moment, wo ich versuchte, ihm die Halsschlagader zu durchtrennen, sein Ziel verfehlen könnte. Ich kenne mich. Ich bin gefühlsduselig wie ein Teichhuhn. Sensibel wie eine Fotoplatte. Ich werde schnell traurig. Mit einem Wort: Ich habe ein Herz.

Weil er mich Schwiegersohn nannte, gestattete ich mir, ihn Schwiegerpapa zu nennen. Wir waren schon fast Freunde. Es entspricht der Wahrheit, dass ich auf ganz natürliche Weise Sympathie erwecke. Ebenso wie Vertrauen. Meine Anwesenheit ruft Begeisterung hervor. Außerdem beeindrucke ich durch mein breit gefächertes Wissen.

»Wissen Sie, Majésu«, erklärte mir Schwiegerpapa, »ich zähle stark auf Ihre Hilfe, Noème uns wieder mehr anzunähern. Sie kommt mir heute ein gutes Stück friedlicher vor. In ihren Augen leuchtet etwas Lebhaftes – eine Flamme, ein Feuer. Seit Sie da sind, beginnt sie wieder zu leben. Danke, Majésu. Danke!«

Er beklagte sich nicht über den mehr als billigen Schaumwein, der von ein paar seltsamen Figuren serviert wurde, die Kochmützen aus Krepppapier trugen, und ebenso wenig über die Kartoffelchips in Plastikwannen, in denen Dutzende Hände mit schwarzen Fingernägeln herumwühlten.

Schon im Verlauf der ersten Stunde wälzte sich die Hälfte der Hochzeitsgesellschaft unter den Tischen, teils paarweise, teils in Grüppchen. Noème tanzte wie besessen und brüllte blutrünstige Lieder. Inmitten des Elends und der Hässlichkeit schien sie sich wie im Paradies zu fühlen. Genau so hatte sie sich das Fest vorgestellt. Mein Schwiegervater ließ sich auf dieses überraschend exotische Lokalkolorit ein. Einiges daran erinnerte ihn an die Insel Mauritius, an Brasilien oder an Mexiko. Überall auf der Welt hatte er als Tourist die Armut besichtigt. Zwar war ihm bekannt, dass das gegenwärtige Frankreich zu den großen Produzenten armer Menschen gehört, aber der Prophet gilt nichts im eigenen Land, und jeder normale Mensch glaubt, dass die Armen des Nachbarlandes noch viel ärmer sind als die eigenen.

»Sie sehen toll aus«, begeisterte sich die Mutter. »Man fühlt sich tatsächlich in die Zeit des *Glöckners von Notre-Dame* versetzt. Sie wissen schon, dieser Roman von Victor Hugo.«

»Kenne ich«, sagte ich. »Hof der Wunder. Esmeralda. Frollo. Quasimodo. Die Kathedrale. In meinem Beruf kommt man an Victor Hugo nicht vorbei, Schwiegermama. Er ist nun einmal der herausragendste französische Dichter und schon für sich genommen eine wahre Antiquität. Bei einer Gelegenheit ist mir nur ganz knapp der Knochen seines rechten Ellbogens durch die Lappen gegangen, des Arms also, mit dem er sich auf seinem Schreibtisch aufstützte, wenn er sich mit der Hand an der Denkerstirn fotografieren ließ. Es ist der teuerste Ellbogenknochen von allen.«

»Das ist ja schier unglaublich ...«, hauchte sie mir ins Gesicht.

Ihr Atem roch nach Himbeeren, und aus ihrer Bluse drang der Duft von Blumen und Wildkräutern. Die zahlreichen aufeinanderfolgenden Depressionen hatten diese Frau in einem Zustand vollkommener Ruhe konserviert. Sie hatte nur wenige Falten, kaum Fett und strahlte eine appetitliche Frische aus.

»Majésu«, stöhnte sie, »Sie sind atemberaubend.«

Mir ist nicht ganz klar, was sie damit meinte. Natürlich habe ich es mir nie nehmen lassen, zu gegebenem Anlass atemberaubend zu sein, aber ich lege keinen besonderen Wert darauf, es zur Routine werden zu lassen.

»Wissen Sie«, fuhr sie fort, »zu Beginn hätte ich mich beinahe in Ihnen getäuscht. Aber dann wurde mir sehr schnell klar, dass Sie ganz anders sind als Noème.«

»Ich bin anders als alle anderen, Schwiegermama. Ich bin ausschließlich ich selbst.«

»Vor allem erkennt man sofort, dass Sie nie Kommunist gewesen sind. Hat Noème Ihnen erzählt, dass sie einmal Parteimitglied war?«

»Zwischen Noème und mir gibt es keine Geheimnisse.«

»Sie haben vor unserem Haus eine Demo abgehalten. Mit Spruchbändern, Slogans und roten Kappen. Mein Mann und ich hatten richtiggehend Angst. Nach dieser Demo bekam ich eine schwere Depression. Für fünf Wochen musste ich in die Klinik, können Sie sich das vorstellen?«

»Das Versammlungsrecht ist in der französischen Verfassung verankert. Dagegen kann man nichts machen.«

»Auch wenn es in der Verfassung steht, heißt das noch lange nicht, dass es gut ist. Wenn vor Ihren Fenstern stundenlang Parolen wie: ›Tod den Unternehmern‹, ›Tod den Kapitalisten‹, ›Tod der Bourgeoisie‹ und ›Es lebe der Klassenkampf‹ gebrüllt wird, weckt das in Ihnen Angst vor der Zukunft. Diese Leute haben Würstchen und Speck gebraten, der Qualm durchdrang das ganze Haus. Und unter all diesen Wahnsinnigen war Noème eine der wütendsten. Im Herzen der Tochter erst an zweiter Stelle nach Stalin zu kommen, ist für eine Mutter sehr schwer zu ertragen.«

Während wir weiter miteinander plauderten, bot sie mir ihre Brüste zum Liebkosen dar. Nicht mehr und nicht weniger. Aus ehelicher Treue wich ich jedes Mal einen Schritt zurück, wenn sie einen Schritt vorwärts tat. Ihre Berührungen waren angenehm. Eine gut gekleidete Frau, die zudem noch wunderbar duftet und mit Männern zu reden versteht, kann äußerst erregend sein, wenn sie freigiebig mit Zärtlichkeiten ist, das steht außer Frage. Warum ich mich diesen angenehmen Vertraulichkeiten verschloss? Immerhin hatte ich gerade ihre Tochter geheiratet. Für mich war es zu spät. Ich bin ein pflichtbewusster Mensch.

Am frühen Abend lief das Fest aus dem Ruder. Es hatte wieder zu regnen begonnen. Unter Alkoholeinfluss wurden die Armen allmählich streitsüchtig. Noème übernahm mit Bravour die Rolle der Aufpasserin, und niemand wagte es, ihrem Blick standzuhalten oder sich einem ihrer Befehle zu widersetzen. Sie hatte ihre Anhänger fest im Griff.

Irgendwann spürte ich, dass sie bitter enttäuscht war, weil ihre Eltern tatsächlich den Eindruck erweckten, sich zu amüsieren. Sie kippten den Schaumwein herunter, ohne eine Miene zu verziehen, und stopften sich mit Kartoffelchips voll. Sie scherzten mit bedauernswerten Gestalten herum, hörten sich Witze an, lachten und erzählten auch selbst welche, was sie in den Augen der Armen ausgesprochen sympathisch machte.

Ein alter Mann, den ich kannte und der am Samstag zuvor ein Paar aufblasbare Pobacken gewonnen hatte, ging sogar so weit, Noème zu ihren lustigen Eltern zu gratulieren.

»Vertut euch da mal nicht«, presste sie hervor. »Sie glauben, sie befinden sich auf einem Maskenball.«

Ihre Antwort verbitterte den Alten. Er setzte eine Flasche an den Mund und stänkerte, dass nichts mehr so sei wie früher.

Als der Abend in die Nacht überging, schleppte jemand ein pedalbetriebenes Elektrophon an. Die Schallplatten hatten zwar schon ein paar Jahre auf dem Buckel, aber man konnte ihnen noch hörbar Musik entlocken: alte Gassenhauer aus den Baumwollfeldern, bäuerliche Reigen und zwei oder drei Twists, deren Obertöne schmerzhaft dröhnten, sowie ein paar Rocktitel und einige Slowfoxe, die zum Schmusen einluden.

Ich wandte mich Madame Parker zu, spürte aber sofort Noèmes Zeigefinger zwischen den Rippen. Streng riet sie mir davon ab, mit ihrer Mutter zu tanzen. Ich gab mich überrascht.

»Sie hat mir schon drei Verlobte abspenstig gemacht«, behauptete sie.

Ein gar zu herber Verlust war das nicht, denn alle waren sie junge Männer aus guter Familie gewesen: ein Pastorensohn, der in der Lebensmittelindustrie Karriere gemacht hatte, dann der Sohn eines Ingenieurs, der selbst ebenfalls Ingenieur geworden war, und ein Aristokrat mit weißem Schal, der fünfzig Hektar Erdbeerfelder in Spanien besaß.

Von diesem Moment an sah ich meine Schwiegermutter mit anderen Augen. Ich muss gestehen, dass ich scharf auf sie war. Und zwar nicht nur darauf, mit ihr zu tanzen. Etwas in mir glaubte steif und fest an sie. Angesichts meines sozialen Status und trotz meiner vielfältigen Vorzüge hätte ich mich einer solchen Frau niemals nähern können, wenn ich nicht ihre Tochter geheiratet hätte. Ich hatte mein Los mit dem von Noème verknüpfen müssen, um endlich zu erkennen, dass sich mein Schicksal ganz woanders abspielte.

Ich erzähle dies, weil ich just in besagtem Augenblick begriff, dass es mir schwerfallen würde, diese Menschen zu töten. Obwohl es gut möglich sein konnte, dass ich sie eines fernen Tages gern aus dem Weg geräumt hätte.

Noème, die eindeutig zu viel getrunken hatte, verdarb uns unsere Hochzeitsnacht mit ihrer schlechten Laune.

»Du lässt nach«, wiederholte sie, »du lässt eindeutig nach! Geht man so etwa mit Leuten um, die man abmurksen wird?«

»Hör zu, Noème. Ich bin kein Verbrecher. Ich rotte Unternehmer aus, und die Vorstellung, dann und wann einen zu töten, hat mir immer zugesagt. Das weißt du auch. Aber ich schaue mir meine Opfer gern etwas genauer an, schnüffele erst einmal herum und wiege sie in Sicherheit. Es bedarf viel psychologischer Arbeit, ehe eine solche Tat durchgeführt werden kann.«

Ich wiegte sie in meinen Armen und sprach zärtlich von zukünftigen Morden, von einer neuen, gerechten Gesellschaft, von der Gleichheit aller Menschen, der idealen Demokratie, der Rache des Volkes – die Liste einschläfernder Themen ist schier unerschöpflich. Ich musste an das denken, was ihr Vater über Noème gesagt hatte: dass sie verrückt und ein schlechter Mensch sei und dass sie ihr inneres Gleichgewicht ausschließlich in der Zerstörung fände. Noch immer zögerte ich, der väterlichen Warnung Glauben zu schenken. Wenn Noème ihre Eltern so sehr hasste, musste es doch einen Grund dafür geben. Verschiedene Bilder des Abends gingen mir durch den Kopf und hinterließen eine Art Schlammspur. Ich betrachtete Noème, die in meinen Armen döste, und mein Herz wurde ganz weich. Ich hatte Lust, ihr Gesicht mit Küssen zu bedecken und ihr die Gefühle zuzurufen, die ich für sie empfand.

»Ich liebe dich! Ich liebe dich! Ich liebe dich!«

Ihre Augenlider flatterten, und ihr Mund öffnete sich leicht. Von meiner Position aus konnte ich sehen, wie sich ihre Zunge unsensibel bewegte.

»Meine Eltern brechen morgen früh nach Madrid auf und bleiben drei Tage. Am besten, du erledigst es jetzt sofort. Nach diesem ereignisreichen Abend schlafen sie vermutlich wie die Murmeltiere. Du hättest leichtes Spiel, Majésu.«

»Es ist unmoralisch, Leute im Schlaf zu töten. Außerdem ist es frustrierend, weil sie gar nicht mitbekommen, dass sie sterben. Ich will nicht protzen, weißt du, aber ich lege Wert auf eine gewisse Ethik.«

»Ich finde nur, dass drei Tage ein ziemlicher Aufschub sind. Es dauert zu lange.«

»Für uns dauert es vielleicht lange. Armen kommt die Zeit immer lang vor. Aber für deine Eltern werden diese drei Tage sehr schnell vorübergehen. Sie werden beschäftigt und glücklich sein und gar nicht merken, wie die Zeit vergeht. Für sie ist es fast egal, ob sie heute oder erst in drei Tagen sterben.«

Es war ein köstliches Geplänkel, ein schmeichelnder Wortwechsel. Ich tröstete sie wie mit einem Märchen. Ich war stark wie ein Held. Ich war ihr Ritter. Sie klammerte sich an mich wie eine Ertrinkende. Meine Hände glitten durch ihr ungewaschenes, fettiges Haar. Ihr Atem roch nach Pferd. Sie hatte sich Mühe gegeben, wie ein sehr ärmlicher Schmutzfink vor dem Standesamt zu erscheinen. Ich bewunderte ihren unbeugsamen Willen und machte mir Vorwürfe, dass ich vor der von ihr gestellten Aufgabe zurückschreckte.

Der Wahrheit zuliebe muss ich gestehen, dass ich mich morgens in der Toilette eines Bistros, wo wir einen Kaffee tranken, heimlich gewaschen hatte. Ich bin nur ein Mann aus dem Volk und sehe ein, dass meine Kinderstube zu wünschen übrig lässt. Ich habe gelernt, dass man sauber zu sein hat. Vor Kurzem noch hatte ich den Satz von Balzac zitiert: »Ärmlich, aber sauber gekleidet …«, der mir zur Devise geworden war. Noème hingegen war der Meinung, dass dies die ersten Schritte in der Entwicklung zum Spießer seien. Für unseren großen Tag hatte sie sich Toilettenpapier, Seife, Wasser und die Nagelfeile verboten. Auf diese Weise setzte sie der Institution etwas entgegen. Mit ihren unangenehmen Ausdünstungen schien sie sagen zu wollen, dass sie zwar heiratete, ihre selbst gewählte soziale Stellung deshalb jedoch keineswegs verleugnete. Stolz nahm sie den Schmutz in Anspruch, in den sie und ihre verlausten Brüder durch die Ungerechtigkeit verbannt waren. Sie erklärte sich solidarisch. Zwar war sie in eine reiche Familie geboren, doch sie hatte die Armut erwählt. Ich respektierte diese Haltung.

Der nächste Morgen war grauenhaft. Für uns beide. Die Folgeerscheinungen des Schaumweins paralysierten uns im Bett geradezu. Ich konnte kaum die Augen offen halten. Entweder stürzte die Decke ein, oder ein riesiges schwarzes Loch öffnete sich mit jeder Sekunde ein bisschen weiter. Ich hatte das Gefühl, als ob sämtliche meiner Rückenwirbel und mein Schädel zertrümmert und meine Knie ausgekugelt wären. Mein Schlafzimmer sah ich nur sehr undeutlich. Aus der Wohnung der bulgarischen Homosexuellen, die niemals vor dem Mittagsläuten aufstanden, drang Musik. Meine Uhr war um sieben Uhr morgens stehen geblieben, obwohl es sich um eine Schweizer Uhr handelt, die in zehntausend Jahren höchstens eine Sekunde vor- oder nachgeht. Der Staatspräsident trägt genau die gleiche.

»Welcher Tag ist heute?«, fragte Noème.

»Sonntag.«

»Arbeiten wir heute nicht?«

»In Blagny war ein Flohmarkt, aber den haben wir wohl verpasst. Es ist mindestens drei Uhr nachmittags.«

Sie erinnerte sich nicht mehr, wie wir nach Hause gekommen waren. Um wieder zu sich zu kommen, verlangte sie nach einem Glas Wein, verbesserte sich aber sofort:

»Ach nein, bring lieber gleich die ganze Flasche.«

Ich brauchte ebenfalls Medizin. Normalerweise vertrage ich alles. Bier, Wein oder Schnaps passieren mein Verdauungssystem, ohne ihm den geringsten Schaden zuzufügen. Schaumwein aus dem Supermarkt allerdings kriegt selbst den widerstandsfähigsten Organismus klein. Man kann sagen, was man will: Armut ist eine Strafe Gottes, vor allem wegen der Getränke, die einem aufgezwungen werden.

»Wenn ich mir vorstelle, dass Schaumwein in der Arbeiterklasse ein Festtagsgetränk ist …«

»Bei mir war es nicht der Schaumwein, es waren die Kartoffelchips«, sagte Noème. »Ekelhaft! Aber der Schaumwein hat die Sache nicht besser gemacht.«

Sie kippte sich einen halben Liter Roten hinter

die Binde. Das war vermutlich das Beste, was man tun konnte. Ich unterwarf mich der identischen Medikation, und das Leben nahm seinen wenig majestätischen Verlauf.

Da nun kein Grund mehr bestand, schmutzig zu bleiben, stand Noème lange unter der Dusche, was auch ganz gut dabei hilft, den Kopf frei zu bekommen. Gegen sieben Uhr abends kamen die bulgarischen Homosexuellen, um uns zu gratulieren. Sie waren kaum wieder verschwunden, als eine Delegation von Armen an die Tür klopfte und den Berg Geschenke, den wir am Vortag liegen gelassen hatten, mitten im Zimmer deponierte. Es war eine gefühlte Tonne Kram, angefangen von Küchengeschirr und kleinen Haushaltsgeräten über Bettwäsche, Vasen, einen Briefkasten, zwei Walkie-Talkies, Wattestäbchen, eine Wasserkaraffe in Phallusform bis hin zu einem Schirm mit Werbeaufdruck. Die Ware stammte aus zweiter Hand, und auch Mülltonnen hatten als Quelle herhalten müssen, aber sie war voll funktionstüchtig. Die Armen waren nach der Nacht noch nicht wieder nüchtern, sie tanzten, veranstalteten ein wildes Durcheinander, wünschten uns ein frohes neues Jahr und Gesundheit und wussten eigentlich nicht so recht, worum es ging. Noème forderte mich auf, ein paar Korken knallen zu lassen. Es war noch genügend Schaumwein gegen eine Menge Durst da – angefangen bei ihrem eigenen.

In der Mikrowelle entdeckte ich eine Art Umschlag aus wertvollem Holz, der an uns beide adressiert und ziemlich dick war. Er enthielt ein ganzes Bündel amerikanischer Dollars – ungefähr hunderttausend. Außerdem die Visitenkarte der Parkers mit einem freundlichen Gruß. Mir wurde schlagartig klar, was das bedeutete, und ich geriet durch diesen Fund in einen wahren Gewissenskonflikt. Händigte ich Noème das Geld aus, würde das ihren Ruf als militante Arme oder sogar ihre Berufung kompromittieren. In diesem Augenblick konnte ich mir kaum vorstellen, dass sie die Geldscheine an diejenigen verteilen wollen würde, die ihrer am meisten bedurften. Barmherzigkeit in Dollarnoten hat etwas Unanständiges an sich, dafür genügt das europäische Geld. Mein Instinkt riet mir, das Geld fürs Erste in meiner Jackentasche zu verstauen, aber angesichts der sehr bedeutenden Summe zögerte ich natürlich zunächst. Die Versuchung, mit Noème über das Geschenk zu sprechen, war überwältigend. Zwei- oder dreimal spürte ich, wie es meinen Körper unwillkürlich zu ihr zog, aber sie war damit beschäftigt, mit den Armen zu plaudern und zu scherzen. Schließlich siegte die Vernunft, und ich steckte die Devisen ein. In diesem Augenblick sah ich darin die einzige Möglichkeit, unsere junge Ehe zu retten. Immerhin hatte Noème mir eines immer wieder eingebläut:

»Geld verdirbt alles!«

Ich weigerte mich, mich in die infernalische Spirale hineinziehen zu lassen. In diesem Augenblick sah ich klarer denn je und hatte die Situation, meine Nerven, meinen Herzrhythmus und die logische Abfolge meiner Gedanken voll unter Kontrolle. Ein Gespräch mit Noème über dieses Geld hätte die Entfremdung zwischen ihr und ihren Eltern nur noch weiter vorangetrieben. Ich wollte keinesfalls für ein Wiederaufflammen familiärer Diskrepanzen verantwortlich sein. Geld verdirbt tatsächlich alles. Außer denjenigen, der unbestechlich ist. Ich bin es. Ich weiß das. Ich weiß, dass ich es bin.

Ohne Geld war meine Frau so glücklich! Ich sah, wie wohl sie sich im Kreis der Elenden fühlte, der billigen Nüttchen, der Alten mit ihren Zahnruinen und der Langzeitarbeitslosen. Sie erzählte ihnen Dinge, die sie gern hörten, weil sie ihnen ihre Würde zurückgaben. Zum Schluss waren alle stolz darauf, arm zu sein. Sie genossen ihre derbe Sprache und schlossen dabei die Augen wie Musikliebhaber bei einem Konzert. Sie ließen Fürze fahren, bei deren Geräusch sie vor Lachen kreischten und bei deren Geruch sie sich mit zugehaltener Nase und zuckenden Schultern krümmten. Noème wirkte wie eine Göttin. Das Geld hätte sie in den Rang einer Bürgerlichen zurückkatapultiert. Ich durfte ihr Werk nicht sabotieren.

Zu diesem Zeitpunkt hatte ich noch keinen genauen Plan. Ich spielte mit dem Gedanken, ein Konto zu eröffnen – möglicherweise bei einer belgischen Bank oder in Luxemburg –, das Geld dort zu deponieren und es zu vergessen, zumindest so lange, bis ich durch eine Krankheit, einen Schicksalsschlag oder eine Notsituation gezwungen wäre, einen Teil davon abzuheben. Nur so viel, wie ich unbedingt brauchte – keinesfalls mehr. Und natürlich nur aus einem triftigen Grund.

Bei der Vorstellung, dass meine Vorsichtsmaßnahme eines Tages vielleicht Noèmes Leben retten konnte, traten mir Tränen in die Augen, und ich taumelte, schier benommen von meiner weisen Voraussicht.

»Das wird unser Notgroschen«, sagte ich mir in einem Anfall von Abgedroschenheit, die mir sonst nicht zu eigen ist.

Um auf das Geheimnis anzustoßen, das ich von diesem Zeitpunkt an mit mir herumtrug, griff ich nach einem riesigen Humpen im Stil Louis XIII. und füllte ihn mit dem Inhalt zweier Flaschen Schaumwein. Der Schein mag trügen, aber ich hatte nicht den Eindruck, mich wie ein Neureicher zu benehmen.

Wenn man ein dickes Bündel Geldscheine besitzt (von dem man locker zwei oder drei Jahre in Saus und Braus leben könnte), ist es nicht ratsam, von einem Tag auf den anderen seine Gewohnheiten zu ändern. Und so fanden wir uns Montagmorgen wieder als Trödler auf dem Markt ein und warteten auf Kunden.

Mit leiser Stimme und halb geschlossenen Augen fantasierte Noème von der Rückkehr ihrer Eltern. Ich versuchte, eine Pfeife rauchende Madonnenfigur zu restaurieren, die Huldigung eines Pfarrers an die Heilige Jungfrau der Tabakmanufaktur von Semois. Es war eine hübsche Figur aus qualitativ hochwertigem Plastik, mit einem interessanten Mechanismus zur Rauchentwicklung.

Ich weiß nicht, ob Ereignisse vom Zufall bestimmt werden. Jedenfalls äußerte Noème im Lauf des Vormittags den Wunsch, ein Croissant zu sich zu nehmen. Ganz natürlich für eine frischgebackene Ehefrau.

»Bleib sitzen«, sagte ich, »ich besorge dir eines. Und einen Kaffee dazu. Kümmere du dich um den Stand.«

Sicher ist, dass ich Croissants kaufte. Weniger sicher ist deren Anzahl. Wahrscheinlich waren es vier. Zwei für jeden. Wenn ich allerdings in Gedanken an den Ort des Geschehens zurückkehre, sehe ich mich mit drei Croissants. Nach deren Erwerb betrat ich jedenfalls das Café des Arcades und bestellte zwei große Tassen Milchkaffee. Und der Wirt sagte:

»Sofort, Majésu!«

Im Fernsehen liefen Nachrichten. Ich bin ein

Mensch, der sich für die Ereignisse ringsum und für das Weltgeschehen interessiert. Auf dem Bildschirm erschienen die Gesichter von Monsieur und Madame Parker. Der Kommentar war merkwürdig: Auf dem Flughafen von Madrid hatte die Detonation einer Bombe mehrere Menschenleben gefordert, unter ihnen das zweier Franzosen.

Was ich dachte? Ob ich meinen Ohren traute? Nein! Ich hielt die Tüte mit den Croissants in der Hand und starrte auf den Fernseher. Eine Minute später bestätigte der Spanienkorrespondent des Senders den Tod der beiden Franzosen und nannte ihre Namen.

»Hast du das gesehen?«, fragte ich den Wirt.

»Was denn?«

»Die beiden Franzosen, die in Spanien in die Luft geflogen sind – hast du sie gesehen?«

»Nein. Was haben die auch in Spanien zu suchen? Wären sie hiergeblieben, wären sie noch am Leben.«

»Aber du hast sicher mitbekommen, dass es Leute von hier sind!«

»Dann erst recht. Wenn man von hier ist, fährt man nicht nach Spanien. Okay, sie sind in die Luft geflogen. Für sie mag das traurig sein, mir ist es egal.«

»Es sind die Eltern meiner Frau.«

»Das kommt aufs Gleiche raus.«

Er musterte mich wie ein Wirt, der sich fragt, ob der Kunde, der eine Runde für alle ordert, diese auch bezahlen kann.

»Die Eltern deiner Frau?«

»Ganz richtig. Die Eltern meiner Frau. Sie sind tot.«

»Und was bedeutet das für dich?«, erkundigte er sich beunruhigt.

Die Frage verdiente, dass man sich mit ihr beschäftigte. In gewisser Weise nahm mir der traurige Unfall eine Last von den Schultern. Mit einem Schlag war ich von Noèmes Forderungen befreit. Wenn sie noch lange gebohrt hätte, wäre mir ohnehin irgendwann das Geständnis entschlüpft, dass ich Maximilien Dourdine überhaupt nicht umgebracht hatte. Dass ich die Geschichte lediglich erfunden hatte, um mich interessant zu machen und ihr in ihren Antipathien beizupflichten. Es war einfach eine Art von Anmache gewesen. Lügen verführen Frauen zum Träumen. Je dreister man vorgeht, desto bereitwilliger schlucken sie sie. Hätte Noème antiklerikale Ansichten geäußert, wäre ich sofort zum Pfaffenhasser mutiert. Vor Jahren hatte ich mich einmal auf ein sehr aufwühlendes Abenteuer mit einer Tierfreundin eingelassen. Zur Mittagsstunde hatte ich ihre Bekanntschaft gemacht, um ein Uhr vierzehn streunende Katzen adoptiert, zu mir nach Hause gebracht und ihnen zu fressen gegeben, so viel sie wollten. Um neun Uhr hatte ich die Schöne auf ein letztes Glas bei mir eingeladen.

Ein Mann, der sexuell überleben will, muss sich anpassen. Bei einer Vegetarierin liebt er Gemüse, bei einer Metzgerin steht er auf Wurst. Ich habe viele Erfahrungen gemacht und sämtliche Extravaganzen kennengelernt. Ich habe sogar Proust gelesen, zumindest habe ich so getan. Manche Bettgeschichten muss man sich verdienen. Ich bin zum Filmliebhaber geworden, habe Camembertschachteln gesammelt, Plakate für die Sozialisten geklebt und gegen das Ozonloch demonstriert. Was Frauen angeht, bin ich schwach. Ich tue alles, was in meiner Macht steht, um ihre Träume zu verwirklichen. Mir ist ungeheuer wichtig, ihrem Bild vom idealen Mann zu entsprechen. Ich bringe mich mit Haut und

Haaren ein, weil ich sie glücklich sehen will. Zumindest vorläufig. Wenn das Lügengespinst nämlich platzt, ist Hopfen und Malz verloren. Irgendwann kommt immer der Moment, wo jede noch so poetische Konstruktion unter dem Gewicht der Realität ins Wanken gerät. Selbst der beste Schauspieler der Welt kann nicht monatelang Tag und Nacht auf der Bühne stehen.

Aber als Lügner habe ich vielen Frauen großes Glück beschert. Dank mir haben sie herrliche Geschichten erleben dürfen und waren erst am Ende unglücklich.

So viel dazu. Noème war ein ganz spezieller Fall. Sie hatte sich vom ersten Augenblick an meiner Augen und meines Herzens bemächtigt. Liebe auf den ersten Blick. Glühende Gefühle. Sie zog mich in ihren Bann. Ich begehrte sie. Wäre sie mir entwischt, hätte ich mich umgebracht, weil ich überzeugt bin, dass das große Glück nicht zweimal bei einem Raritätenstand in der Provinz anklopft. In meinem Fundus befanden sich mehrere Stichwaffen, eine Pistole, die zum Schlachten von Tieren eingesetzt worden war, und ein Plastiksack, der eine üble Rolle beim Erstickungstod eines englischen Politikers gespielt hatte. Ich hätte es bestimmt getan, sage ich mir selbst. Und ich glaube mir. Obwohl ich manchmal dazu neige, auch mich selbst anzulügen.

»Na dann: herzliches Beileid«, sagte der Wirt. »Darf ich dir ein Bier ausgeben?«

Er wartete meine Antwort gar nicht erst ab, sondern füllte eine Maß und schob sie in meine Richtung. Dabei seufzte er, um mir zu zeigen, wie viel Mühe er sich gab, meine Trauer zu teilen.

Am meisten freute ich mich darauf, Noème die frohe Botschaft zu überbringen. Natürlich mit dem nötigen Anstand. Ich dachte bereits über die passende Formulierung nach. Einige erschienen mir zu fröhlich, andere wiederum zu düster. Es ist tatsächlich ziemlich schwierig, eine Tochter über das Ableben ihrer Eltern zu informieren, deren Tod sie sich schon seit Langem wünscht. Man muss den richtigen Ton treffen und Worte finden, die ehrlich klingen. Im vorliegenden Fall bestand die akute Gefahr, in ein Fettnäpfchen zu treten, eine klassische Situation wäre viel weniger peinlich gewesen. Verkündet man Kindern im Normalfall den Tod ihrer Eltern, weiß man, dass sie in Tränen ausbrechen, schreien, sich auf das Sofa fallen lassen, nach Taschentüchern suchen und ein Glas Wasser trinken wollen. Man äußert sich leise und bestürzt, mit der entsprechenden Miene. Schon im Voraus ist klar, dass es schwierig werden wird, dass man Taktgefühl braucht, sich zurückhaltend bewegen muss und gramvoll dreinblicken sollte. Leicht zitternde Hände unterstreichen die dem traurigen Augenblick angemessene Dramaturgie. Man braucht sich lediglich einem Ritual zu unterwerfen, denn so gut wie alles ist von der Tradition vorgegeben. Selbst die Äußerungen sind bekannt: Es tut mir sehr leid, ich fühle mit Ihnen, Sie müssen jetzt sehr stark sein, Sie können immer auf mich zählen. Seit Menschen sterben, geht man in solchen Fällen nach bestimmten Regeln vor, genau wie es Vorschriften dafür gibt, wie man Fisch zu essen hat oder wie man eine Neujahrskarte formuliert.

In Noèmes Fall trafen diese Regeln allerdings nicht zu, weil sie die traurige Nachricht wie eine frohe Botschaft empfangen würde. Ich muss zugeben, dass mein Herz sehr aufgeregt pochte. Ich klemmte mir die Croissants unter den Arm, nahm eine Tasse in jede Hand und überquerte die Straße zu meinem Stand. Noème lächelte strahlend und rieb sich die Hände. Ich stellte die

Tassen auf die Auslage und zerriss die Tüte, um die Croissants herauszuholen. Dann setzte ich mich neben sie. Stolz auf die Wendung, die mir eingefallen war, und auf die entsprechende Wirkung bedacht, sagte ich:

»Ach, übrigens, Noème, ich muss dir etwas ziemlich Witziges erzählen …«

6

IM ERSTEN AUGENBLICK schien die Nachricht ihr weniger Freude zu bereiten, als ich vermutet hatte. Sie nahm sie sehr kühl auf und äußerte nicht das geringste Anzeichen von Fröhlichkeit oder Erleichterung.

»Wirklich toll ...«, seufzte ich und streckte mich. Mit in die Luft gereckten Armen und gestrecktem Rücken nahm ich eine Siegerpose ein.

Noème hatte offenbar Schwierigkeiten, mit der neuen Situation zurechtzukommen, die noch zu frisch war, um sich in ihren Erinnerungen in die Abteilung der Guten Alten Zeit einordnen zu lassen. Ich nehme an, sie glaubte einfach noch nicht so recht daran. Sie hatte sich an meine Art von Humor gewöhnt und dachte vermutlich, dass ich einen Scherz machte und sie auf den Arm nahm. Auf jeden Fall schien sie auf eine Bestätigung zu warten, bevor sie ihrer Freude freien Lauf lassen konnte.

»Der Zufall macht seine Sache manchmal richtig gut«, fügte ich hinzu.

Ich war ehrlich zufrieden. Vor allem um ihretwillen. Ihr Traum war Wirklichkeit geworden. Ein echter Glücksfall. Leise pfiff ich die *Schöne blaue Donau.* Diese Melodie schwirrt mir jedes Mal durch den Kopf, wenn etwas glattläuft. Um uns herum waren der Tanz der Autos um den Platz, die beiden zwischen den Ständen schlendernden Polizisten, die Menge der montagsblassen Menschen und ein paar Tauben Beweise dafür, dass die Welt sich weiterdrehte. Gemüse wurde verkauft, Schuhsohlen nutzten sich auf dem Pflaster ab, Augenpaare blickten sich misstrauisch um, Strafzettel landeten auf Windschutzscheiben und das, was wir gerade erfuhren, war ebenso dauerhaft und unanfechtbar.

Ein alter Mann interessierte sich für einen Blätterteig aus Hostien, den ein Zuckerbäckermönch in den Fünfzigerjahren hergestellt hatte. Es war ein Prototyp von unschätzbarem Wert, den ich unter einer Glasglocke präsentierte in der Absicht, die gedankliche Verbindung zu den Glocken eines Glockenturms herzustellen.

»Heute ist ein Festtag«, sagte ich zu dem Alten. »Ich überlasse Ihnen das Kunstwerk zum halben Preis. Dem Künstler ist hier die perfekte Synthese zwischen Religion und Gastronomie gelungen.«

»Man kann die Mystik und die große Seele geradezu spüren«, stimmte der Alte zu. »Ich habe noch nie ein solches Werk gesehen, obwohl ich seit meiner frühesten Jugend Katholik bin.«

»Sie hätten vor einem Vierteljahr kommen sollen. Damals hatte ich Hostiensoufflés im Angebot, die mithilfe einer Popcornmaschine hergestellt wurden.«

»Vom selben Künstler?«

»Oh ja. Er hat zeit seines Lebens mit Hostien gearbeitet und daraus alles Mögliche hergestellt. Sogar Eintöpfe. Inzwischen ist er längst gestorben und heute leider in Vergessenheit geraten. Aber sein Werk ist geblieben.«

Er feilschte nicht lange. Den Alten verkaufe ich meine Ware ohnehin niemals zu einem sehr hohen Preis, weil sie sich nicht so lange an den Gegenständen erfreuen können wie junge Menschen.

Als ich mich umwandte, um unser Thema wieder aufzugreifen, musste ich feststellen, dass Noème verschwunden war.

Sie hatte weder eine Nachricht noch eine Erklärung hinterlassen. Zunächst ging ich davon aus, dass sie, betäubt vom Schock, alles stehen und liegen gelassen hatte und ein paar Bierchen picheln gegangen war. Vermutlich begoss sie das Ereignis in einem der Bistros am Platz. Ich konnte mich jedoch nicht vom Stand entfernen, die Leute sind heutzutage so unredlich.

Am Nachmittag war sie noch immer nicht zurück, was darauf schließen ließ, dass sie in einem ziemlich beklagenswerten Zustand auftauchen würde. Wir kannten uns zwar erst seit sechs oder sieben Wochen, aber sie hatte schon mehrfach das Exempel ungezügelter Trunksucht statuiert, mich wunderte gar nichts mehr. Ich fragte ein paar Kumpel, die am Stand vorbeikamen, ob sie Noème vielleicht in einer Kneipe oder irgendwo auf der Straße gesehen hätten, aber die Antwort lautete jedes Mal ›Nein‹. Niemand hatte sie gesehen. Allmählich gestattete ich mir eine gewisse Beunruhigung. Ohne allzu große Hast räumte ich meine Ware in Kisten, verfrachtete diese in den Lieferwagen und fuhr nach Hause. Wo sie, um es gleich vorwegzunehmen, auch nicht war.

Die bulgarischen Homosexuellen schworen Stein und Bein, dass sie nicht vorbeigegangen war. Ihre Sachen lagen auch noch überall in der Wohnung herum. Das Hochzeitskleid hing am Fenstergriff, nicht ganz saubere Slips lagen akzentuiert auf dem Fußboden, wie Trittsteine in einem Japanischen Garten. Deren brünstiger Geruch schwor verwirrende Erinnerungen herauf, und ich überlegte, ob es möglich wäre, sie als Höschen von Lukrezia Borgia auf den Markt zu bringen. Kunden sind im Allgemeinen bereit, einen stattlichen Preis zu bezahlen, sobald die Ware einer Persönlichkeit gehört hat, die sie aus Schulbüchern kennen. Ein falsches Haar aus dem Bart Karls des Großen verkauft sich immer leichter als das echte Haar eines anonymen Zeitgenossen. Die Kunst des Raritätenverkaufs besteht darin, die für die ausgestellte Ware am besten geeignete Geschichte zu finden.

Ich fuhr durch die ganze Stadt zu dem Vorort, in dem Noème gewohnt hatte. Die Karten- und Dominospieler versicherten mir, dass sie nicht im Bistro aufgetaucht war. Zu Hause war sie ebenfalls nicht, ich klopfte vergebens. Den Wohnungsschlüssel hatte sie mir nie anvertraut. Vielleicht wäre es sinnvoll gewesen, die Tür einzutreten, man weiß ja nie, aber mein Respekt vor Einrichtungen gestattet mir das nicht. Als ich wieder auf der Straße stand, hatten die Anwohner bereits angefangen, die Räder von meinem Lieferwagen abzuschrauben. Ich fragte sie, ob sie Hilfe brauchten, was sie bejahten. Das brachte mich auf die Palme. Ich setzte mich ins Auto und fuhr los, ohne mir Gedanken darüber zu machen, ob ich ein paar von ihnen umnietete.

Wie lange ich kreuz und quer durch die Stadt geirrt bin und nach Noème gesucht habe? Vielleicht bis etwa zwei Uhr morgens. An jeder Straßenecke glaubte ich ihre zerbrechliche Gestalt zu erkennen. Auf jeden Schemen, der sich irgendwo erbrach, ging ich zu. Ich blendete die Scheinwerfer auf, wenn ich Gruppen von Nachtschwärmern entdeckte, die gegen Wände taumelten, ohne mit dem Singen aufzuhören, wie es Betrunkenen manchmal eigen ist. Sie erwecken den Eindruck, alles vergessen zu haben, was das Leben oder die Schule sie lehrten, und sich an nichts zu erinnern als an die Texte wilder Sauflieder.

Gegen vier Uhr morgens sank ich auf mein Bett, auf unser Hochzeitslager, auf dem Noème Spuren hinterlassen hatte, die jeder andere ekelhaft gefunden hätte, an denen ich jetzt jedoch verzückt schnüffelte. Liebeswahn, ich weiß. Ich begehrte sie, so etwas passiert nun einmal. Ich versuchte, ihren Namen zu rufen, aber ich war so erschöpft, dass ich einschlief, ehe sich mein Atem einigermaßen beruhigt hatte.

Der folgende Tag war die Hölle, ganz ehrlich. Ich suchte ihr Elternhaus auf, aber das vergitterte Tor war geschlossen und wurde zudem von zwei Kerlen bewacht. Zunächst stellte ich mich als Freund von Monsieur und Madame Parker vor, bevor ich hinzufügte, dass ich Majésu Monroe, der Ehemann von Noème Monroe, geborene Parker, sei.

»Na und?«, fragte einer der schlecht rasierten Hünen.

»Ich bin aufs Geratewohl hergekommen, meine Herren. Meine Frau ist unmittelbar nach der Nachricht vom Tod ihrer Eltern verschwunden. Ich konnte sie an keinem der Orte finden, die sie für gewöhnlich aufsucht, und nun mache ich mir Sorgen. Ich frage mich, ob sie vielleicht hier ist. Sie können sich sicher vorstellen, wie es ist, eine solche Nachricht zu erhalten: Es ist sehr, sehr schwer.«

»Na und?«, erkundigte sich der andere schlecht rasierte Hüne.

»Nichts *und,* meine Herren. Falls sich Madame Majésu Monroe, geborene Parker, hinter diesen Mauern aufhält, möchte ich sie gerne sehen, verstehen Sie?«

»Nein.«

»Befindet sich die Tochter von Monsieur und Madame Parker in diesem Haus? Mehr will ich doch gar nicht wissen.«

»Es ist uns nicht möglich, auf Fragen zu antworten«, erklärte der erste schlecht rasierte Hüne.

»Wir dürfen nicht mit Fremden sprechen«, fügte der andere schlecht rasierte Hüne hinzu.

»Entschuldigen Sie, aber ich bin kein Fremder. Ich bin der Schwiegersohn der Verstorbenen.«

Der erste schlecht rasierte Hüne entfaltete ein Blatt Papier, tat so, als könne er lesen, musterte mich eingehend und sagte schließlich:

»Sie stehen nicht auf der Liste.«

»Aber was muss man denn tun, um auf der Liste zu stehen? Wenn ich Ihnen doch sage, dass ich der Schwiegersohn der Verblichenen bin. Der Schwiegersohn! Wissen Sie, was das heißt – Schwiegersohn?«

»Nein. Und wir wollen es auch nicht erfahren.«

»Dann sagen Sie mir wenigstens, ob Noème sich hier im Haus aufhält. Meine Frau Noème. Noème, die Tochter der Verstorbenen. Das ist nicht schwer. Antworten Sie einfach mit Ja oder Nein. Ist sie hier im Haus?«

»Nein.«

Endlich einmal eine positive Antwort. Nach diesem mühsam errungenen Sieg verabschiedete ich mich ohne die Herzlichkeit von ihnen, die mich in der Stadt allenthalben als Humanisten auszeichnet.

Später quetschte ich aus einem Fahrer der Verkehrswerke heraus, dass Noème am Vortag offensichtlich Bus gefahren war.

»Das muss meine Frau gewesen sein! Haben Sie sie erkannt?«, erkundigte ich mich eifrig.

»Ich weiß nur, dass es eine weinende Frau war, die ich schon einmal mit Ihnen gesehen habe. Mehr kann ich dazu nicht sagen, egal, was Sie tun.«

Busfahrer sind oft ausgesprochen begriffsstutzig. Ich hakte nach, forderte Einzelheiten und wollte wissen, ob es sich bei den Tränen um Tränen der Freude oder des Schmerzes gehandelt hatte. Traurig konnte ich mir Noème nicht vorstellen. Bestimmt verwechselte der Mann etwas.

»Sie fragen«, erklärte er fast geringschätzig, »und ich antworte. Die Frau hat geweint. Vielleicht hatte sie einen Familienangehörigen verloren.«

»Aber sie hatte eigentlich eher Grund zum Lachen.«

»Denken Sie doch, was Sie wollen. Das Privatleben meiner Fahrgäste ist mir ohnehin schnurzegal.«

So viel zum Thema Niveau.

Die Zeitung widmete dem Attentat von Madrid die Titelseite. Das tragische und unerwartete Ende der Parkers nahm eine halbe Seite ein. Journalisten hatten die örtliche Prominenz interviewt – den Bürgermeister, den Präsidenten des Conseil Général, wichtige Geschäftsleute und zwei Industrielle. Alle sprachen von einem großen Verlust. Der Verfasser des Leitartikels, ein ausgemachter Speichellecker, verstieg sich gar zu dem Satz: »Die Stadt ist verwaist.« In einer Kurzbiografie wurde auch Noème als einzige Tochter des Paares genannt, allerdings ohne weiteren Kommentar. Die Presse schien über ihr Verschwinden nicht informiert zu sein.

Auch im Café des Arcades wurde über den Tod der Parkers gesprochen. Das Attentat war das Thema des Tages. Auch Noème fand Erwähnung. »Ziemlich abgedreht« waren die Worte, die fielen, die Leute schätzten sie offenbar nicht. Trotzdem erinnerte ich die geschätzte Kundschaft daran, dass hier von meiner Frau die Rede war.

»Dass sie einen Typen wie dich geheiratet hat, ist doch der beste Beweis dafür, dass sie ziemlich abgedreht ist. Das ist genau der richtige Ausdruck«, meinte Pedro Frichti. »Wenn man über die seltsame Art eines Menschen redet, bedeutet das noch lange nicht, dass man ihn schlechtmacht.«

Er musterte mich aus nächster Nähe und bemühte sich, aus meinem Gesicht etwas abzulesen, das er nicht verstand. Und plötzlich fand seine Idee die Worte, derer sie bedurfte, um öffentlich zu werden.

»Was machst du überhaupt hier, Majésu? Deine Frau hat gerade ihre Eltern verloren!«

»Mir geht es keinen Deut besser«, antwortete ich. »Ich habe meine Frau verloren.«

»Was soll das heißen? Als der Vater meiner Frau gestorben ist, war ich an ihrer Seite. Es ist die Pflicht des Ehemannes, seine Frau zu unterstützen. Du musst bei ihr sein, Majésu. Du musst sie unterstützen.«

»Das würde ich ja gern tun, Pedro, aber ich sage dir doch, dass sie verschwunden ist!«

»Eine Frau verschwindet nicht einfach so, Majésu. Nicht einfach so!«

Alle am Tresen gaben ihm recht. Eine Frau verschwand nicht einfach so. Meine Kenntnis der Psychologie bewahrte mich vor der Versuchung, Personen im Zustand der fortgeschrittenen Trunkenheit zu widersprechen. Ich war nämlich überzeugt davon, dass eine Frau durchaus einfach so verschwinden konnte. Ich hatte es schließlich selbst erlebt. Noème war verschwunden.

In der Villa der Parkers, wo ich zwanzigmal angerufen hatte, erklärte mir eine Stimme trocken, dass Noème nicht im Haus weile. In meiner Verzweiflung klopfte ich an die Tür der bulgarischen Homosexuellen, um ihnen meine Probleme zu schildern und sie um Rat zu fragen. Sie fanden, dass es für einen Mann eher ein Geschenk des Himmels sei, die Frau zu verlieren. Ich tat, als würde ich dem zustimmen, denn der bulgarische Homosexuelle als solcher behält gern recht. Anschließend empfahlen sie mir, mich noch ein paar Tage zu gedulden, ehe ich Noème bei der Polizei als vermisst meldete.

»Vielleicht ist sie ins Wasser gegangen«, sagten sie. »Sie hasste ihre Eltern. Ihr gesamtes Leben drehte sich um diesen Hass. Jetzt hat sie niemanden mehr, den sie hassen kann. Sie denkt, dass ihr Leben im Eimer ist, und geht ins Wasser. Vollkommen logisch.«

Diese Worte waren weise, aber es bedurfte mehrerer Flaschen Bier, um sie zu verdauen.

Am nächsten Tag zeigte das Titelbild der Zeitung ein Foto von zwei Särgen, die offenbar in einem Flugzeug überführt worden waren. Hinter den Särgen stand Noème in Trauerkleidung. Ihr Gesicht war von Trauer verwüstet. Mir fiel auf, dass das Leid sie gut kleidete, traurig gefiel sie mir besser. Sie wirkte erotischer. Im Text stand, dass die Beerdigung am übernächsten Tag nach einer Messe in der Kirche Sankt Rita auf dem Friedhof von Larcheville stattfinden würde.

Jetzt war mir klar, warum ich Noème nicht hatte erreichen können, aber insgeheim warf ich ihr vor, dass sie mich über ihre überstürzte Abreise nach Spanien nicht informiert hatte. Ich muss zugeben, dass es mir schwerfiel, diese Art von Geheimniskrämerei zu entschuldigen.

Vielleicht hatte sie den Kopf verloren. Trotzdem würde ich gleich nach ihrer Rückkehr eine Erklärung von ihr fordern. Man lässt seinen Ehemann nicht in ängstlicher Ungewissheit zurück. Ich hatte gelitten. Ich hatte die halbe Stadt umgekrempelt. Ich war vor Sorge wie von Sinnen gewesen.

»Was wäre ich ohne dich?«

Ganz plötzlich fiel mir eine alberne Gedichtzeile nach der nächsten ein. Sie alle hatten einen bitteren Beigeschmack, der sich erst nach einem Schluck Bier milderte. An diesem Tag, ebenso wie am vorigen, den ich in Gesellschaft der bulgarischen Homosexuellen verbracht hatte, ertränkte ich meinen Schmerz in den Kneipen. Gemeinsam mit gleichermaßen Unglücklichen klammerte ich mich an den jeweiligen Tresen.

Während ich die Rückkehr meiner Gattin erwartete, suchte ich nach einem sicheren Ort als Versteck für die hunderttausend Dollar. Ich beglückwünschte mich, Noème nichts davon verraten zu haben, denn jetzt hatte ich eine Kriegsbeute.

Auf keinen Fall konnte ich das Geld einer Bank anvertrauen. Aber es immer mit mir herumzutragen war auch keine Lösung. Ganz zu schweigen davon, es zu Hause in einer Kommode oder einem Schrank zu verstecken. Noème hätte es mit Sicherheit gefunden. Der Lieferwagen konnte gestohlen oder ausgeraubt werden. Vielleicht waren die bulgarischen Homosexuellen eine Idee? Sie waren Menschen ohne Fehl und Tadel, und sie besaßen eigenes Erspartes. Schließlich entschied ich mich für die einfachste Lösung und verbarg die Geldscheine in einer Keksdose. Es war eine prächtige Dose aus der Zeit der Präsidentschaft von Sadi Carnot. In Kunstharz eingegossen wurden solche Dinge schnell zu hochwertigen Dekoartikeln, fast schon zu Museumsstücken. Ich wickelte die Dose in eine Tageszeitung und verstaute sie in einem Karton, der bereits zur Hälfte mit gleichermaßen anspruchsvollen und unverkäuflichen Stücken gefüllt war.

Aber das wirklich Ärgerliche sollte erst noch kommen. Als ich meinen Platz inmitten der Familie der Verstorbenen einnehmen wollte, packten mich zwei Muskelprotze so fest am Arm, dass sie mir fast die Knochen brachen. Einer von ihnen flüsterte mir ins Ohr:

»Veranstalten Sie keinen Skandal, Monsieur Monroe. Schreien Sie nicht und leisten Sie keinen Widerstand, dann passiert Ihnen nichts. Sie haben den Lauf einer Pistole im Rücken, also seien Sie vernünftig.«

Noème ging in schwarze Schleier gehüllt und von Unbekannten gestützt an mir vorüber. Ich machte eine winzige Bewegung auf sie zu, spürte aber sofort, wie sich ein metallisches Objekt in meinen Rücken bohrte. Die Muskelprotze zerrten mich zum Ausgang, während sie mir ununterbrochen Drohungen, schreckliche Versprechen und unfreundliche Ratschläge ins Ohr flüsterten. Als wir schließlich vor der Kirche standen, erkundigte ich mich, was sie von mir wollten.

»Was soll das denn?«, fragte ich in scherzhaftem Tonfall. »Wissen Sie, wer und was ich bin?«

»Sie sind unerwünscht«, erwiderte der Kraftprotz.

»Ich glaube kaum, dass Sie das Recht haben, mir die Teilnahme an der Trauerfeier von Schwiegerpapa und Schwiegermama zu verwehren. Es wäre geradezu unmenschlich.«

Sie scherten sich nicht um meine Einwände und stießen mich quer über den Platz auf einen dieser schwarzen Wagen zu, wie man sie manchmal in Gangsterfilmen sieht.

»Wer sind Sie überhaupt?«

»Der Sicherheitsdienst«, erklärte einer der Muskelprotze und zwinkerte seinem Kollegen zu.

»Sicherheitsdienst? Das kann ja jeder sagen!«, protestierte ich. »Welche Sicherheit? Welcher Dienst? Ich bin kein Terrorist, sondern ein Ehemann, der weiß, dass seine Frau ihn in dieser schweren Prüfung an ihrer Seite braucht. Haben Sie eine Vorstellung von ehelicher Liebe?«

Sie stießen mich auf die Rückbank des Autos. Einer nahm hinter dem Steuer Platz, der andere setzte sich neben mich und zielte mit dem Lauf seiner Waffe auf meinen Oberschenkel.

»Ein winziger Protest«, warnte er mich mit gewinnendem Lächeln, »ein einziges Wort, der kleinste Versuch, ja selbst eine unwillkürliche Geste, und ich schieße dein Knie zu Brei.«

»Aber ich protestiere doch gar nicht! Kein bisschen. Ich bemühe mich lediglich, meine Rechte als Ehemann einzufordern. Wir diskutieren doch hier in aller Freundschaft, nicht wahr? Ich habe keinesfalls die Absicht, Ihnen Ihre Arbeit zu erschweren. Mir ist klar, dass Sie ein schwieriges Amt ausüben.«

Wie ich anhand der Richtung feststellen konnte, die der Wagen einschlug, wurde ich zu meiner Wohnung zurückgefahren. Ich hielt es für sinnvoll, in gewählten Worten weiterzuverhandeln.

»Wissen Sie, dass Monsieur Parker mich als den Sohn betrachtete, den er nie hatte? Erst vor wenigen Tagen vertraute er mir Dinge an, über die er noch nie mit jemandem gesprochen hat. Oh ja, ich kenne Familiengeheimnisse, die sonst niemand weiß. Er diskutierte gern mit mir und hatte absolutes Vertrauen zu mir. Übrigens hat er mir die Hand seiner Tochter ohne das geringste Zögern gewährt. Ich möchte Ihre Haltung keinesfalls kritisieren, meine Herren, aber Sie sollten wissen, dass Sie in gewisser Weise das Andenken des Verstorbenen beleidigen.«

Die Grobiane ließen sich durch mein Plädoyer nicht erweichen. Sie kauten Kaugummi und starrten abwesend vor sich hin. Mich beschlich das Gefühl, überflüssig zu sein. Das Auto hielt am Fahrbahnrand vor meiner Haustür an.

»Wir gehen mit dir nach oben.«

»Ich kenne den Weg«, wandte ich ein.

»Du kennst auch den Weg zum Friedhof. Wir haben keine Lust, dich ein zweites Mal einzusammeln. Die Anordnungen von Mademoiselle Parker sind eindeutig. Sie legt großen Wert darauf, dass die Zeremonie würdevoll abläuft.«

»Meinen Sie mit Mademoiselle Parker etwa Noème? Ich muss Sie darauf hinweisen, dass Sie sie Madame Monroe zu titulieren haben. Allenfalls vielleicht Madame Parker-Monroe.«

»Der Kerl ist ein Spaßvogel!«, knurrte einer der Muskelprotze.

Der andere nickte. Auf dem Bürgersteig legte er mir in einer fast freundschaftlichen Geste den Arm um die Schulter.

»In Ordnung, Monsieur Monroe. Wir nehmen Ihre Einladung auf ein Gläschen gerne an. Und wir sind auch nicht mit leeren Händen gekommen.«

Die Waffe bohrte sich zwischen meine Rippen. Ruhig führte ich die beiden nach oben. Sie bedienten sich am Bier und boten mir ebenfalls eins an. Immerhin eine nette Geste. Man sollte an der Menschheit nie verzweifeln.

»Und was machen wir jetzt?«, fragte ich.

»Wir warten. Zwei Stunden dauert es mindestens.«

»Vielleicht können wir uns unterhalten?«, schlug ich vor.

»Ach wissen Sie, Monsieur Monroe, fünf Worte sind bereits sechs zu viel.«

»Schweigen ist Gold«, fügte sein Kollege hinzu.

Sie versanken in tiefes Schweigen. Von Zeit zu Zeit nuckelten sie an der Flasche, kratzten sich irgendwo, veränderten ihre Sitzhaltung oder schlugen die Beine übereinander.

»In diesen Flaschen ist nicht viel drin«, verkündete ich und hielt die Flasche verkehrt herum hoch.

Einer der Muskelprotze gab eine neue Runde.

»Das war eine illustre Schar dort in der Kirche, nicht wahr? Sogar der Bürgermeister ist gekommen, und all die anderen feinen Pinkel. Ja, Schwiegerpapa war schon wer! Ich bin stolz darauf, sein Schwiegersohn zu sein. Leid tut mir nur, dass ich ihn nicht näher kennenlernen konnte. Es gibt so viele Dinge, die wir uns nicht mehr sagen konnten. Wirklich enttäuschend.«

Ich redete ins Leere, meine Stimme störte lediglich die Stille. Die Muskelprotze beobachteten mich mit einer Schlaffheit, die eines echten Sicherheitsbeamten nicht würdig war, und käuten dabei wieder wie Ochsen. Irgendwann zuckte der dickere von beiden die Schultern.

»Stört es Sie nicht, in einem solchen Durcheinander zu wohnen?«, erkundigte er sich.

»Das ist kein Durcheinander. Es handelt sich um

Sammlerstücke. Sie befinden sich in einem Tempel ungewöhnlich schöner Kleinode.«

»Trotzdem ist das hier ein heilloses Durcheinander. Wir sind so etwas nicht gewöhnt.«

»Stimmt«, pflichtete sein Kumpel ihm bei. »Ein Platz für jedes Ding und jedes Ding an seinem Platz! Ordnung, verdammt noch mal. Sonst findet man sich doch nicht mehr zurecht.«

»Ich finde mich zurecht«, schwor ich mit der Hand auf dem Herzen.

»Wir sind anders«, sagte der Dickere. »Wenn man in einer Umgebung arbeitet, wo es Feuerwaffen gibt, muss man Ordnung halten.«

»Wie schnell geschieht ein Unglück!«, sagte der andere.

»Feuerwaffen verzeihen nichts.«

»Sie sind dazu da, Ordnung zu schaffen.«

»Klar.«

Trotzdem hatten sie ihre Kanonen wieder in den Gürtel geschoben – ein Zeichen, dass sie mich nicht für allzu gefährlich hielten. Ich fühlte mich entspannt und als Herrscher über meine Gefühle. Erst in solchen Momenten kommt der wahre Charakter eines Menschen zum Vorschein. Ich verhandelte auf Augenhöhe mit den beiden. Sie hatten jeder fünf Bier getrunken, ebenso wie ich. Mir wäre es durchaus recht gewesen, wenn es einen Unterschied gegeben hätte, vielleicht hätten sie mich dann beachtet. Ich bin wirklich leicht zufriedenzustellen, aber das Prinzip der Gleichheit ist für mich unumstößlich. In dieser Hinsicht gebe ich nie klein bei. Als sie mir ein Bier reichten, bedankte ich mich bei ihnen ohne jede Unterwürfigkeit, um ihnen zu zeigen, dass mir ihre Geste nur recht und billig erschien. Als die Atmosphäre dann aber herzlicher wurde, gestattete ich mir, sie zu ihrem Auftrag zu befragen. Sie gaben mir zu verstehen, dass mich das nichts angehe. Einverstanden, ich wollte ohnehin nur reden. Obwohl ich es natürlich auch gern gewusst hätte. Schließlich hat man nicht jeden Tag Gelegenheit, mit Sicherheitsleuten zu sprechen.

»Mit Antiquitätenhandel hat es nichts zu tun«, teilten sie mir ebenso streng wie stolz mit.

Es fiel mir nicht schwer, ihnen zuzugestehen, dass sie uneingeschränkt recht hatten.

»Nichtsdestoweniger vertreibe ich einige Gegenstände, die eine gewisse Verbindung zum Thema Sicherheit aufweisen«, sagte ich.

»Aha. Und was soll das zum Beispiel sein?«

»Drehen Sie sich mal um und schauen Sie in die Kiste hinter dem Sessel. Das Objekt ist in ein kariertes Tuch eingewickelt. Sehen Sie es? Es handelt sich um den Keuschheitsgürtel, den Éléonore de Cayasse trug, während ihr Ehemann Geoffroy le Tordu in Jerusalem für die Befreiung des Grabes Jesu Christi kämpfte.«

Ihnen ging auf, dass ich nicht ganz uninteressant war.

»Riechen Sie am Metall. Vorne und hinten. Sie werden feststellen, dass es immer noch die Gerüche der Stoffe und Flüssigkeiten ausströmt, die damit in Kontakt waren. Der Kreuzzug dauerte sieben Jahre. Sie können sich vorstellen, dass das Metall viel Zeit hatte, sich mit allem vollzusaugen.«

»Der Gestank ist geradezu unglaublich«, riefen sie begeistert.

»Ich habe Sie gewarnt. In einem solchen Fall ist der Geruch der beste Beweis. Wenn man anhand der Ausdünstungen die Nahrungskette zurückverfolgen würde, könnte man viel über Éléonore de Cayasse und ihre Zeit erfahren. Ich ermögliche Ihnen hier eine veritable Zeitreise.«

Ohne mich brüsten zu wollen, muss ich sagen, dass ich ihnen imponierte. Sie wechselten bestürzte Blicke, beugten sich über den Keuschheitsgürtel, rieben ihre großen, feuchten Zinken daran und inhalierten den antiken Mief in tiefen Zügen. Hätte ich gewollt und eine Waffe zur Hand gehabt, hätte ich sie in diesem Augenblick beide ins Jenseits befördern können. Aber mir liegt jede Art von Boshaftigkeit fern. Ich dachte nicht einmal an diese etwas radikale Lösung. Sie fällt mir erst heute ein, während ich meine Lebensgeschichte niederschreibe.

Zu schreiben ist recht schwierig. Man weiß nie, womit man anfangen soll und wie es dann weitergeht. Was ich eigentlich sagen wollte ist, dass es nicht mir anzukreiden war, dass ich bei der Beerdigung von Schwiegerpapa und Schwiegermama nicht anwesend sein konnte. Ich wiederhole: Zwei Muskelprotze hielten mich in meiner eigenen Wohnung fest, und sie waren bewaffnet wie Auftragsmörder. Wichtiger als alles andere war mir zunächst, die eigene Haut zu retten. Mir ist bewusst, dass dieses Kapitel für den Leser spannender wäre, wenn es Kampf, Gewalt und Widerstand beinhalten würde. Um diesen niederen Instinkten Rechnung zu tragen, hätte ich beinahe eine etwas blutrünstigere Szene hinzugefügt, aber damit hätte ich die Wahrheit verfälscht. Es gibt Tage, da widerstrebt mir so etwas.

Man wird sich also mit den wenig erhabenen Ereignissen begnügen und zugeben müssen, dass es auch ohne einen einzigen Schuss oder Faustschlag geht. Nicht einmal derbe Worte fielen, ich kann nichts daran ändern. Ich berichte von den Ereignissen, wie sie sich zugetragen haben, zudem in ihrer zeitlichen Abfolge. Das vorliegende Werk ist kein Roman. Alles, was ich schreibe, erhebt den Anspruch auf Wahrheit – selbst die Lügen, falls es solche geben sollte.

Der erste Muskelprotz warf einen Blick auf seine Uhr und stellte fest, dass es Zeit wurde, sich zu verabschieden. Zum Gefallen des Lesers hätte ich in diesem Moment gern wenigstens eine kleine abfällige Bemerkung gemacht, aber ich muss beschämt gestehen, dass ich mit komplizenhafter Bereitwilligkeit die Hände schüttelte, die sie mir entgegenstreckten.

»Danke für Ihre Gastfreundschaft«, sagte der erste Muskelprotz.

»Ein Hoch auf das Bier«, fügte der zweite hinzu.

»Und was diesen Keuschheitsgürtel angeht, Monsieur Monroe, so war das ein ganz besonderes Erlebnis. Ich glaube, ich werde diese Nacht davon träumen.«

»Ich fand ihn auch überwältigend«, bestätigte der zweite.

»Sie wissen ja, wo Sie ihn finden, wenn Sie ab und zu daran schnuppern wollen. Sie sind jederzeit willkommen.«

Das Schlimmste daran ist, dass es mir ernst war. Ich war nicht feige, sondern ehrlich. Wenn einem das Feingefühl fehlt, erkennt man den Unterschied natürlich nicht immer.

7

Ich fiel in die Rolle des Ehemannes, der seine Frau erwartet. Lauschte, ob die Tür ging, und spähte aus dem Fenster zum Denkmal der Gefallenen hinüber, als sei es ein schlechtes Omen. Immer mit einer Bierflasche in Reichweite und dem Kopf voller Fragen. Es waren ermüdende Stunden.

Am ersten Abend leisteten die bulgarischen Homosexuellen mir Gesellschaft. Sie hatten Bratwurst und Pommes mitgebracht und bedauerten mich sowohl in meiner Eigenschaft als Freund als auch als Mieter, nachdem sie meine Verwirrung bemerkt hatten.

Ich litt wirklich. Wenn ich allerdings an die hunderttausend Dollar in der Keksdose dachte, wurde der Schmerz erträglicher. Aber der Philosoph hat recht, wenn er sagt, dass Geld nicht über alles hinwegtröstet. Am nächsten Tag brachten mir die bulgarischen Homosexuellen, die sich um meine Gesundheit sorgten, weil ich im Sessel geschlafen hatte, Pommes mit Mayonnaise. Mein Leibgericht, aber die Mayonnaise schmeckte nicht mehr nach Glück.

»Was ist bloß los?«, fragte ich immer wieder.

»Los ist, dass man über Schwierigkeiten hinwegkommen muss«, sagten die bulgarischen Homosexuellen. »Ein Mann darf einer Frau niemals trauen. Aber sie kommt zurück. Sie kommen alle irgendwann zurück. So sind sie nun einmal. Sie kehren zurück, um den Mann weiter zu peinigen, nachdem sie ihn bereits mit ihrem Verschwinden gepeinigt haben.«

Für Homosexuelle, zudem noch bulgarischer Provenienz, kannten sie sich ausgezeichnet mit Frauen aus. Sie hatten vorhergesagt, dass sie zurückkommen würde, und sie kam zurück. Zumindest zitierte sie mich zu sich.

Drei Tage nach der Beerdigung schickte sie mir ein Telegramm mit der Bitte, zum Haus ihrer verstorbenen Eltern zu kommen, wo sie mich erwarten würde, um »ernsthafte Angelegenheiten« zu besprechen. Ich holte den Lieferwagen und parkte zwanzig Minuten später vor dem Tor des Anwesens der Parkers. Auf der Zufahrt schob einer der Muskelprotze Wache. Er reinigte sich die Fingernägel mit einem Kampfmesser, lächelte mir zu und gab mir ein Zeichen, dass ich im Haus erwartet würde.

Dort führte mich das Dienstmädchen stumm ins Esszimmer. Noème saß über Papiere gebeugt an einem Ende der großen Tafel. Erfreut lief ich auf sie zu.

»Hallo Liebling! Da bin ich! Auch wenn du deinen Augen nicht traust – vor dir steht dein geliebter Majésu. Habe ich dir gefehlt?«

Sie blickte mich teils vorwurfsvoll, teils verwundert an und verwies mich mit einer knappen Handbewegung auf einen Stuhl ein Stück entfernt.

»Gibst du mir denn keinen Kuss?«, protestierte ich und glitt zur Seite wie ein Tangotänzer.

»Wir müssen reden«, schnitt sie mir mit harter Stimme das Wort ab.

»Selbstverständlich, herzallerliebste Noème, aber ein Gespräch schließt doch Gefühle nicht aus.«

»Setz dich!«

Sie hatte die Stimme erhoben. Gegen mich. Noch nie

hatte mich jemand in einem solchen Ton angeherrscht. Ich war äußerst ungehalten. Fast hätte ich mich auf dem Absatz umgedreht, schließlich lege ich Wert auf meine Würde. Aber ich wollte die Angelegenheit nicht noch verschärfen. Manchmal muss man bereit sein, einzulenken. Also setzte ich mich, um sie zu beschwichtigen.

»Was ist los?«, fragte ich und bemühte mich, nicht allzu aggressiv zu klingen.

»Los ist, dass ich meine Eltern verloren habe. Ein großes Unglück. Wunderbare Menschen, die in der Blüte ihrer Jahre aus unserer Mitte gerissen wurden ...«

»Vor einer Woche hast du noch behauptet, sie wären verachtenswert!«

Sie tat, als hätte sie meinen Einwand nicht gehört. »Als einzige Tochter und Erbin fällt mir die schwere Aufgabe anheim, ihr Werk fortzusetzen.«

Ich war wie vor den Kopf gestoßen. Was redete sie da? Es war noch nicht lange her, da hatte sie mit der Absicht geliebäugelt, ihre Eltern zu meucheln.

»Ich verstehe dich nicht, Noème. Du wolltest ihnen doch die Kehle durchschneiden ...«

»Etwas mehr Respekt bitte, Monsieur Monroe!«

»Monsieur Monroe? Monsieur Monroe? Was ist los mit dir, Madame Monroe? Soweit ich weiß, bist du noch immer meine Frau. Bis auf Widerruf hast du mich also Liebling, Geliebter oder Häschen zu nennen.«

»Der Moment des Widerrufs ist gekommen«, erklärte sie, als ginge es um das Eintreffen eines Primeurweins.

»Ich verstehe dich nicht, Noème. Ich bin ein Mann von außergewöhnlich scharfer Intelligenz, ich weiß alle wesentlichen Daten der französischen Geschichte und die Namen aller großen Flüsse dieses Planeten, aber in diesem Fall scheint mir etwas entgangen zu sein.«

Sie schob mir einen Stapel Papiere über den Tisch.

»Wir lassen uns scheiden«, erklärte sie kurz und bündig.

Dies ist genau die Art von Scherz, die ich noch nicht einmal im Ansatz komisch finde, auch wenn mir klar ist, dass Ehen heutzutage nicht mehr für das ganze Leben geschlossen werden.

»Wir lassen uns scheiden?«, hakte ich nach. »Was soll das heißen? Und überhaupt: Aus welchem Grund?«

»Meine Pflichten als Tochter, Monsieur Monroe ...«

»Ich warne dich, Noème, wenn du mich noch ein einziges Mal Monsieur Monroe nennst, weiß ich nicht, was passiert. Aber es wird einprägsam genug sein, dass du dich ein Leben lang daran erinnerst.«

»Ich glaube, Monsieur Monroe, Ihnen entgeht der Ernst der Lage.«

»Darf ich Ihnen mitteilen, Madame Monroe, dass ich die Scheidung ablehne? Wir haben aus Liebe geheiratet, und nur der Tod kann uns scheiden.«

»Ehe wir eine derart radikale Lösung ins Auge fassen, sollten wir verhandeln. Mein Ethos als Feministin gebietet, dass ich den Gebrauch von Waffen allenfalls als letzten Ausweg ins Auge fasse, und zwar ausschließlich dann, wenn alle Gespräche gescheitert sind und keine Hoffnung mehr besteht, das Problem auf zivilisiertere Weise zu lösen. Ich bitte Sie, diese Papiere zu unterzeichnen.«

»Ich unterzeichne überhaupt nichts.«

Ich verschränkte die Arme vor der Brust und fixierte sie mit der Macht meines Blickes. Sie hatte sich verändert. Sie hielt sich aufrechter. Sie trug Trauerkleidung, die ihr hervorragend stand, und ihre Fingernägel waren manikürt und lackiert. Sie kam mir zehn Jahre jünger vor. Ich bemühte mich, eine Strategie zu ersinnen. Ein gewalttätiges Vorgehen meinerseits wäre den Umständen nicht gerecht geworden, und die Vorstellung, eine Frau zu schlagen, war mir ohnehin fremd. Aber ich hätte sie bespringen und küssen, sie dem Begehren unterwerfen können, das sie zweifellos noch immer für mich empfand. Nach reiflicher Überlegung entschied ich mich jedoch für die Bitte um mehr Information.

»Warum willst du überhaupt die Scheidung? Was habe ich dir getan, Noème?«

»Ich werde diese Fragen erst beantworten, wenn Sie sie mir mit dem Respekt stellen, den eine Person wie Sie einer Person wie mir schuldet. Mit anderen Worten: Machen Sie sich die Mühe, mich zu siezen. Ich lege großen Wert auf Höflichkeit bei meinen Gesprächspartnern.«

Zweifellos machte sie sich über mich lustig. Sie versuchte, mich zu demütigen und mich wie einen unwichtigen Menschen zu behandeln. Ich erkannte es in ihren Augen, die voller Geringschätzung waren. Ich sagte mir, dass jetzt der Augenblick für den Einsatz einer List gekommen war: Als scharfsinniger Diplomat siezte ich sie.

»Was haben Sie mir vorzuwerfen? Warum wollen Sie sich scheiden lassen? Ich wäre Ihnen äußerst dankbar, wenn Sie mir einige Informationen zukommen ließen.«

»Ich werfe Ihnen gar nichts vor, Monsieur Monroe. Die Welt verändert sich jeden Tag. Heute sind wir verheiratet, morgen nicht mehr. Ich habe in Ihrer Gesellschaft wunderbare Stunden verbracht, aber jetzt ist die Zeit für ein neues Kapitel gekommen. Ich habe nicht mehr das Recht, mein Leben auf die leichte Schulter zu nehmen. Von jetzt an muss ich mich ganz und gar dem Werk meiner Familie widmen. Natürlich war das eine Frage des Gewissens. Die Leitung eines solchen Unternehmens beinhaltet eine große Verantwortung. Ich muss Herrin über meine Tage und Nächte sein und kann meine Zeit nicht länger zur Befriedigung meiner Launen verschwenden. Ich musste eine Wahl treffen und einige Dinge opfern. Dazu gehören Sie.«

»Ihr Vater, gnädige Frau, schätzte mich als idealen Schwiegersohn. Ich gestatte mir, Sie daran zu erinnern, dass er mir Ihr Glück anvertraut hat.«

»Monsieur Monroe, mein Vater machte gute Miene zum bösen Spiel.«

»Wir haben uns von Mann zu Mann unterhalten ...«

»Von Mann zu Mann, Monsieur Monroe? Wer sind Sie, dass Sie es wagen, sich auf eine Stufe mit meinem Vater zu stellen?«

»Er selbst hat den Ausdruck ›von Mann zu Mann‹ benutzt. Er sagte mir, er wolle sich von Mann zu Mann mit mir unterhalten. So und nicht anders.«

»Das war eine Redensart, nicht mehr. Sie sind nichts als ein kleiner Trödelhändler ohne Renommee, ohne Geld und ohne Zukunft.«

»Würde ich nicht fürchten, für unflätig gehalten zu werden, würde ich Sie jetzt daran erinnern, gnädige Frau, dass wir mehr als nur einmal die Wollust des Fleisches miteinander geteilt haben und dass Sie sich nicht scheuten, dabei Ihren Anteil einzufordern.«

»Monsieur Monroe, Sie erwähnen einen Abschnitt meines Lebens, der meinem Gedächtnis so gut wie vollständig entfallen ist. Das alles liegt so weit zurück!«

»Noch in der vergangenen Woche hielt ich Sie als rechtmäßig angetraute Ehefrau nackt in meinen Armen, gnädige Frau, und wenn Sie gestatten, zähle ich Ihnen die Stellungen auf, die wir zusammen ausprobiert haben.«

»Nun, das kann nicht sehr einprägsam gewesen sein, denn ich erinnere mich an nichts. Ich weiß, dass wir geheiratet haben – vermutlich aus Versehen. Verstehen Sie doch, die Zufälle des Lebens haben nicht unbedingt mit Logik zu tun. Und ich möchte diesen Irrtum ausmerzen. Sie sind ein Mann, der geboren wurde, um frei zu sein, Monsieur Monroe.«

Sie stach präzise und kraftvoll zu. Mein Herz schien in tausend Stücke zu zerspringen. Mehrfach musste ich mich zurückhalten, nicht energisch oder gar grob zu werden. Aber der Krieg war noch nicht unausweichlich. Ich spielte meinen Trumpf aus und versuchte, sie mit dem Mittel der großen Gefühle zurückzuerobern.

»Aber ich liebe Sie, gnädige Frau! Ich bin verrückt vor Liebe zu Ihnen. Ich begehre Sie. Ich bin Ihr Märchenprinz, Ihr Hengst, Ihr Paradies auf Erden. Ich liebe Sie. Ich liebe Sie seit der ersten Sekunde, als Sie die Ringe in meiner Auslage bewunderten, und habe nie aufgehört, Sie zu lieben. Und so, wie es aussieht und wie ich mich kenne, werde ich Sie bis ans Ende meiner Tage lieben.«

»Genug der Worte, Monsieur Monroe«, sagte sie und tippte mit dem Zeigefinger auf das Papierbündel. »Unterschreiben Sie, und wir vergessen das Ganze.«

»Was springt für mich dabei heraus?«

»Das Gleiche wie für mich: Freiheit.«

»Na toll, Freiheit. Und was soll ich ohne Sie mit dieser Freiheit anfangen? Meine Freiheit ist die Liebe zu Ihnen, gnädige Frau.«

»Hören Sie auf, sich lächerlich zu machen, Monsieur Monroe. Wenn Sie mich wirklich so lieben, wie Sie behaupten, beweisen Sie es, indem Sie diese Papiere unterzeichnen.«

Welcher Mann hätte einer derart hanebüchenen Aufforderung Folge geleistet? Kann man zwei Monaten inniger Liebe abschwören, indem man ein mit juristischen Formeln bedrucktes Stück Papier signiert? Warum wollte sie unser wunderbares Abenteuer dermaßen kleinreden? Wir steckten bis zum Hals in der hässlichsten aller Wirklichkeiten. Wo war die Poesie geblieben, mit der wir unsere Liebe genährt hatten?

Man muss in der Lage sein, eine Debatte zu beenden. Also stand ich auf, legte mir die Hand aufs Herz und sprach:

»Auf Wiedersehen, Madame.«

Das war kurz, klar, höflich und dem Augenblick perfekt angepasst. Ich wandte mich um und ging langsam und gemessenen Schrittes in Richtung Ausgang.

»Sie sind im Unrecht, Monsieur Monroe.«

Ich hielt inne, wandte mich zu ihr um, blickte ihr ins Gesicht und schleuderte ihr entgegen:

»Die Liebe ist nie im Unrecht, gnädige Frau.«

Zwei Tage später erhielt ich eine Vorladung von der Polizei. Ein anonymer Denunziant hatte mich des Mordes an Maximilien Dourdine bezichtigt.

Inspektor Bradouate klopfte mir auf die Schulter, nahm mich fast in die Arme und bot mir mit der Fürsorglichkeit einer Mutter einen Platz an.

»Machen Sie sich keine Sorgen, Monsieur Monroe. Wir bekommen jeden Tag anonyme Briefe. In aller Regel messen wir ihnen ausschließlich dokumentarisches Interesse bei, das heißt, wir nehmen sie zur Kenntnis, ohne damit weitere Taten zu verbinden. Anschließend legen wir sie zu den Akten. Wenn wir weitere Briefe erhalten oder uns Beweise geliefert werden, benachrichtigen wir die betreffenden Personen. Das ist bei Ihnen der Fall, Monsieur. Man legt Ihnen zur Last, Maximilien Dourdine ermordet zu haben. Normalerweise steht in anonymen Briefen nur Geschwafel. Dieser hier aber nennt uns beunruhigende Einzelheiten und ist von großer Genauigkeit.«

»Dürfte ich diesen Brief einmal sehen?«

»Das ist leider unmöglich«, entschuldigte sich Inspektor Bradouate. »Wir haben ihn zwar gelesen, das will ich Ihnen nicht verschweigen, aber offiziell ist er ungeöffnet in den Papierkorb geworfen worden. Er existiert also gar nicht. Daher habe ich wirklich – seien Sie versichert: wirklich, wirklich – große Skrupel, Sie zu bitten, uns einige Fragen zu beantworten. Sie ahnen ja nicht, wie sehr mir das gegen den Strich geht. Ich bin verwirrt, und mir ist klar, dass ich Ihre Zeit vergeude. Und zwar für nichts und wieder nichts. Sie sind Antiquitätenhändler?«

»Ja.«

»Das ist ein spannendes Gewerbe. Hätte ich mich nicht berufen gefühlt, Polizist zu werden, hätte mich der Beruf des Antiquitätenhändlers sicher auch gereizt.«

»Ich habe mich spezialisiert, Inspektor. Ich handele ausschließlich mit historischen Objekten. Mit Raritäten wie dem Schnuller von Richelieu, der Asche des Phönix oder einem völlig unleserlichen Ausweis, den Experten für den Ausweis des Unbekannten Soldaten halten. Verstehen Sie? Immer wenn ich ein Kleinod auftreibe, muss ich dessen Geschichte rekonstruieren, dessen Herkunft klären und Nachweise erbringen, die des Interesses des Käufers würdig sind.«

»Wirklich spannend. In gewisser Weise ähnelt Ihr Beruf dem meinen.«

»Das habe ich auch schon des Öfteren gedacht. Ich bin eine Art Ermittler, der den wahren Sachverhalt der Geschichte erforscht.«

Er hielt mir ein Päckchen Kaugummi hin.

»Ohne Zucker«, sagte er.

Ich nahm eines, um ihm eine Freude zu machen. Noème hatte keine Zeit verloren. Ich konnte nicht verstehen, warum sie einen derart treuen, untadeligen und neuen Ehemann wie mich attackierte. Vielleicht fürchtete sie, ich könnte wegen unüberbrückbarer Differenzen oder Ähnlichem Unterhalt einfordern. Seit ihrer Erbschaft widerstrebte es ihr zu teilen. Solange sie noch die Armut für sich in Anspruch genommen hatte, genügte ich ihr. Aus Liebe zu ihr hätte ich beinahe ihre Eltern umgebracht und irreparablen Schaden angerichtet, das war gerade noch einmal gut gegangen.

»Ihnen ist sicher längst klar, dass ich Maximilien Dourdine nicht getötet habe, Inspektor.«

»Oh ja, Monsieur Monroe, wenn die Polizei eines sicher weiß, dann dies. Wie Ihnen vermutlich bekannt ist, wurde Maximilien Dourdine von Mika Brahut ermordet. Ich selbst habe die Ermittlungen geleitet und kann Ihnen versichern, dass zu dem umfangreichen Beweismaterial eine tiefe innere Überzeugung meinerseits hinzukommt. Ich weiß, dass Mika Brahut schuldig ist. Also müssen Sie logischerweise unschuldig sein. Es ist nur konsequent, das auszusprechen.«

»Er mag schuldig sein oder nicht – ich bin in jedem Fall unschuldig. Darauf kann ich einen Eid leisten. Ich schwöre es bei meinem Leben, also bei dem, was mir hier auf Erden das Wichtigste ist.«

»Das allein beweist noch gar nichts. Mika Brahut hat vom ersten Augenblick an geschworen, dass er unschuldig ist. Millionen Mal. Und doch ist er schuldig. Sie sehen, da gibt es keinen Zusammenhang. Unschuldige schwören. Schuldige schwören. Unter uns gesagt gibt es eigentlich keinen Grund, warum ein Unschuldiger schwören sollte – schließlich ist er unschuldig. Ein Schuldiger hingegen sollte es unbedingt tut. Vielleicht glaubt ihm die Justiz ja eines Tages.«

Es war ein hochklassiges Gespräch. Wir sprachen über alle Feinheiten und über die empfindlichsten Mechanismen der menschlichen Seele – ein ausgesprochen angenehmer Austausch, wie ich fand. Auch Inspektor Bradouate war dieser Meinung und hielt damit nicht hinterm Berg:

»Es ist ein wahres Glück, sich mit Ihnen zu unterhalten, Monsieur Monroe. Sie wissen sehr viel und vertreten interessante Ansichten. Sicher können Sie sich vorstellen, dass die Polizei es meist mit Verbrechern zu tun hat, die sich durch nichts Besonderes auszeichnen.«

»Ihre Wertschätzung ehrt mich zutiefst, Inspektor.«

»Mir liegt sehr viel an Intelligenz.«

»Damit kann ich Ihnen gerne dienen. Manchmal glaube ich sogar, dass ich für eine Einzelperson viel zu viel davon habe, und schäme mich ein wenig.«

Er nickte bestätigend, dann wurde er plötzlich nachdenklich. Schließlich erkundigte er sich, wer mich so verabscheuen könnte, dass er mir einen Mord in die Schuhe schieben würde. Beinahe hätte ich den Namen Noème Monroe, geborene Parker, genannt. Noch heute weiß ich nicht, was mich zurückhielt, vielleicht ein letzter Rest Ritterlichkeit. Sie war schließlich die Einzige, die diese Geschichte kannte. Ich habe die Angewohnheit, mir die Fantasien und Träume einer Frau zu eigen zu machen, für die ich mich interessiere. Der Mord an Maximilien Dourdine hatte mir nur ein einziges Mal geholfen und würde es nie wieder tun, denn er war auf ewig mit meiner Liebe zu Noème verbunden. Selbst wenn ich noch einmal eine Klassenkämpferin kennenlernen würde, käme es mir nicht in den Sinn, die gleiche Geschichte zu wiederholen. Ich hätte das Gefühl, untreu zu sein. Ich würde anders vorgehen. An entsprechenden Fabeln mangelt es mir nie.

»Es gibt viele Menschen, die mich nicht mögen, und unendlich viele, die neidisch sind. Ein Mann wie ich spricht immer aus, was er denkt. Meine Worte wühlen auf. Ich prangere an und nehme dabei kein Blatt vor den Mund. Ich besitze einen äußerst kritischen Instinkt, meine Rügen sind bissig und meine Missbilligung scharf. Mit wenigen Worten reiße ich Theorien ein, für deren Konzeption Intellektuelle zwanzig Jahre gebraucht haben. Ich wurde als Rebell geboren. Ich rebelliere gegen die Wissenschaft ebenso wie gegen Horoskope und gegen die Politik ebenso wie gegen die Religion. Nichts und niemand findet Gnade vor meinen Augen. Allerdings behalte ich viele Dinge für mich und gebe mich nachsichtig, sanft und mild. Was, wohl gemerkt, nicht heißen soll, dass ich weniger nachdenke. Aber ich möchte mir nicht alle Welt zum Feind machen. Das Leben ist so schon schwierig genug, und im Übrigen darf ich nicht aus den Augen verlieren, dass ich meinen Lebensunterhalt mit Handeln verdiene. Sie wissen, was das bedeutet.«

Vielleicht wusste er es nicht, aber er ahnte es zumindest, denn er hob den Blick zum Himmel. Anschließend lenkte er unser Gespräch auf Madame Mika Brahut. Mit harmloser Miene bat er mich, ihm mitzuteilen, ob ich die Dame kenne oder sie gar schon einmal besucht hätte.

»Nicht dass ich wüsste, Inspektor. Und an die Frau eines Mörders würde ich mich sicher erinnern.«

»Aber Mika Brahut ist vielleicht Opfer eines Justizirrtums oder einer teuflischen Intrige«, deutete er mit einer Böswilligkeit an, die mich aus der Fassung brachte.

»Ein Gerichtsvollzieher als Opfer eines Justizirrtums, Inspektor? Sie erlauben wohl zu scherzen.«

»Natürlich scherze ich.«

»Gerichtsvollzieher sind von Grund auf böse. Sie sind der Inbegriff des Gauners. Aber jeder glaubt ihnen, weil sie einen Eid geleistet haben. Vor allem die Richter. Ich nehme an, damit verrate ich Ihnen nichts Neues. Man sollte nichts verallgemeinern, aber Gerichtsvollzieher sind in aller Regel ziemliche Schufte.«

»Wem sagen Sie das, Monsieur Monroe, wem sagen Sie das? Ich weiß, wovon ich rede. Mein Vater war Gerichtsvollzieher. Was soll ich Ihnen sagen? Er hat mich gleich nach der Geburt verlassen. Meine Mutter war so sauer auf ihn, dass sie mich der Fürsorge anvertraut hat.«

»Da sehen Sie es: Die Frau eines Gerichtsvollziehers taugt ebenso wenig wie der Gerichtsvollzieher selbst. Alles das gleiche Gesindel. Man schläft miteinander, aber man übernimmt keine Verantwortung.«

Er war völlig perplex. Wäre eine Fliege an der Decke herumgekrabbelt, hätte er sie vermutlich mit dem Blick verfolgt. Ein Mensch, der leidet, interessiert sich plötzlich für die kleinen Dinge. Das ist seine Art, immer wieder bei null anzufangen.

Wir verabschiedeten uns als gute Kumpel.

Am nächsten Morgen klopfte er um acht Uhr mit finsterer Miene an meine Tür.

»Ich habe ausgesprochen schlecht geschlafen«, sagte er entschuldigend. »Aber Sie sollen wissen, dass mir unser gestriges Gespräch sehr gutgetan hat, Monsieur Monroe. Sie sind ein Mensch, der Ruhe ausstrahlt. Die Welt wird wieder eindeutig und unkompliziert. Im Grunde sind Sie – ohne sich dessen bewusst zu sein – ein Philosoph.«

»Aber ich bin tatsächlich ein Philosoph, Inspektor. Und ich bin stolz darauf. Meine Ware beinhaltet viele Gegenstände, die mit Philosophie zu tun haben. Ich führe zum Beispiel Geschirr, das Immanuel Kant gehört hat, darunter eine sehr gewagte Teekanne.«

»Kant trank keinen Tee, Monsieur Monroe.«

»Ich denke doch.«

Während wir weiterplauderten, brühte ich einen Kaffee auf, dessen appetitlicher Duft uns einhüllte. Ich stellte zwei Tassen auf ein Deckchen, die den Inspektor begeisterten. Er erging sich in Hypothesen und bat um eine Erklärung.

»Ich serviere Ihnen den Kaffee in Tassen, aus denen die Kinder von Bertold Brecht getrunken haben – Sie wissen schon, dieser Theaterfritze.«

»Ein Kommunist«, äußerte der Inspektor.

»Wie grässlich«, sagte ich. »Wegen dieses Gefasels hätte beinahe die ganze Welt dran glauben müssen.«

»Dann mögen Sie die Kommunisten also auch nicht, Monsieur Monroe?«

»Sie können mir mit allem Möglichen kommen, bloß nicht mit diesen Leuten. Ich bin für Karl den Großen. Stünde er zur Wahl, bekäme er sofort meine Stimme.«

»Mir geht es ganz genau so.«

Er schlich um meine Schatulle mit den verborgenen Zeitungsartikeln herum und bewunderte ihre Ähnlichkeit mit einem Schuhkarton.

»Man könnte fast drauf reinfallen«, sagte er lachend. »Zumal auch noch ›Schuhe‹ draufsteht. Wie funktioniert sie, Monsieur Monroe?«

»Das ist ein Geheimnis, Inspektor. Und ich hüte es wohl, das können Sie mir glauben.«

»Ich würde sie gern kaufen.«

»Dafür würde nicht einmal Ihr komplettes Jahresgehalt reichen.«

Wir scherzten. Wir erzählten uns Witze. Ich beschloss, ihm diese Geheimschatulle zu schenken, denn ich nahm an, dass Noème ihm davon erzählt hatte. Er verhielt sich wie ein Kind angesichts eines Spielzeugs, das seine Eltern sich nicht leisten können. Er träumte. Meine Ware ist wie geschaffen für Träume. Es war rührend.

Wie er es geschafft hat? Aus Versehen? Oder weil er das Zweite Gesicht besaß? Polizistenperversion? Ich habe keine Ahnung, aber plötzlich bewegte sich der Deckel der Schatulle in seinen Scharnieren. Als hätte er sich daran verbrannt, warf Bradouate sie genau zwischen die beiden frisch gefüllten Kaffeetassen auf den Tisch.

»Oh, entschuldigen Sie. Plötzlich ging sie auf. Ich bin ganz verwirrt.«

»Wahrscheinlich haben Sie, ohne es zu bemerken, auf eine ganz bestimmte Weise auf das ›h‹ in ›Schuhe‹ gedrückt. Dieser Buchstabe löst den Mechanismus aus.«

Ich klappte den Deckel wieder zu. Bradouate riss erstaunt die Augen auf.

»Ich habe noch nie eine Geheimschatulle betätigt, Monsieur Monroe.«

Er rührte in seinem Kaffee, während ich die Schatulle auf einen Schemel hinter mir stellte. Bradouate wirkte nachdenklich.

»Es ist immer peinlich, die Geheimnisse anderer Leute zu durchdringen«, sagte er und blickte wahrhaft schuldbewusst drein.

»Ich habe nichts zu verbergen, Inspektor. Keine Geheimnisse.«

»Wenn man eine solche Geheimschatulle besitzt, benutzt man sie, um seine Geheimnisse in ihr zu verbergen. So würde ich es jedenfalls machen.«

»Ich nicht. Ich besitze eine solche Schatulle, weil ich mit Antiquitäten handele. Es ist ein Artikel wie jeder andere auch.«

»Aber wenn Sie keine Geheimnisse haben, wozu brauchen Sie dann eine Geheimschatulle?«

»Um alte Papiere unterzubringen. Oder unwichtige Dinge.«

Er beglückwünschte mich zu meinem Kaffee, den er stark und gut fand. In seiner Polizistensprache war das sicher ein Lob. In seinen Augen blitzte der Schalk.

»Monsieur Monroe, ich bin untröstlich, dass ich Dinge gesehen habe, die mich nichts angehen, und ich möchte mich nochmals ausdrücklich dafür entschuldigen. Das war unanständig von mir. Im Übrigen habe ich nichts Spezielles gesehen, allerdings meine ich, ein Foto von Maximilien Dourdine entdeckt zu haben. Wahrscheinlich eine Täuschung, in letzter Zeit sehe ich ihn praktisch überall. Im Gedächtnis gibt es brachliegende Bereiche, die man besser nicht reaktivieren sollte, aber jetzt ist es nun einmal geschehen. Wir sind immer wieder dem Schicksal unterworfen, das für uns entscheidet.«

Was wollte er von mir? Die Schatulle war voll mit Artikeln zum Fall Dourdine, aber er konnte nicht genügend Zeit gehabt haben, das Bild des Opfers zu erkennen, dessen Porträt in einem winzigen Medaillon verborgen war.

»Sie müssen mich verstehen, Monsieur Monroe«, flehte er. »Ich bin der Meinung, Dourdine erkannt zu haben. Natürlich weiß ich, dass er es nicht ist, aber wie soll ich ganz sicher sein? Außer Sie geben mir Ihr Wort. Ich glaube Ihnen jedes Wort, Monsieur Monroe. Ich habe absolutes Vertrauen zu Ihnen.«

Er beschwatzte mich. Ich spürte, wie er sich mir näherte, um mich herumstreifte und mich mit seinen bösen kleinen Polizistenaugen beobachtete. Wenn ich schwor, dass er sich irrte, würde er schnell mit einem neuen Einfall kommen. Er wusste, dass er mich mürbe machen konnte. Ich gab mir zehn Minuten für eine glaubwürdige Entgegnung, griff nach der Schatulle und legte sie auf seinen Schoß.

»Sie wissen ja, wie sie zu öffnen ist, Inspektor. Sie sind dran.«

In manchen Situationen bin ich eine verdammt großartige Persönlichkeit, forsch, kaltblütig und kühn. Bradouate warf mir einen jämmerlichen Blick zu, durchtränkt von Vorwürfen, weil er mich so behandelte. Aber Vorwürfe hin oder her – er öffnete die Schatulle und begann langsam und immerhin mit betrübter Miene ihren Inhalt zu erforschen.

8

Äusserst rücksichtsvoll brachte Bradouate mir bei, dass er mich gern in Polizeigewahrsam nehmen würde. Er weinte an meiner Schulter, nannte mich seinen Freund und Bruder, fragte sich, was aus uns werden sollte, und steckte sich eine Zigarette an der anderen an. Er war so nervös, dass er mir leidtat. Ich kann mich nicht beklagen. Er brachte mich in der besten Zelle unter und schickte jemanden Bier holen, um mir das Warten zu erleichtern. Und er legte großen Wert darauf, die Verhöre selbst zu führen, damit ich immer mit der »meinem Rang entsprechenden Rücksicht« behandelt wurde. So waren seine Worte.

Natürlich ließ er als Erstes die Schatulle sprechen, und die hatte so einiges zu erzählen. Sie enthielt sämtliche Artikel über den Mord, einschließlich vieler Farb- und Schwarz-Weiß-Fotos. Einige Bilder hatte ich sogar selbst aufgenommen: ein Foto von Dourdines Wohnhaus, einen Blick auf das Treppenhaus, wo der Mord geschehen war, seine Wohnungstür, seinen Sarg, den Friedhof, die Leichenhalle, das Grab. Ich besaß Kassetten mit Reportagen, die im Fernsehen zu Dourdines Tod gelaufen waren, eine Audio-Kassette mit Aufnahmen von Radionachrichten und viele andere Dokumente, wie zum Beispiel eine Reihe von Aluminiumbuchstaben, die von seinem Grabschmuck stammten, oder eine getrocknete Blume aus einem der Gestecke.

Meine Verteidigung würde sich nicht ganz leicht gestalten.

»Ich habe diese Fotos nicht selbst aufgenommen, Inspektor. Wissen Sie, im Trödel findet sich alles Mögliche.«

»Selbstverständlich, Monsieur Monroe. Trotzdem gibt es da noch etwas, das mir Sorgen bereitet. Ich wage kaum, mit Ihnen darüber zu reden.«

»Schlimmer kann es doch kaum noch kommen. Schießen Sie los.«

Er holte tief Luft und konzentrierte sich.

»Monsieur Monroe, meine Kollegen haben einige Dinge überprüft. Sie haben in Zeitungsarchiven und beim Fernsehen recherchiert und Leute befragt. Im Augenblick sind unsere Ergebnisse noch dürftig, aber wahr ist, dass Sie auf einer geradezu unglaublichen Anzahl von Dokumenten zu sehen sind. Es gibt Fotos, die Sie in der Trauergesellschaft auf dem Friedhof zeigen. Sie waren außerdem bei der Festnahme von Mika Brahut zugegen. Sie haben den Lokaltermin verfolgt. Wir haben sogar einen Filmausschnitt entdeckt, der Sie mit einer Kamera in der Hand zeigt. Glauben Sie jetzt nicht, dass ich daraus Rückschlüsse ziehe, aber ich bin ehrlich besorgt. Und auch beunruhigt. Ihretwegen. Ganz ehrlich.«

»Dabei gibt es für das alles eine ganz einfache Erklärung, Inspektor. Ich habe nur meine Arbeit als Raritätenhändler getan. Ich dachte, dass der Tod von Maximilien Dourdine meine Geheimschatulle erst wirklich wertvoll macht. Eine Geheimschatulle ohne Geheimnisse kostet nur den Preis der Schachtel. Aber eine Geheimschatulle, die ein Geheimnis enthält, kann ich zum Preis des Geheimnisses verkaufen. Der Tod eines

Unternehmers beinhaltet zwar keine großartige Wertsteigerung, kann den Grundpreis aber meiner Ansicht nach immerhin um das Fünfzig- bis Hundertfache erhöhen. Der Käufer kauft nicht das Ding an sich, Inspektor. Ihn interessiert, was sich dahinter verbirgt. Ein Salzstreuer für sich genommen ist langweilig. Befindet sich aber noch ein Rest Salz darin und ist man gewitzt genug, zu beweisen, dass sowohl das Salz als auch der Streuer Napoleon gehörten, findet sich immer irgendwo ein Liebhaber des Empire, der einem den Mist abkauft. Und glauben Sie mir, an dem Tag, an dem der Kunde sein Schnitzel mit dem Salz aus diesem Streuer würzt, gleitet die Geschichte Frankreichs durch seine Kehle und schmeckt das Fleisch für ihn nach nationaler Größe. Sie haben keine Ahnung, wie absurd sich Sammler manchmal verhalten. Es sind Träumer, fast schon Poeten.«

Obwohl ich die reine Wahrheit sagte, gelang es mir offenkundig nicht, ihn zu überzeugen. Es gibt Zierstücke, die bedürfen jahrelanger Überlegung, genauer Berechnungen und intensivster Zuwendung – je belangloser sie sind, desto wichtiger ist es, sie mit Geschichte zu erfüllen. Ein wahres Liebhaberstück ist nichts anderes als eine Schöpfung des Geistes und ein Erfolg des Willens. Auf meinem Arbeitstisch liegen Wunderwerke, an denen ich seit fünfzehn Jahren werkele. Manchmal fehlt ihnen nur ein winziges Detail, das ihnen Seele verleiht – oder zumindest etwas, das einer Seele ähnelt.

»Was Sie mir da erzählen, klingt wirklich hinreißend, Monsieur Monroe, und wenn es nur nach mir ginge, würde ich es gern dabei belassen. Leider bin ich nicht allein. Da sind noch meine Vorgesetzten, meine Kollegen, der Untersuchungsrichter und die Presse. Sie müssen verstehen, dass es mir unter diesen Umständen unmöglich ist, Ihnen zu glauben, auch wenn es mir unendlich leidtut.«

»Das habe ich bereits bemerkt, Inspektor, Sie wirken schon seit geraumer Zeit nicht mehr entspannt. Allerdings kann ich Ihnen wirklich nicht mehr dazu sagen. Aber ich verstehe Ihre Reaktion, denn es gibt nichts, was weniger glaubwürdig ist als die Wahrheit.«

Ich hatte tatsächlich Sorge, dass ihm übel werden könnte. Er schien über dem Schreibtisch zwischen uns zusammenzusacken. Ihm war schwindelig. In seinen Augen war nur noch das Weiße zu sehen, und er bewegte die Lippen, ohne dass ein Ton herauskam. Ich empfand Mitleid mit ihm.

»Wissen Sie, welches der größte Gefallen wäre, den Sie mir tun könnten?«

»Nein, aber seien Sie versichert, dass ich – sofern es in meiner Macht steht – keine Sekunde zögern würde. Bitten Sie mich, um was Sie wollen, Inspektor.«

»Auch wenn es unangenehm für Sie ist?«

»Ich stehe ganz zu Ihrer Verfügung. Je schwieriger Ihre Bitte zu erfüllen ist, desto nützlicher kann ich Ihnen wahrscheinlich sein, und das macht mich umso glücklicher.«

Er bestätigte meine Entschlossenheit mit einem Kopfnicken. In seinem Blick lag Anerkennung.

»Was mir sehr gelegen käme, Monsieur Monroe – und ich spreche als Freund zu Ihnen –, was mir also sehr gelegen käme, wäre das umfassende Geständnis, dass Sie Maximilien Dourdine umgebracht haben. Danach reden wir nicht mehr darüber. Die Situation wäre geklärt, und wir könnten auf einer gesunden Basis ganz neu anfangen.«

Mein Gefühl sagte mir, dass ich tatsächlich verdächtigt wurde, dass man meinen Worten keinen Glauben schenkte und mich mit einer gewissen Ratlosigkeit beobachtete.

»Würde ich behaupten, Monsieur Dourdine umgebracht zu haben, würden Sie mir nicht glauben, Inspektor.«

»Das ist richtig. Ich persönlich würde Ihnen nicht glauben. Allerdings denke ich, dass Ihr Geständnis einige meiner Kollegen sehr freuen würde. Mich nicht, das schwöre ich Ihnen! Wir sind längst zu Freunden geworden, und meine Gefühle Ihnen gegenüber sind unerschütterlich. Aber ich muss Ihnen etwas sagen: Würden Sie das Verbrechen gestehen, würde sich mein Respekt vor Ihnen ins Unermessliche steigern.«

»Ich würde Ihnen den Gefallen wirklich gern tun, Inspektor.«

Die Situation war inzwischen so komplex, dass ich alles auspacken musste, was ich wusste, ahnte und dachte. Und weil ich schon einmal dabei war, berichtete ich auch von meinem Abenteuer mit Noème, ohne auch nur das kleinste Detail auszulassen. Nicht einmal die Sache mit der Schatulle.

»Sehen Sie, Inspektor, ich weiß, wer Sie informiert hat. Wie Sie sicher bemerkt haben, verfüge ich über einen großen Erfahrungsschatz. Seit dem Tod ihrer Eltern hat Noème sich verändert. Jetzt ist sie reich und kann mit ihrem Geld tun und lassen, was sie will. Und obwohl wir in Zugewinngemeinschaft leben, habe ich noch keinen müden Heller gesehen.«

»Keinen müden Heller? Monsieur Monroe, jetzt übertreiben Sie aber ...«

»Keinen müden Heller, Inspektor.«

Bradouate kratzte sich ganz oben am Kopf. Für diesen Teil des Schädels gibt es sicher einen Namen, aber ich habe keine Zeit, ihn im Lexikon zu suchen.

»Mademoiselle Parker und ich haben uns unterhalten ...«

»Nicht Mademoiselle Parker. Madame Monroe!«

»Sie legt großen Wert darauf, Mademoiselle Parker genannt zu werden. Was Frauen wünschen, das wünscht auch Gott – und ich bin nur ein bescheidener Polizeibeamter. Zurück zum Thema: Mademoiselle Parker und ich haben uns unterhalten, weil sie bei der Durchsicht der Bücher ihres Vaters feststellen musste, dass der Verstorbene dem jungen Paar die stolze Summe von hunderttausend Dollar geschenkt hat.«

»Das wüsste ich aber!«

»Laut Mademoiselle Parker soll sich die Summe in einer Art Umschlag aus wertvollem Holz befunden haben. Ihr Vater pflegte es so zu handhaben, wenn er eine Person, einen Politiker, einen Beamten oder einen Freund honorieren und ihm etwas Gutes tun wollte. Was haben Sie mit dem Geld gemacht?«

Auf welcher Seite stand dieser Inspektor Bradouate eigentlich? Auf meiner? Oder auf Noèmes? Ich erklärte zum wiederholten Mal, ein ehrbarer Mensch zu sein.

»Der Handel mit Raritäten ist kein Unterpfand für Ehrbarkeit, Monsieur Monroe. Es ist sicher schon vorgekommen, dass Sie Ware verkauft haben, deren Echtheit nicht belegt war.«

»Es ist der Kunde, der die Echtheit eines Objekts bestimmt, Inspektor. Je mehr er bezahlt, desto echter ist die Ware, die er erwirbt. Ein rein mathematischer Vorgang. Ich zwinge niemanden. Ich persönlich glaube an die Dinge, die ich verkaufe, aber es obliegt dem Kunden, an das zu glauben, was er kauft.«

»Könnten wir noch einmal auf die hunderttausend Dollar zurückkommen? Für Mademoiselle Parker ist dieses Geschenk mit vielen Emotionen behaftet. Immerhin war das Geld das Geschenk eines Sterbenden an seine Tochter, nicht wahr?«

Noème brachte mich in eine Zwickmühle. Wenn die Polizei meine Wohnung durchsuchte, würde sie das Geld finden. Das alles hier roch nach Einschüchterung, Ärger und Gefängnis. Ich wurde von allen Seiten angegriffen. Mit seiner gütigen Stimme, die niemals müde wurde zu reden, ohne etwas zu sagen, hinderte Bradouate mich am Nachdenken. Ich versuchte, mich zu konzentrieren und meine Entgegnungen auszurechnen, doch es half nichts. Er zerrte am roten Faden meiner Gedanken. Plötzlich machte ich mir ernsthaft Sorgen.

»Werden Sie mich im Gefängnis behalten?«, fragte ich.

»Aber wie denn!«, rief der Inspektor. »Sie sind frei, Monsieur Monroe. Sie sollen sich hier wie zu Hause fühlen. Sie sind mein Gast, und wir reden über dieses und jenes. Aber wenn Sie gehen wollen, können Sie das gern tun. Es gibt keinen Grund, Sie aufzuhalten. Da waren ein paar Fragen, die ich Ihnen stellen wollte, ich habe sie Ihnen gestellt, und jetzt ist alles geregelt.«

Ich gestand ihm, dass ich sehr müde war. Fast schon niedergeschlagen. Dass Noème mich schrecklich enttäuscht hatte und ich nicht verstand, warum sie plötzlich derart gegen mich war. Dass ich jetzt gern heimgehen und mich ins Bett legen wollte, um über die Widrigkeiten des Lebens zu meditieren.

»Mein lieber Monsieur Monroe, wenn Sie schon meditieren wollen, dann lassen Sie sich doch bitte auch die Sache mit den hunderttausend Dollar noch einmal durch den Kopf gehen.«

»Wenn ich die Wahl zwischen zwei Anschuldigungen hätte, wäre es mir lieber, wegen eines Verbrechens verurteilt zu werden als wegen Unterschlagung von Privatvermögen.«

»Diese beiden Straftaten schließen einander nicht aus, Monsieur Monroe.«

Noème hatte meine Abwesenheit dazu genutzt, meine Wohnung auf den Kopf zu stellen. Die Muskelprotze hatten auf der Suche nach den Dollars ganze Arbeit geleistet und jeden einzelnen Karton, sämtliche Regale und Schränke minuziös durchkämmt, ohne Rücksicht auf die darin enthaltene, manchmal durchaus ehrwürdige Ware. Im Schlafzimmer hatten sie die Matratze aufgeschlitzt und das Füllmaterial herausgerissen. Mit Eispickeln hatten sie in den Wänden herumgestochert; selbst in der Zimmerdecke fand ich Löcher. Die Dielen des Parketts waren herausgerissen.

Hätte ich genügend Zeit, würde ich an dieser Stelle die Gefühle analysieren, die mich angesichts dieser Katastrophe heimsuchten. Aber im Augenblick steht mir der Sinn nicht nach einer Innenschau. Ich kann nur sagen, dass ich todunglücklich war und mich erst einmal aufmachte zu einem Rundgang durch die Stadt. Der Tag endete, wie so viele andere schlechte Tage, im Bistro. Auf den Tresen wie auf erobertes Gebiet gestützt, denkt man sachlicher über die Dinge des Lebens nach. Bier vollbringt wahre Wunder, und plötzlich weicht blinde Wut einer sanften Nostalgie. Unter meiner rauen Schale des Abenteurers schlummert nämlich fast unerkannt ein weicher Kern. Um zehn Uhr abends fühlte ich mich nur noch zutiefst zerrissen. Ich rief Noème an und erklärte ihr, ich sei bereit, alles zu unterschreiben, was sie mir vorlegte. Wahrscheinlich schaute sie während meines Lamentos auf die Uhr, denn sie sagte:

»Wenn Sie sich beeilen, erwischen Sie noch den letzten Bus.«

Zwanzig Minuten später stand ich vor ihr. Sie hatte ordentlich gepichelt, ich bemerkte es daran, dass ihr Kopf wackelte. Aber ihr Lächeln hielt mich auf Distanz.

»Setzen Sie sich, Monsieur Monroe. Ich freue mich, dass Sie zur Vernunft gekommen sind. Wenn wir erst einmal geschieden sind, hindert uns nichts daran, gute Freunde zu bleiben.«

Sie seufzte. Die eng an ihrem Körper anliegende Trauerkleidung stand ihr unglaublich gut. Sie tastete nach der Literflasche Grappa und schenkte sich ein Glas ein, das mindestens eine halbe Flasche fasste. Mir jedoch bot sie nichts an.

»Sie bekommen gleich einen Kasten Bier. Schließlich kenne ich Ihren Geschmack.«

Das Hausmädchen, das bereits Befehle erhalten hatte, brachte das Bier und ging zu einer Vitrine, in der Gläser standen. Noème hielt sie zurück.

»Nein. Monsieur trinkt aus der Flasche.«

Trotz der nicht geringen Menge, die ich bereits im Café getrunken hatte – oder vielleicht gerade deswegen –, war ich sehr durstig. Mit dem Anblick der Flaschen kehrte auch meine Liebe zu Noème zurück. Mein Herz war voller Dankbarkeit.

»Ich freue mich, dass Sie die Botschaft verstanden haben, Monsieur Monroe. Schließlich sind wir vernünftige Menschen. Diese Ehe war ein Irrtum, und das wissen Sie ebenso gut wie ich.«

»Das mag sein, Mademoiselle Parker. Aber ich war verliebt und ehrlich. Mir ist klar, dass hier und jetzt nicht der richtige Moment ist, um Ihnen die Reinheit meiner Gefühle darzulegen, aber ich muss gestehen, dass ich Ihre Auffassung von Irrtum nicht teile. Für mich bedeutet im Gegenteil die Scheidung einen Irrtum.«

»Um nicht aneinander vorbeizureden, könnten wir uns vielleicht darauf einigen, dass die Scheidung ein Irrtum ist, der den Irrtum der Eheschließung aufhebt. Kommt Ihnen das entgegen, Monsieur Monroe?«

Statt einer Antwort tat ich meine Meinung zu dem anonymen Brief kund, den sie an Inspektor Bradouate geschickt und in dem sie mich des Mordes an Maximilien Dourdine bezichtigt hatte.

»Eigentlich war es kein anonymer Brief, Monsieur Monroe, denn ich habe dem Inspektor den Umschlag selbst gegeben. Der Brief war zwar nicht unterschrieben, wurde aber persönlich ausgehändigt. Im Kampf um die Wiederherstellung meiner Freiheit greife ich eben zu den Waffen, die mir zur Verfügung stehen. Das ist das eine. Hinzu kommt, dass ich gern die hunderttausend Dollar zurückhatte, die mein Vater Ihnen unvorsichtigerweise anvertraut hat.«

»Ich protestiere gegen ...«

»Sie protestieren, wenn Sie an der Reihe sind, Monsieur Monroe. Mein Vater war ein Unikum. Vielleicht sogar extravagant. Er machte alles anders als andere Leute. Und er glaubte, dass ich verrückt bin.«

»Aber Sie doch nicht, Mademoiselle Parker!«

»Schweigen Sie, Monsieur Monroe. Mein Vater hielt

mich für verrückt. Für ihn war die Vorstellung, dass eine Tochter ihren Vater so abgrundtief hassen könnte, dass sie ihm den Tod wünschte, ein Anzeichen geistiger Umnachtung. Aber ich bin nicht verrückter als er. Und ich kann ebenso gut rechnen wie er.«

Nach jedem zweiten oder dritten Satz nahm sie einen langen Schluck Grappa zu sich, der ihre Energie zu verzehnfachen schien. Das Bier überschwemmte mich mit einer herrlichen Frische, die mir die Illusion eines ewigen Frühlings vermittelte. Ich musste an unsere gemeinsamen Gelage, an die üppig heruntergespülten Pizzas und die zwischen zwei Liebesstellungen geleerten Literflaschen denken. Unsere Beziehung war nur kurz, aber sehr intensiv gewesen. Ich schloss die Augen und sah Noème in meinem Bett vor mir – so nackt, dass sie nur noch aus Sex zu bestehen schien.

»Ich weiß nicht, wo Sie die hunderttausend Dollar versteckt haben, Monsieur Monroe, aber ich versichere Ihnen, dass Sie sie mir zurückgeben werden. Sollten Sie es nicht tun, muss Ihnen klar sein, dass Sie das Geld nie werden genießen können. Habe ich mich deutlich ausgedrückt?«

»Und was schwebt Ihnen diesbezüglich vor, Mademoiselle Parker?«

»Das tut jetzt nichts zur Sache. Dazu kommen wir, wenn es so weit ist. Die Angelegenheit befindet sich in Händen von Inspektor Bradouate, der mir nichts verweigern wird. Er war, ebenso wie der Kommissar, eng mit meinem Vater befreundet. Das Gehalt im Polizeidienst erlaubt keine großen Sprünge. Wie ich Ihnen schon einmal gesagt habe: Ich führe das Werk meines Vaters fort.«

Der Wahrheit zu Ehren sei hier angemerkt, dass in

ihrer Stimme nicht die geringste Aggression lag. Sie erteilte mir eine Lektion – nichts weiter – und wirkte dabei fast ein wenig trübsinnig. Und bereits ziemlich betrunken. Es war einer jener Tage, an denen sie sich wahrscheinlich gleich nach der ersten Tasse Kaffee ihrer Schwäche ergeben hatte.

»Mademoiselle Parker, ich werde diese Papiere unterzeichnen. Und wenn es für das weitere Vorgehen erforderlich ist, erscheine ich auch vor einem Richter. Allerdings sollten wir nicht außer Acht lassen, dass wir von den gleichen Prämissen ausgehen. Sie sind Geschäftsfrau, ich bin Geschäftsmann.«

»Sie ein Geschäftsmann? Dass ich nicht lache!«

»An dem Tag, an dem es Ihnen gelingt, einem Museumskonservator die Milchzähne von Vercingetorix oder einem Rockstar den zweitausend Jahre vor Beginn der Zeitrechnung aufgezeichneten Gesang eines griechischen Töpfers zu verkaufen, dürfen Sie auf mich hinabblicken, Mademoiselle Parker. Aber im Augenblick versuchen Sie sich an den ersten Schritten des Metiers. Über die entsprechende Schlitzohrigkeit verfügen Sie bereits, das stimmt. Aber Schlitzohrigkeit ist nur Schlitzohrigkeit, während Erfahrung in Kombination mit Schlitzohrigkeit eine Tugend sein kann.«

»Das sagen ausgerechnet Sie! Worauf wollen Sie hinaus?«

»Angesichts meiner derzeitigen Finanzlage fehlt es mir an Mitteln, Ihnen Ihre Freiheit zurückzugeben, Mademoiselle. Wohingegen ich keinerlei Problem darin sehe, sie Ihnen zu einem angemessenen Preis zu verkaufen.«

Meine Worte amüsierten sie. Sie lachte. Höhnisch. Das Grappaglas tanzte. Und auch wenn es verrückt klingt – ich begehrte sie. Ihr Rock hatte sich leicht über die Schenkel hinaufgeschoben. Ab und an, wenn sie sich tiefer in ihren Sessel lümmelte, spreizte sie die Beine. Leider nicht ausreichend und nicht lange genug, dass ich feststellen konnte, ob sie am Morgen so nachlässig gewesen war, ihr Höschen zu vergessen, oder ob sie eines in der ihrer Trauer angemessenen Farbe Schwarz trug. Weil ich gerade meine philosophische Minute hatte, dachte ich an die dunklen Stellen, die jedem Menschen eigen sind, und war stolz, sie bei Noème gefunden zu haben.

»Hinzufügen möchte ich, liebste Mademoiselle, dass ich Sie jetzt gerade begehre. Sie wissen, wie empfindsam ich in Liebesdingen bin.«

»Werden Sie bitte nicht ausfällig, Monsieur Monroe.«

Die Mahnung kam zu spät. Ich hatte mich bereits auf sie geworfen und bedeckte sie mit Küssen. Meine Hände verlustierten sich an ihren dunklen Stellen, und ich streichelte Bereiche, die mich an die schönsten Zeiten meines Lebens als Mann erinnerten. Das Überraschungsmoment führte dazu, dass sie mich beleidigte und sich wand wie eine Forelle im Kescher. Meine Worte wurden deutlicher und meine Bewegungen obszöner. Ich wollte Liebe, Gefühl und glühende Lust. Sie verwehrte mir das Recht dazu und schrie um Hilfe, obwohl ich ihr den Mund zuhielt. Der Kampf dauerte nicht einmal eine Minute. Noème war zu betrunken, um meiner Entschlossenheit standzuhalten. Natürlich wäre es mir lieber gewesen, wenn das Resultat meiner persönlichen Anziehungskraft zu verdanken gewesen wäre. Aber das hätte zu viel Zeit in Anspruch genommen, und wir hatten es eilig. Ich machte sie dingfest, indem ich ihr einen Arm auf den Rücken drehte. Diese Behandlung schien sie zu besänftigen.

»Bitte, Majésu, das ist doch unvernünftig«, sagte sie. »Was willst du tun?«

»Das weiß ich auch noch nicht.«

»Möchtest du mit mir den Geschlechtsakt vollziehen? Bitte, sag es mir. Du musst nicht schüchtern sein.«

Es war eine Pose, eine Haltung, eine Strategie. Sie versuchte mich einzuschüchtern. Vielleicht auch, mich zu beschämen. In jedem Fall war ihr Vorschlag doppeldeutig. Ich hingegen hatte keine Ahnung, wie ich weiter vorgehen sollte. Ich zögerte, mit ihr zu schlafen. Als Ehemann begehrte ich sie zwar, aber als Geschäftsmann musste ich mich darauf beschränken, sie als Teil eines Handels zu sehen.

»Majésu, hör auf, dich an mir zu reiben. Ich spüre ganz genau, was du vorhast.«

Sie hatte mich enttarnt. Sie gewann an Boden. Ich fühlte, wie ihre Pobacken mir entgegenstrebten, und versuchte, mich auf die Verteidigung meiner Interessen zu konzentrieren. In dieser Welt konnte ich nur auf mich allein zählen. Ich hielt sie weiterhin fest, trat aber einen Schritt zurück.

»Nicht mit mir!«, warnte ich sie.

Ich hatte die Situation wieder unter Kontrolle. Sie schien vergessen zu haben, dass ich ein Unternehmer-Mörder war, aber ich würde es mir zur Aufgabe machen, ihre Erinnerung aufzufrischen. Ihr Charmeangriff hatte keine Wirkung auf die zarteren Teile meiner Persönlichkeit. Zielstrebig zog ich das Messer aus der Tasche, das ein täglich auf dem Markt anwesender Raritätenhändler unbedingt immer bei sich haben sollte, um seinen Hunger vor Ort mit Brot, Wurst und Käse stillen zu können.

Das Auseinanderklappen erwies sich als vertrackte Aufgabe, aber ich verfüge über die Geschicklichkeit eines Zauberkünstlers und die Beharrlichkeit eines Goldsuchers. Als die Klinge schließlich im Schein der Lampe schimmerte, hielt ich sie Noème unmittelbar unter die Nase.

»Was hältst du davon, Noème – mein Liebling, meine große Liebe? Glaubst du etwa, ich bin gekommen, um mich mit dir zu unterhalten?«

»Du beeindruckst mich zutiefst, Majésu.«

Sie plusterte sich auf und forderte mich heraus, aber ich hatte gespürt, wie ein Schauder sie durchfuhr. Sie begann, mich zu fürchten.

»Erinnerst du dich, was ich mit Dourdine gemacht habe? Und erinnerst du dich, was ich auf deine Bitte hin deinen Eltern antun sollte?«

Jetzt hatte sie verstanden. Frauen begreifen immer irgendwann, aber man muss ihnen alles geduldig erklären und Argumente anbringen, die in ihre Gefühlswelt passen.

»Willst du nichts sagen?«

Sie sagte nichts.

»So, jetzt gebe ich die Kommandos, Noème. Du wirst jetzt erst einmal mit nach Hause kommen. Und zwar ganz brav, wie eine liebende Ehefrau. Wenn wir uns schon streiten müssen, dann wenigstens bei uns in unserem Liebesnest, wo die zarten Erinnerungen an unser Kennenlernen auf uns warten.«

Sie schwieg immer noch. Zeigte keinerlei Reaktion. Sie wollte offenbar Zeit schinden in der Hoffnung, dass die Muskelprotze irgendwann auftauchten. Vorsichtshalber hielt ich ihr die Klinge an die Gurgel.

»Sollten sich deine Muskelmänner zufällig in unsere

ehelichen Auseinandersetzungen einmischen, würde ich durchaus ein Verbrechen aus Leidenschaft begehen.«

»Was genau willst du von mir, Majésu?«

»Das habe ich bereits gesagt: dass du zurück nach Hause kommst.«

»Und wenn ich das ablehne?«

»Wenn du das ablehnst, begehe ich ein politisches Verbrechen. Du hast die Wahl.«

Plötzlich bemerkte ich, dass Noèmes Angst sogar ihre Trunkenheit durchdrang. Sie zitterte. Höflich bat sie mich, ihr Grappaglas leeren zu dürfen. Ich stimmte zu, ich bin schließlich kein Barbar.

»Entführung, Freiheitsberaubung und Morddrohungen«, trumpfte sie auf und rülpste mir alkoholische Dünste entgegen. »Inspektor Bradouate wird sich freuen, Majésu. Du machst alles nur noch schlimmer.«

»Morddrohungen! Morddrohungen! Dass du meine Fähigkeiten immer bagatellisieren musst, Noème. Morddrohungen mit Todesfolge – so sieht es doch aus!«

Meine etwas großmäuligen Worte unterstrich ich mit einem etwas festeren Klingendruck auf den Hals meiner Herzallerliebsten. Zwischen Stahl und Blut befand sich nur noch dünnes, organisches Gewebe, kaum mehr als einen halben Zentimeter dick. Man hätte sagen können, dass Noème sich ihrem Tod auf weniger als einen Fingerbreit näherte.

»Du hast das Lager gewechselt, Noème. Das ist nicht gut.«

Ich fühlte mich berufen, ihr eine Lektion in Sachen Moral zu erteilen. Wohlgemerkt: Es machte mir keine Freude. Dass sie wirklich geglaubt hatte, ich hätte Dourdine auf dem Gewissen, stimmte mich nachdenklich. In meiner eigenen Wertschätzung als Lügner stieg ich um mehrere Stufen. Mir wurde bewusst, wie gut ich war und dass ich als genialer Mythomane durchgehen konnte.

Aber selbst dem besten Lügner gehen dann und wann aus unerfindlichen Gründen die Lügen aus. Ich, der ich einen zur Flüstertüte gerollten Karton verkauft hatte, dessen sich Jean-Baptiste Clément bediente, als er zum ersten Mal öffentlich *Le Temps des cérises* zum Besten gab, ich wusste nicht, wie ich Noème davon überzeugen sollte, mir aus eigenem Antrieb als liebende Gattin zu folgen. Alles, was mir in den Sinn kam, waren Vorwürfe mit politischem Hintergrund, und das ärgerte mich irgendwie. Ich erkannte mich selbst nicht wieder. Vermutlich hatte ich in letzter Zeit zu wenig Phosphor zu mir genommen und beschloss, demnächst eine Fischdiät zu machen.

»Majésu?«

»Ja?«

»Wie wäre es, wenn ich dich als persönlichen Leibwächter einstellte? Mit einem Vertrag, der sich automatisch verlängert, sowie diversen Vorteilen, einem sicheren Arbeitsplatz, Beamtengehalt und Altersversorgung? Wir wären zwar geschieden, würden aber nach wie vor unter einem Dach leben. Gut, oder?«

»Warum dann die Scheidung? Ich will mich überhaupt nicht scheiden lassen. Ich bin zum Ehemann berufen. Und außerdem habe ich keine Lust, in einer Unternehmervilla zu wohnen.«

»Du willst einfach zu viel, Majésu. Du musst lernen, dich einzuschränken, Dinge auf dich zu nehmen und dein Glück berechenbar zu machen.«

Vielleicht lag es am Bier. Meine Gedanken vermengten und vermischten sich und standen einander im

Weg, vor dem nächsten Morgen würde sicher nichts Vernünftiges aus ihnen herauskommen. Mit der flachen Hand schob ich Noème vor mir her.

»Gehen wir, Noème?«

»Wohin?«

»Nach Hause.«

Sie spürte, dass es keinen Sinn hatte, Widerstand zu leisten. Ich hätte ihr das Messer in den Rücken gebohrt. Nicht weil ich gewalttätig bin, sondern nur, um Wort zu halten.

9

Von diesem Abend an wurde das Leben schwierig. Noème lag auf dem Bett. Ihre Handgelenke steckten in Jugendstil-Handschellen, die mit einer Bronzekette – der Arbeit eines Schmiedes aus der Zeit der Renaissance – am Bett befestigt waren. Die Muskelprotze waren uns natürlich gefolgt und schoben im Hausflur Wache. Zwar baten die bulgarischen Homosexuellen sie, sich nicht auf Privatgelände aufzuhalten, doch Muskelprotze hören nie auf Vorschläge bulgarischer Homosexueller. Irgendjemand – vermutlich die Muskelprotze – hatte Inspektor Bradouate informiert, der für den Nachmittag seinen Besuch angekündigt hatte. Noème trank, um der Zukunft ins Auge schauen zu können. Ich selbst wusste nicht recht, was ich mit dieser Zukunft anfangen sollte, und bemühte mich um Kreativität.

»Weißt du, was mir Freude bereiten würde, Noème?«

»Sag schon.«

»Wenn du deinen Muskelprotzen wegen Dienstvergehens kündigen würdest. Und zwar fristlos und ohne Abfindung. Hätten sie ihre Arbeit nämlich kompetent erledigt, wärst du jetzt nicht hier.«

»Du hast wirklich nichts anderes im Sinn, als mein Leben aufzumischen, Majésu.«

»Darf ich dich darauf hinweisen, dass du damit angefangen hast?«

Sie beruhigte sich. Zumindest schien es so. Wahrscheinlich sagte sie sich, dass ich im Recht war. Ihre Muskelprotze hatten sich als so unfähig erwiesen, dass man fast glauben konnte, sie hätte sie im Schlussverkauf erstanden.

»Im Grunde hast du vermutlich recht, Majésu. Allerdings kann ich ihnen nicht alle Fehler anlasten. Ich selbst bin auch unvorsichtig gewesen. Was die fristlose Kündigung betrifft, so muss ich dir sagen, dass auch ich eine gewisse Würde habe und nicht bereit bin, die Männer in dieser demütigenden Stellung zu empfangen. Eine Frau auf einem Bett wird ohnehin schon vorverurteilt. Wenn sie dann auch noch gefesselt und auf den Zustand einer Larve im Puppenstadium reduziert ist, kann es peinlicher nicht werden.«

Ich fand eigentlich, dass sie an Weiblichkeit gewonnen hatte, aber so hat eben jeder seinen Standpunkt. Was mich erstaunte, war ihre Selbstbeherrschung. Nach allem, was sie getrunken hatte und noch trank, hätte ein normaler Mensch nicht mehr gewusst, was er tat, oder er wäre eingeschlafen. Sie hingegen setzte das Gespräch fort. Von Zeit zu Zeit döste sie kurz ein und schlief vielleicht zwei oder drei Minuten, bevor sie zu unserer Unterhaltung zurückkehrte, als ob nichts gewesen wäre.

Ich hatte nicht untätig herumgesessen. Aus meinen Reserven hatte ich Waffen hervorgekramt – unter anderem eine Kolubrine, mit der sich anderthalb Kilo schwere Kugeln abschießen ließen, außerdem eine Maschinenpistole, die Mao höchstpersönlich während der Kulturrevolution berührt hatte, dazu eine Beretta, eine Armbrust, zwei Streitäxte, mehrere Lanzen und Messer und drei Handgranaten aus dem letzten Krieg. Ein ganzes Arsenal. Ich konnte den Feind in aller Ruhe erwarten. Mitten im Wohnzimmer hatte ich aus allerlei Möbelstücken, Kartons, Teilen von Holzpaletten, Stapeln von Geschirr und Bootstauen eine Barrikade errichtet. Mit einem Jagdkarabiner an der Hüfte forderte ich einen der Muskelprotze auf, einen Blick ins Zimmer zu werfen, um sich ein Bild davon zu machen, was sie erwartete, falls sie auf die Idee kämen, gewaltsam in meine Wohnung einzudringen.

»Ich habe alles hier für ein veritables Massaker«, warnte ich ihn. »Ein Wort, ein Schritt oder eine Bewegung zu viel, und ich schieße ohne Vorwarnung. Danach jage ich das ganze Viertel in die Luft.«

Dem Muskelprotz wurde klar, dass ich nicht zu Scherzen aufgelegt war. Ich befand mich in einer Phase der Wiedereroberung meiner großen Liebe, und in solchen Momenten geht ein Mann keine Kompromisse ein. Davon abgesehen sollte man besagten Mann am besten mit Glacéhandschuhen anfassen.

Als Noème mich mit dem Muskelprotz sprechen hörte, rief sie aus dem Schlafzimmer:

»Ihr seid entlassen! Nehmt euren Kram und haut ab!«

»Sehen Sie«, sagte ich zu dem Muskelprotz, »für Sie wäre es das Beste, Sie würden verschwinden und sich eine andere Arbeit suchen. Sagen Sie das auch Ihrem Kumpel.«

Mit diesen Worten warf ich die Tür ins Schloss und drehte den Schlüssel zweimal um. Es war eine einbruchssichere Tür, die meine Wohnung in einen Safe verwandelte.

»Hast du gehört, Majésu? Ich habe sie rausgeworfen! Ich erkenne durchaus an, wenn du recht hast, und bin deinem Ratschlag gefolgt. Bist du nun zufrieden?«

Jetzt probierte sie es also mit Charme. Ihre Stimme jedoch verriet ihre bösen Absichten. Man konnte die

List geradezu hören. Ich nahm auf der Bettkante Platz und setzte zu einem intimen Geständnis an.

»Ich bin wild entschlossen, der Wahnsinnige vom Antiquitätenmarkt zu werden. Oder der verrückte Raritätenhändler. Was hältst du davon, Noème?«

»Verrückter Raritätenhändler klingt gut.«

»Aus Verzweiflung entführt er die Frau, die er abgöttisch liebt, und tötet sie, ohne ein allerletztes Mal mit ihr zu schlafen. Ist das nicht eine tolle Geschichte, Noème?«

»Aber du willst mich doch hoffentlich nicht töten, Majésu? Ich mache alles, was du willst. Du wolltest, dass ich mitkomme, und ich bin mitgekommen. Du hast mich gebeten, die Sicherheitsleute zu entlassen, und ich habe dir gehorcht. Ich mache wirklich alles, was du willst. Eigentlich müsstest du mit meiner Mitarbeit zufrieden sein.«

»Ich will, dass du mich liebst, Noème.«

»Aber ich liebe dich, Majésu. Das weißt du doch!«

»Ich will, dass du mich so liebst, wie eine verheiratete Frau ihren Mann liebt.«

»Genau so liebe ich dich.«

»Ich will, dass du verrückt nach mir bist.«

»Du bist verrückt, Majésu.«

»Ich will, dass wir wieder zusammenleben. Und ich will, dass du wieder arm wirst. Ich will, dass alles wieder so wird wie früher.«

Auf dem Treppenabsatz polterte Inspektor Bradouate gegen die Panzertür und schrie, er sei jetzt da.

»Wir reden später weiter«, sagte ich zu Noème.

Ehe ich dem Inspektor die Tür öffnete, stieß ich eine schwere Kiste unter das Bett, auf deren Seite in schwarzer Schrift zwischen zwei Totenköpfen die Worte standen: »Lebensgefahr. Dynamit.«

Inspektor Bradouate standen die Tränen in den Augen. Er tupfte sich mit einem karierten Taschentuch das Gesicht ab.

»Ach, ihr armen Kinder! Ihr armen Kinder! Warum nur seid ihr so impulsiv? Ich hoffe, es ist noch nicht zu spät und ihr habt noch nichts Irreparables angerichtet.«

Er betrachtete mein Verteidigungsarsenal und machte dabei ein Gesicht, als hätte er noch nie so viele Waffen auf einmal gesehen.

»Oh, mein Gott! Mein Gott! Aber mir scheint, ich bin gerade noch einmal rechtzeitig gekommen.«

Er erklärte sich damit einverstanden, von mir durchsucht zu werden. Er trug keine Waffe. Das war in Ordnung. Als er Noème angekettet auf dem Bett entdeckte, kannte sein Kummer kaum noch Grenzen.

»Meine arme Kleine! Arme Kleine! In welchem Zustand muss ich Sie wiedersehen! Was habt ihr bloß angerichtet, Kinder! Ihr hattet doch alles, um glücklich zu sein. Als ihr arm sein wolltet, wart ihr arm. Wenn ihr wieder reich sein wollt, liegt es einzig an euch. Ich hatte nie eine Wahl. Seid ihr euch eurer Chance überhaupt bewusst?«

»Inspektor«, stöhnte Noème, »Sie müssen Majésu die Situation erklären. Wenn ich es versuche, will er nicht zuhören.«

Bradouate betrachtete mich enttäuscht. Schließlich wanderten seine geröteten Augen zu dem Karabiner, den ich an mich presste.

»Unter uns ist dieses Ding nicht erforderlich«, sagte er wenig überzeugt. »Ich bin als Mediator gekommen. Vielleicht auch als Eheberater. Betrachten Sie mich als Ihren Bruder, Majésu.«

Erschöpft ließ er sich in einen Sessel am Kopfende

des Bettes fallen, atmete ein paarmal tief durch und konzentrierte sich, während er sich mit Daumen und Zeigefinger in die Nasenwurzel zwickte. Anschließend wischte er sich die Hände an der Hose ab und entschuldigte sich für sein Schwitzen, aber das läge, wie er sagte, hauptsächlich daran, dass er sich in der angespannten Situation nicht wohl fühle.

»Erklären Sie es ihm, Inspektor«, drängte Noème.

»Bin schon dabei, bin schon dabei! Eigentlich ist es ganz einfach. Wenn ich richtig verstanden habe, wünschen Sie, Majésu, dass Mademoiselle Parker in die eheliche Wohnung zurückkehrt.«

»Richtig«, nickte ich.

»Leider muss ich Ihnen eine schlechte Nachricht überbringen, Majésu. So, wie es aussieht, sind Sie in den Tod von Maximilien Dourdine verwickelt. Ich persönlich glaube zwar nicht daran, aber die Beweise belasten Sie schwer.«

»Ich habe Ihnen bereits erklärt, woran das liegt, Inspektor. Das brauchen wir nicht noch einmal zu erörtern.«

»Nicht ich will es erneut erörtern, sondern meine Kollegen. Sie sind überzeugt, dass noch mehr dahintersteckt. Hinzu kommt, dass Mika Brahut nach wie vor seine Unschuld beteuert. Die Richter reagierten bislang recht gleichgültig auf den Vorwurf des Justizirrtums, zumal dieser Irrtum offenbar einigen Leute sehr zupasskam. Aber seit Sie in diesem Fall aufgetaucht sind, beginnt die Polizei, Fragen zu stellen, außerdem wurde die Gewerkschaft der Gerichtsvollzieher auf den Plan gerufen, die Journalisten bereiten Recherchen vor, deren Resultate nicht gerade vorteilhaft für Sie ausfallen dürften, die Richter überlegen, den Prozess wieder aufzurollen, und die Verteidiger von Mika Brahut scharren mit den Hufen. Lediglich Madame Brahut scheint noch an die Schuld ihres Ehemanns zu glauben. Bei ihr weiß man aber, warum: Solange ihr Mann hinter Schloss und Riegel sitzt, kann sie ihr Leben selbst gestalten. Die Welt ist alles andere als gut, aber wem sage ich das?«

Die Hässlichkeit der Welt inspirierte ihn in der Folge hauptsächlich dazu, zu schniefen oder sich in schier endlosem Schweigen zu ergehen.

Schließlich meldete sich Noème zu Wort.

»Um es gleich vorwegzunehmen: Ich kann nicht mit einem Mann leben, auf dem ein derart schwerer Verdacht lastet.«

»Aber ich habe Dourdine nicht getötet. Im Übrigen gibt es nicht den kleinsten Beweis ...«

»Majésu, Majésu, Sie sind ja naiver, als ich dachte. Heutzutage ist die Polizei gut organisiert. Beweise sind das geringste Problem«, warf Bradouate ein.

»Jetzt erzählen Sie mir bloß nicht, dass die Polizei selbst für Beweise sorgt.«

»Das habe ich nicht gesagt, Majésu. Die Polizei hat es nicht nötig, selbst für Beweise zu sorgen. Sie braucht nicht einmal danach zu suchen. Beweise werden fix und fertig und maßgeschneidert geliefert. Ich persönlich bin übrigens gegen solcherlei Vorgänge. Aber ich stelle nur eine Minderheit dar.«

Noème lächelte. Mit klirrenden Handschellen richtete sie sich im Bett auf.

»Du hast mir doch alles erzählt, Majésu. Du hast mir gesagt, dass du Maximilien Dourdine ermordet hast. An dem Abend haben wir Pizza gegessen, das weiß ich noch ganz genau. Es war kurz bevor wir miteinander geschlafen haben. Du wolltest dein Gewissen erleichtern.«

»Ich habe es dir erzählt, weil es dich erregt hat. Behaupte nicht das Gegenteil.«

»Ich war mir dessen nicht bewusst. Eine verliebte Frau ist sich solcher Dinge nicht bewusst. Sie hat nur Augen für den Mann, den sie liebt. Die Leidenschaft ist eine Entschuldigung. Wie denken Sie darüber, Inspektor?«

»Was ich denke? Die Sache ist sehr ernst, Kinder. Sehr ernst. Und dabei bleibe ich.«

»Nichts ist hier ernst«, protestierte ich. »Ich bin ganz entspannt.«

»Wie können Sie so heiter bleiben, wenn ein derartiges Damoklesschwert über Ihrem Kopf schwebt?«

»Wenn ich Ihnen doch sage, dass ich unschuldig bin!«

»Dann hast du mich also angelogen, Majésu«, ereiferte sich Noème. »Du musst zugeben, dass das ein ausgezeichneter Grund für mich ist, die Scheidung zu verlangen. Du hast mich getäuscht. Du hast eine Geschichte erfunden, um mich zu beeindrucken. Nichts daran war wahr. Alles nur Lüge! Plunder! Du bist nicht echt. Ich aber brauche einen echten Mann.«

»Sie hat nicht ganz unrecht mit dem, was sie sagt«, warf Inspektor Bradouate ein.

»Ich bin Antiquitätenhändler, und mein Charme ist legendär. Es sind die Worte, die einem Objekt erst Wert verleihen. Die Sprache ist eine kleine Hilfestellung für eine Realität, mit der sie eigentlich nichts zu tun hat. Erst die Sprache verleiht den Dingen Eleganz und Stil. Ich bringe nur Ereignisse voran. Das ist die Wahrheit.«

»Du hast mich bewusst in die Irre geführt. Vom ersten Tag an. Du hast unsere Liebe besudelt. Du hast meine Arglosigkeit ausgenutzt. Das ist die Wahrheit.«

»Ich habe mir lediglich meine Persönlichkeit zunutze gemacht, Noème. Ich bin ein zungenfertiger Mensch. Das Schwindeln ist mein einziger Reichtum. Wenn ich einen guten Eindruck hinterlassen will, entblöße ich meine Seele bis auf den Grund, was bedeutet, dass ich aus meiner Fantasie schöpfe. Ich schenke dir wirklich Regenperlen aus einem Land, in dem es niemals regnet.«

Ich war sehr zufrieden mit dem, was ich gesagt hatte, und ließ ihnen Zeit, meine poetisch angehauchten Gedanken zu reflektieren. Inspektor Bradouate erschien wie verzaubert, aber Noème brachte uns schnell wieder auf den Boden der Tatsachen zurück.

»Ich würde ganz gern noch einmal auf die hunderttausend Dollar zu sprechen kommen.«

In wenigen, scharfen Worten wiederholte ich, dass ich von diesem Geld nichts wisse. Woraufhin Noème entgegnete, dass ich, wenn ich schon hinsichtlich Dourdines log, es möglicherweise auch bei diesem Thema tat. Darauf fand ich tatsächlich keine passende Antwort, die ich ihr hätte entgegenschleudern können. Ich schluckte meinen Ärger hinunter, aber nach und nach füllte der Zorn die noch nicht vom Phlegma eroberten Räume. Inspektor Bradouate nickte jämmerlich.

»Stimmt, da ist noch diese Sache mit den hunderttausend Dollar. Sie tauchen klar und deutlich in den Büchern des seligen Monsieur Parker unter der Rubrik Hochzeitsliste auf. Danach verliert sich ihre Spur. Gerüchten zufolge hat Monsieur Parker den Umschlag in einem Mikrowellenherd deponiert. Im Flur steht ein solcher. Wir werden ihn der Spurensicherung überlassen. Dem gleichen Gerücht zufolge hat man Sie gesehen, wie Sie den Umschlag herausnahmen und in Ihre Jackentasche steckten.«

Sein Beruf hatte den Inspektor gelehrt zu bluffen, aber vielleicht hatte mich ja wirklich jemand mit diesem außergewöhnlichen Umschlag hantieren sehen. Die Armen waren an diesem Abend sehr betrunken gewesen. Sie hatten getanzt, auf dem Boden geschlafen oder waren wie Hunde auf allen vieren herumgekrochen. Vielleicht hatte einer von ihnen mich zufällig beobachtet. Abgesehen davon hatten sich einige ganz besonders gut mit den Parkers verstanden. Am Ende hatten sich alle auf die Schultern geklopft, sich wie alte Kameraden zugeprostet und wie langjährige Freunde umarmt. Mir war das fast schon peinlich gewesen, weil ich in großem Respekt sowohl vor Vermögen als auch vor der Republik erzogen worden bin, vor allem, wenn beides französisch ist.

Nun stand ich mit dem Rücken zur Wand, und mir blieb keine andere Möglichkeit, als auf Leben und Tod zu schwören.

»Ich will auf der Stelle tot umfallen, wenn ich lüge!«

Dem Inspektor fiel darauf nichts anderes ein als die Warnung, dass ich mit meiner Gesundheit spiele.

»Aber jetzt einmal ganz im Ernst«, fuhr er unmittelbar darauf an uns beide gewandt fort, »wie sehen eure Pläne für die Zukunft aus? Ich meine insbesondere die kurzfristigen.«

Für den Augenblick sah ich in dieser Hinsicht keine Komplikationen. Alles war eine Frage der Stimmung: Wenn man das Risiko einging, mich zu verärgern, konnte es natürlich sein, dass ich bösartig reagierte. Zum Beispiel, indem ich mein Arsenal benutzte.

»Wie meinen Sie das?«, erkundigte sich der Inspektor bestürzt.

»Wenn es die Umstände erforderlich machen, würde

ich die Waffen sprechen lassen. Davon habe ich hier genug, wie Sie unschwer erkennen können. Und wenn der Druck tatsächlich unerträglich wird, könnte ich alles Notwendige in die Wege leiten, um das ganze Viertel in die Luft zu sprengen. Unter dem Bett liegen fünfzig Kilo Dynamit. Und zwar gutes. Original aus Schweden. Ein ausgesprochen bösartiges Produkt, daneben nimmt sich die Atombombe wie ein laues Lüftchen aus. Nur, damit Sie gewarnt sind. Ich bin verzweifelt und habe daher jedes Recht der Welt.«

Meine Politik war nicht schwierig zu verstehen. Wie ich schon immer zu sagen pflegte: Wenn man verstanden werden will, braucht man grundlegende Ideen. Eins und eins sind zwei, schwarz ist schwarz, vorne ist nicht hinten, nach dem Regen scheint die Sonne, Schwein schmeckt fein, liebe deinen Nächsten wie dich selbst, wenn bei Capri die rote Sonne im Meer versinkt, frühzeitig ist nicht rechtzeitig, eine Schwalbe macht noch keinen Sommer, man kann nicht alles haben, so ist das Leben, niemand kann etwas dafür, hilf dir selbst, dann hilft dir Gott – das alles sind Ideen, die weder eines Kommentars noch einer Auslegung bedürfen. Gäbe es eine Universalsprache, so setzte sie sich wahrscheinlich aus diesen erhabenen kleinen Sätzen zusammen. Und eine der Ideen zu den Themen, die uns aktuell beschäftigten und beunruhigten, durfte keinesfalls außer Acht gelassen werden: Ich sprenge alles in die Luft. Wenn man einen solchen Satz ausspricht, wird man in aller Regel ernst genommen, und zwar mindestens vergleichbar mit einem Nobelpreisträger oder einem Akademiker.

»Majésu, mein Freund«, schluchzte Inspektor Bradouate, »so fassen Sie sich doch. Haben Sie vergessen, dass wir in einer Demokratie leben? Fangen Sie sich wieder. Die Republik beobachtet Sie von ganz oben. Fürchten Sie nicht, für eines ihrer verlorenen Kinder gehalten zu werden?«

Sein bestürzter Ausbruch besaß das Potenzial, mich zu rühren. Beinahe hätte ich gemeinsam mit dem Inspektor geweint. Nicht immer hat man seine Gefühle unter Kontrolle. Meine Verstörtheit muss ansteckend gewesen sein, denn auch Noème war den Tränen nah. Das Schweigen im Zimmer wurde erst von einem Klopfen an der Tür unterbrochen, die anschließend sofort aufgerissen wurde, ohne dass ich dazu aufgefordert hatte.

Es waren Noèmes arme Leute. Sie waren zu fünft oder sechst im Viertel unterwegs gewesen, und weil sie nichts Besonderes vorhatten, war ihnen die Idee gekommen, auf ein Gläschen bei den Frischvermählten vorbeizuschauen. Niedergeschlagen, wie er war, hob der Inspektor nicht einmal den Kopf. Ich jedoch blieb auf der Hut und drückte den Lauf des Karabiners gegen seinen Arm.

»Würden Sie mir die Freude machen, unsere Freunde willkommen zu heißen, Inspektor? Ich folge Ihnen.«

Er erhob sich widerstrebend und ließ murrend seine Fingergelenke knacken. Die Polizei hat kein Herz für arme Leute. Zumindest nicht für die aus diesem Viertel. Aber sobald er mit einer Waffe bedroht wird, bekommt selbst der krummste Polizist eine sehr geradlinige Vision von der Zukunft und gehorcht auf Blick und Fingerkrümmung. Auf den Blick über die Kimme und die Krümmung des Fingers am Abzug.

»Was darf ich Ihnen anbieten, verehrte Damen und

Herren? Die Bierkästen stehen unter dem kleinen Tisch, und im Schrank sind noch ein oder zwei Kartons Wein, glaube ich. Fühlen Sie sich wie zu Hause.«

Die Armen begrüßten mich stürmisch, fragten, wie es mir ginge, und äußerten die Einschätzung, ich hätte dunkle Ringe unter den Augen. Fünf Minuten später entschuldigten sie sich schüchtern. Die älteste, eine wandelnde Mülltonne mit Namen Rosalie, berichtete, dass die bulgarischen Homosexuellen Kontakt zu ihnen aufgenommen hatten.

»Wo ist Madame Noème?« erkundigte sich Couyoul, der Zweitälteste nach Rosalie, der nicht nur kahlköpfig, sondern auch kurzsichtig wie ein Maulwurf war.

»Die habe ich ans Bett gefesselt«, antwortete ich ehrlich.

»Mag sie das denn?«, fragte Rosalie beunruhigt.

»Zumindest beklagt sie sich nicht«, beruhigte ich sie. Und wo wir schon bei den Vertraulichkeiten waren, setzte ich sie über die Situation in Kenntnis, ohne ihnen zu verheimlichen, dass ich mich angesichts der Umstände zum Amokläufer berufen fühlte.

»Das Gewehr steht Ihnen gut«, erklärte Couyoul mit Kennermiene. »In meiner Jugend war ich auch einmal Amokläufer. Eine Frau, die ich liebte, hatte mich verlassen. Wegen meiner Sauferei. Damals waren meine Reaktionen noch nicht so austariert wie heute, wenn ich getrunken hatte. Ich sperrte die Frau ins Bad, öffnete das Fenster und brüllte, dass ich alle umbringen würde. Ich hatte allerdings nur eine Schrotflinte, und so konnte die Polizei mich schnell überwältigen. Vielleicht hätte ich jemanden verletzen sollen. Das hätte meiner Festnahme zumindest ein gewisses Etwas verliehen. Leider mangelte es mir schlicht an Waffenstärke, das bedauere ich noch heute. Ich träumte davon, richtig wild herumzuballern, aber ich war einfach nur lächerlich.«

Ohne genauer ins Detail zu gehen, zählte ich rasch das Arsenal auf, das mir zur Verfügung stand. Unter besonderer Berücksichtigung des Dynamits.

»Dynamit kennt keine Gnade«, sagte Rosalie, meinte damit aber einen Cocktail aus Wodka und Orangenlikör, den sie sich immer dann gönnte, wenn sie die Lust überfiel, den Übeln des menschlichen Daseins zu entrinnen.

»Wo wir gerade so nett beieinandersitzen«, ließ sich Inspektor Bradouate vernehmen, »würde ich Ihnen gern ein paar Fragen stellen.«

»Was springt bei einer richtigen Antwort für uns heraus?«, fragte ein Punker mit Irokesenschnitt.

»Die Wertschätzung der Republik«, versprach Bradouate.

Für Menschen, die von der Republik seit dem Tag ihrer Geburt missachtet wurden, ebenso wie ihre Eltern vor ihnen und ihre Kinder nach ihnen, sofern sie welche in die Welt setzen, war das jedoch kein lohnender Einsatz.

»Wenn wir etwas zu trinken bekommen, beantworten wir alles, was Sie wollen«, sagte Couyoul brav.

Bradouate versprach, dass es für alle zu trinken geben würde, so viel sie wollten.

»Literweise«, sagte er.

»Wie viele Liter?«, erkundigte sich Rosalie.

»Alles, was hier im Zimmer steht. Und alles, was noch nebenan ist. Und falls das noch immer nicht reicht, schicken wir die bulgarischen Homosexuellen in den Supermarkt, Nachschub holen.«

Er verhandelte wirklich bewundernswert, doch

an dieser Stelle musste ich aus Sicherheitsgründen einschreiten, schließlich war ich der Amokläufer, und ich wollte die Ereignisse unter Kontrolle behalten. Ich schwenkte mit böser Miene meinen Karabiner und verkündete:

»Die Vernehmung findet bitte im Schlafzimmer statt – natürlich nur, wenn Sie einverstanden sind, Inspektor Bradouate. Ich bin nämlich nicht in der Lage, so viele Personen gleichzeitig zu überwachen, das müssen Sie verstehen.«

Als alle rings um Noème geschart auf dem Bett saßen, verbreitete sich schnell ein Gestank wie in einem Schweinestall. Inspektor Bradouate, der an die Ausdünstungen von Ganoven gewöhnt war, schien das nicht weiter zu stören. Ich stellte mich breitbeinig in den Türrahmen, aufrecht wie ein Krieger.

10

Am Abend der Hochzeit hatten alle gesehen, dass ich mir etwas in die Jackentasche gesteckt hatte. Alle konnten überdies bezeugen, dass allgemein bekannt war, dass ich Maximilien Dourdine getötet hatte. Das Verhör fand in einer herzlichen Atmosphäre statt. Von Zeit zu Zeit präzisierte Noème die eine oder andere Aussage, und Bradouate dankte ihr überschwänglich. Rosalie öffnete die Flaschen und gab Noème zu trinken. Couyoul hatte nach einem Eimer verlangt, weil ihm schlecht war. Glücklich über die unverhoffte Zuteilung, aber unsicher, wie das Abenteuer weitergehen würde, beeilten sich alle, sich so schnell wie möglich zu betrinken.

»Sehen Sie«, sagte Bradouate, als er sich mir mit betrübter Miene zuwandte, »alle Zeugenaussagen belasten Sie.«

»Na und?«, gab ich hochnäsig zurück.

»Wir sollten verhandeln. Irgendwie müssen wir uns doch einigen können.«

»Inspektor, Sie wissen inzwischen, dass ich ein Amokläufer bin. Sie können mir also sämtliche Verbrechen der Menschheit seit Kain zur Last legen – es ist mir egal. Ich halte als Einziger den Schlüssel zu dieser wilden Geschichte in Händen. Eine winzige Schererei, und die halbe Stadt fliegt in die Luft. Ich drücke auf einen Knopf – und Staub sind wir, und zum Staub werden wir zurückkehren. Bum! So einfach ist das.«

»Also, wir haben da keine Lust drauf«, bemerkte Couyoul, der sich berechtigt fühlte, im Namen seiner Kumpel zu sprechen. »Außerdem können wir Sie alle gut leiden, Majésu. Wir glauben einfach nicht, dass Sie uns etwas Schlimmes antun würden.«

»Dafür sind wir auch noch nicht alt genug«, fügte Rosalie hinzu, die offenbar dachte, dass dieser Umstand ein Grund sein könnte, dem Schicksal zu entrinnen.

Irgendjemand hielt es für sinnvoll zu schwören, dass ich kein Unhold war. Recht hatte er.

Während dieser unsinnigen Diskussion platzten die bulgarischen Homosexuellen plötzlich in das Durcheinander. Es war nicht auf den ersten Blick erkennbar, dass sie Bulgaren waren. Sobald sie jedoch den Mund öffneten, war klar, dass das von ihnen gesprochene Französisch einen Puristen, zum Beispiel jemanden aus der Gegend von Tours, durchaus erschrecken würde. Für mich stellte sich in diesem Moment lediglich die Frage, ob ich sie ebenfalls als Geisel nehmen sollte. Sie schienen meine Gedanken lesen zu können, denn derjenige, der an ungeraden Tagen die Rolle der Frau übernahm, klatschte in die Hände und rief:

»Ich möchte liebend gern einmal als Geisel genommen werden. Das würde mir gefallen.«

Er stieß seinen Gefährten mit dem Ellbogen an.

»Und du, Liebling? Was hältst du davon?«

»Ich finde, es ist eine ausgezeichnete Möglichkeit, auf andere Gedanken zu kommen. Wenn Majésu einverstanden ist, würden wir gern an diesem Drama teilhaben.«

»Bitte, Majésu«, flehte der andere. »Bitte, unserer langjährigen Freundschaft wegen.«

Der Ehrlichkeit halber zählte ich ihnen die lange Liste an Gefahren auf, denen sie ausgesetzt sein würden. Ich zeichnete das Bild des sicheren Todes, der sie erwartete, sollten die Dinge eine schlechte Wendung nehmen. Dabei ließ ich kein Detail unerwähnt. Blut, wohin das Auge reichte, kleine Fleischfetzen, die an Telefondrähten hingen, zerrissene Herzen am Rand eines gigantischen Kraters, flüssige Hirnmasse, glühende Aderbündel.

»Das Risiko gehen wir ein. Endlich passiert einmal etwas in unserem Haus, und wir wären doch schön blöd, wenn wir das verpassten.«

»Aber Sie würden nicht mehr existieren.«

»Das ist natürlich weniger schön. Aber mit über sechzig hat man nicht mehr ganz so viel zu verlieren. Natürlich gibt es weniger riskante Methoden, sich in die Luft zu sprengen, aber ich bin sicher, diese hier ist die explosivste.«

Es war derjenige, der an ungeraden Tagen den weiblichen Part übernahm, der sich für das Paar einsetzte. Der andere, der am Vortag die Frau gegeben hatte, zuckte nur die Schultern und blickte ernst und sehr männlich drein.

»Wir haben das Für und Wider abgewägt«, erklärte er mit der Seriosität eines Statistikers. »Das Für hat den Sieg davongetragen.«

Bradouatc bewegte den Kopf von rechts nach links. Sein Eindruck, in eine Horde von Irren geraten zu sein, verstärkte sich mit jeder Sekunde. Doch er sagte kein einziges Wort, das die bulgarischen Homosexuellen von ihrem idiotischen Wunsch abgebracht hätte. Noème war eingeschlafen. Der Punker beobachtete sie mit lüsternem Blick. Ich erklärte den beiden Kandidaten, dass sie soeben das Recht erworben hatten, den scheußlichsten Tod zu sterben, der in den letzten Jahren in der Rubrik »Vermischtes« in den Zeitungen Erwähnung gefunden hatte. Darüber freuten sie sich. Vor allem derjenige, der an ungeraden Tagen die Rolle der Frau übernahm. Wenn ich richtig verstanden hatte, war heute ein ungerader.

»Was wollen Sie, Majésu?«, fragte der Inspektor, als er das Zimmer verließ und mich dabei nicht heftiger anrempelte, als es die Laune eines Polizisten erfordert, der daran gehindert wird, rechtzeitig zum abendlichen Spielfilm nach Hause zu kommen.

»Ich habe meine Forderungen bereits gestellt, und mehr will ich nicht. Die Zuneigung soll zurückkommen, mehr nicht. Ich habe gesprochen.«

Wir setzten uns in das ziemlich vollgestopfte Wohnzimmer. Ich behielt die plappernde Truppe auf dem Bett fest im Auge.

»Hören Sie, Majésu, Sie haben Ihren Spaß, und das gönne ich Ihnen. Aber ich lasse mich nicht täuschen. Von den ganzen Waffen, die Sie rings um uns herum aufgebaut haben, ist keine auch nur ansatzweise in der Lage, einer Fliege ein Leid anzutun.«

»Glauben Sie das, Inspektor?«

»Sie werden mich doch wohl nicht durch die Behauptung beleidigen wollen, ein Bulle hätte keine Ahnung von solchen Dingen. Ihr Gewehr ist nicht geladen. Die Maschinenpistole ist hübsch, aber sie müsste instand gesetzt werden, ehe man damit schießen kann. Und was das Dynamit angeht, so kann ich nur lächeln, Majésu. Nur lächeln. Das ist nicht einmal ein schlechter Scherz.«

»Inspektor, Sie werden nicht den Geiseln zugerechnet. Aus diesem Grund sind Sie nicht verpflichtet, an die zerstörerische Kraft meiner Waffen zu glauben. Dennoch möchte ich Ihnen raten, mich nicht zu zwingen, den Abzug dieses Karabiners zu betätigen. Die Erfahrung könnte Ihre Beobachtungen Lügen strafen.«

Die Wendung der Ereignisse bestürzte ihn. Lange rieb er mit der Spitze des rechten Zeigefingers über den Rücken des linken. Es war eine Geste, die ich noch nicht kannte.

»Es gibt eine Möglichkeit, alle Parteien zufriedenzustellen, Majésu. Sie kennen mich inzwischen ein wenig und wissen, dass ich nicht korrupt bin. Aber unter gewissen Umständen bin ich einer kleinen finanziellen Unterstützung nicht abgeneigt.«

»Was meinen Sie damit, Inspektor? Jetzt machen Sie mir Angst. Mir graust vor dem, was Sie mir vorschlagen wollen, und ich möchte nicht, dass der makellose Ruf der Polizei beschädigt aus unserer Unterhaltung hervorgeht.«

»Keine Sorge. Die Abmachung ist absolut ehrenhaft. Zunächst einmal weiß ich genau, dass Sie die hunderttausend Dollar unterschlagen haben. Mademoiselle Parker – ich sage es Ihnen ganz ehrlich – hat mir zehn Prozent versprochen, wenn ich das Geld auftreibe. Wenn Sie aber bereit wären, diesen Lohn zu verdoppeln, würde ich die Akte sofort schließen.«

»Und was würden Sie Noème sagen?«

»Gar nichts. Was soll ich ihr schon sagen? Ein Polizist muss sich nicht rechtfertigen. Ich möchte Ihnen raten, meinen Vorschlag anzunehmen, Monsieur Monroe. Vergessen Sie nicht, dass Sie nach Meinung der Polizei möglicherweise auch noch im Fall Dourdine zur Rechenschaft gezogen werden. Ihre Rolle ist nicht ganz eindeutig, und Mika Brahut beteuert weiterhin seine Unschuld. Der Mann ist Gerichtsvollzieher, ein Makel, der nicht unbedingt zu seinen Gunsten spricht. Aber meiner Ansicht nach geben Sie einen äußerst plausiblen Schuldigen ab. Alles in allem gewännen Sie im Austausch für zwanzigtausend Dollar, die Sie nichts kosten, ein nettes kleines Vermögen und die Freiheit, es nach Ihrem Gutdünken auszugeben. Außerdem bliebe Ihr Leumund fleckenlos rein. Verstehen Sie mich?«

Die Muskelprotze ließen mir keine Zeit, darüber nachzudenken. Innerhalb weniger als einer Sekunde hatten sie die Tür eingetreten, rannten brüllend herum und schossen in die Wände. Die Luft roch nach Schießpulver und reizte die Augen. Die Armen grölten und warfen sich auf den Boden, während sich die bulgarischen Homosexuellen abmühten, die Fenster zu öffnen. Aber ein guter Antiquitätenhändler ist immer auf der Hut vor Dieben: Ich hatte armdicke Stangen einbetonieren und die Fenster verschrauben lassen.

Noème öffnete die Augen. Sie sah gut aus. Der Inspektor versuchte einzuschreiten, und schwenkte seinen Dienstausweis, aber die Muskelprotze waren wütend wie aufgebrachte Tiere und bahnten sich rücksichtslos einen Weg durch das Chaos. Ich weiß nicht, wie ich ihren Schüssen entkam, aber ich ließ mich hinter einen Sessel fallen. Aus dem Schlafzimmer drang Lärm, als ob eine Menagerie in Flammen stünde. Die Muskelprotze malträtierten alle mit Fußtritten. Die bulgarischen Homosexuellen kämpften geradezu heldenhaft. Als ich den Kopf hob, sah ich die Muskelprotze vorbeilaufen, auf den Armen Noème und den Teil des Bettes, an den sie gekettet war. Es wirkte ähnlich wie bei einem Umzug. Nur hässlicher.

Noème beklagte sich.

»Ich habe euch hinausgeworfen! Alle beide. Ihr seid gefeuert!«

Die beiden Dicken aber wollten ihren Fehler vom Vortag ausbügeln. Sie hörten nicht auf Noème, führten ihr Vorhaben gradlinig und unerbittlich durch und ließen es Blei regnen. Der Inspektor war bäuchlings auf dem Boden in Deckung gegangen. Trotzdem hatte ich den Eindruck, dass er rückwärts auf einen Stapel Kartons gefallen war, die er mit seinem Gewicht zusammengedrückt hatte. Jedenfalls war einer der Kartons geplatzt, und die Keksdose berührte seine schlecht rasierte Polizistenwange. Mit einer feinen Nase hätte er die Dollars riechen können, die hierzulande so selten sind, dass man ihren Duft sofort erkennen müsste.

Ich tat genau das Richtige. Um das Durcheinander noch chaotischer zu machen, begann ich zu schreien und mit den Füßen zu trampeln wie ein wütendes Tier.

»Haltet die Diebe! Haltet die Diebe! Man hat mir meine Frau gestohlen! Wo bleibt denn die Polizei? Was macht die Polizei? Hilfe! Alarm! Meine Frau! Mein Leben! Mein Schatz! Meine große Liebe!«

Brüllend und um mich schlagend rannte ich um den Polizisten herum, stolperte bewusst über die Keksdose, fluchte über das Scheißding, wurde wütend und überschüttete die Dose mit Beleidigungen. Ich packte sie, versetzte ihr um der Glaubwürdigkeit willen einen heftigen Faustschlag auf den Deckel, und schon war ich draußen auf der Straße. Mit meinen unter den Arm geklemmten hunderttausend Dollar rannte ich hinter den Muskelprotzen her, die Noème und das Kopfende des Bettes wegschleppten, von dem sie sie nicht hatten loseisen können.

»Haltet die Diebe! Haltet die Diebe! Man hat mir meine Frau gestohlen! Das ist eine Entführung!«

Passanten und Schaulustige stellten sich den Muskelprotzen nicht in den Weg, hetzten aber im Laufschritt hinter ihnen her, sobald sie vorbei waren, und riefen:

»Haltet die Diebe! Haltet die Diebe! Ruft die Polizei!«

Die Verfolgungsjagd war herrlich anzusehen. Über dem Ganzen thronte Noème, die recht schmerzhaft durchgeschüttelt wurde. Ich weiß nicht, ob der Gewaltstreich sie ausgenüchtert hatte. Ihre Augenlider waren halb geschlossen, und ihr Gesicht hatte noch nicht wieder diesen entschiedenen Ausdruck angenommen, der seit dem Tod der Eheleute Parker so charakteristisch für sie geworden war.

Für mich machte es keinen Sinn, dem Grüppchen nachzujagen. Im Übrigen hatte sich Noème kurz zu mir umgedreht, gelächelt und mir unauffällig den Stinkefinger gezeigt. Es lag durchaus nicht in meiner Absicht, sie der Illusion zu berauben, dass mir ihre Geste an die Substanz ging und ich darüber einen zutiefst erniedrigenden Schmerz verspürte. Mit hunderttausend Dollar in der Hand empfindet man keine Scham mehr. Empfindlichkeiten lösen sich in Luft auf. Man könnte fast zum guten Zocker mutieren.

Noème durfte gern, mitsamt ihrer lächerlichen Equipage, auf dem Rücken zweier Knarren schwenkender Grobiane verschwinden. Ich tat, als würde ich sie verfolgen, aber in Wirklichkeit trampelte ich heuchlerisch mehr oder weniger auf der Stelle. Wer anderen eine Grube gräbt, fällt selbst hinein. Als sie davongetragen wurde, ohne dass ich den geringsten Antrieb verspürte, sie auf welche Weise auch immer zurückzuhalten, verursachte der Anblick, ich kann es nicht leugnen, einen kleinen Stich in meinem Herzen. Liebe äußert sich manchmal widersprüchlich, vor allem bei einem Romantiker wie mir. Jedenfalls hatte ich dort auf dem Bürgersteig, inmitten des Verkehrslärms und beim Anblick des kleinen Trupps Fremder, der mehr oder weniger heldenhaft den Entführern und ihrem willigen Opfer hinterhergaloppierte, durchaus nicht den Eindruck, dass mein Leben nichts mehr wert sei.

An der ersten Querstraße bog ich nach rechts ab, nachdem ich mich vorher sorgfältig versichert hatte, dass Bradouate mir nicht folgte. Ich spare mir hier die Einzelheiten. Würde ich jedes Detail beschreiben und meine Gefühle nebst dem ganzen Chaos zergliedern, würde ich von meinem Herzklopfen, meiner Kurzatmigkeit und den bösen Gedanken erzählen, die mich quälten, käme dieses Buch auf die drei- bis vierfache Seitenzahl und würde zum Roman. Das aber liegt nicht in meiner Absicht. Dies ist eine Dokumentation. Sie umfasst nur das Nötige, ohne jede Ausschmückung.

Ich ging in zügigem Tempo bis zum Bahnhofsplatz. Vor den Goldfischbecken gönnte ich mir jene Art von Pause, die man üblicherweise als wohlverdient bezeichnet. Der Held empfindet in aller Regel das Bedürfnis, über die Situation nachzudenken, und zwar sowohl im richtigen Leben als auch in der Fiktion. Man muss innehalten können, um anschließend umso tatkräftiger vorwärtszustreben. Das ist eine Art Regel.

Was mir gegen den Strich ging, war die Tatsache, dass Bradouate, der sich selbst als nicht korrupt bezeichnete, mich nicht in Ruhe lassen würde, solange er auf meiner Spur den süßen Duft der Dollars witterte. Ganz gleich, wie viele Eide ich leistete, arm wie Hiob zu sein und das Grün jener Scheine nie zu Gesicht bekommen zu haben – Bradouates Qualitäten als Spürnase würden

den Verdacht unvermindert aufrechterhalten. Ich war ganz sicher, dass er in diesem Moment meine Wohnung systematisch durchsuchte, Kartons aufriss, Schubladen öffnete, die Wandverkleidung abklopfte, Hohlräumen in den Decken nachspürte und Ecken vermaß. Ich wünschte ihm viel Spaß dabei. Als Polizist hatte er vermutlich Probleme, sich in der Unordnung zurechtzufinden, die viele Jahre des Handels mit Raritäten mit sich brachten. Selbst ich, der ich stolz auf meine grenzenlose Erfahrung bin, verlaufe mich manchmal in meinem eigenen Chaos.

Hinter seiner weinerlichen Art lag eine Kämpfernatur, aber möglicherweise auch eine Krämerseele. Noème hatte ihm zehn Prozent der Summe in Aussicht gestellt. Schlaues Mädchen! Hielte ich mich nicht für einen Ästheten, wäre ich auf die zwanzig Prozent für Bradouate eingegangen, das wäre ein Handel zu meinen Gunsten gewesen. Aber ich bin Ästhet. Wenn ich die Möglichkeit sehe, alles für mich zu behalten, dann behalte ich alles. So etwas nennt man Beherztheit – eine sehr französische Eigenart.

Hinzu kam, dass Bradouate sich vermutlich nicht mit diesem armseligen Prozentsatz begnügen würde. Er war eher der Fifty-Fifty-Typ. Und anschließend würde er den Gedanken weiterverfolgen, dass ich Dourdine tatsächlich getötet hatte. Ich würde mein Vermögen bis zum letzten Cent opfern müssen, bevor er Ruhe gab. Dann hätte ich gelogen, gestohlen, die Moral mit Füßen getreten, das Jesuskind zum Weinen gebracht – falls es überhaupt existiert – und alles nur, um dann doch alles zu verlieren und ebenso mittellos dazustehen wie vor dem Zusammentreffen mit Noème. Nein.

Inzwischen ist vermutlich jedem klar, dass mein Problem das Geld war, das ich immer noch in der Keksdose mit mir herumtrug. Mit hunderttausend Dollar in bar ist niemand sicher – nicht in einer Gesellschaft, in der alle, vom Reichen zum Armen und vom Ehrenmann zum Ganoven, haben wollen, was sie sich nicht leisten können.

Auf dem Platz, über den Liebespaare flanierten und Mütter mit Kindern spazierten und den frisch angereiste Fahrgäste rennend überquerten, hatte ich mit meiner Keksdose auf dem Schoß das Gefühl, im Zentrum der Begehrlichkeiten zu stehen. Wenn Menschen jemanden mit einer Keksdose erblicken, fragen sie sich instinktiv, was diese Dose wohl enthalten mag. Daher gebietet die Vorsicht in einer solchen Situation dem Eigner der Dose, keinesfalls zu lächeln, weil er sonst sofort als glücklicher Mensch enttarnt würde. Mit anderen Worten: als Mensch, der sich keine Sorgen um die Zukunft machen muss. Oder anders ausgedrückt: als Mensch, der über eine so große Summe verfügt, dass er unwillkürlich lächeln muss. Die Passanten musterten mich mit schrägem Blick – zunächst meine Dose, dann mein Gesicht. Ich setzte einen möglichst bitteren, ja gequälten Ausdruck auf. So, als wäre die Dose der Sarg meiner kleinen, an diesem Morgen verstorbenen Katze.

Ich musste möglichst schnell einen Ort finden, an dem ich meinen Schatz in Sicherheit bringen konnte. Meine Wohnung kam nicht infrage. Zu viele Feinde kannten meine Adresse, und nun, da die Muskelprotze meine Tür eingetreten hatten, konnte jeder ungehindert bei mir ein- und ausgehen. Bradouate würde sich dort geradezu einnisten, und Noème würde ihre Handlanger schicken. Zudem kannten auch die Armen die Geschichte. Der Volksmund gesteht armen Menschen zwar einen naturgegebenen Hang zur Ehrlichkeit zu, aber da ich selbst zu den Armen gehöre, vertrete ich diesbezüglich eine etwas andere Ansicht. Mehr möchte ich dazu nicht sagen. Ebenfalls auf die Liste der Zeitgenossen, die ich für verdächtig hielt, sich auf meine Kosten bereichern zu wollen, gehörten die bulgarischen Homosexuellen. In diesem Augenblick kam mir die dritte oder vierte geniale Idee dieses Tages.

11

»MADAME BRAHUT?«, FRAGTE ICH und neigte mich zu dem Gesicht vor, das im Türspalt erschienen war.

Zunächst erkundigte ich mich, ob sie mich kannte oder wiedererkannte – beispielsweise in meiner Eigenschaft als Antiquitätenhändler. Aber mein Gesicht sagte ihr nichts. Daraufhin stellte ich mich in aller Form vor: Name, Vorname, Adresse, Nationalität, Beruf, Familienstand; an dieser Stelle durfte ich nicht kleinlich sein. Bei der Nennung meines Namens und Vornamens allerdings schien ihr etwas in den Sinn zu kommen.

»Ihren Namen habe ich schon einmal gehört«, hauchte sie.

»Der Ehrlichkeit halber muss ich Ihnen gestehen, dass ich mit Marilyn weder verwandt noch verschwägert bin.«

»Das dachte ich mir.« Sie besaß die Frechheit, dies ohne die geringste Verwunderung festzustellen, als wäre das selbstverständlich.

Plötzlich runzelte sie die Stirn. Sie erinnerte sich, woher sie meinen Namen kannte. Am Morgen hatte sie Besuch von Journalisten bekommen.

»Hat man Ihnen Fragen gestellt, Madame Brahut? Ach nein, ich will nicht indiskret sein. Vergessen Sie meine Frage einfach.«

Danach schwiegen wir uns an. Es war ein uninteressantes Schweigen, das zu beschreiben ich mir nicht die

Mühe mache. Möglicherweise gestehe ich mir zu, es als »lastend« zu beschreiben. In der Praxis verschaffte es mir ausreichend Zeit, noch einmal tief durchzuatmen, ehe ich das sagte, was ich zu sagen hatte – was durchaus nicht leicht war.

»Madame Brahut, ich bin der Mörder von Monsieur Dourdine.«

Das war kein Geständnis, sondern eine Bekanntmachung. Es bedarf einer gewissen Dreistigkeit, sich das Verbrechen eines anderen anzueignen. Die Frau beobachtete mich mit gerecktem Hals und um die Türkante gekrallten Fingern.

»Mein Mann hat Monsieur Dourdine getötet«, presste sie schließlich hervor. Sie sah aus, als würde ihr gleich übel.

»Irrtum, Madame Brahut. Wenn Sie kurz Zeit haben, könnten wir in aller Ruhe darüber sprechen.«

»Ich habe bereits mit den Journalisten gesprochen.«

»Und was sagen die Journalisten?«

»Nicht viel. Sie haben Ihren Namen genannt und mich gefragt, ob ich Sie kenne. Jedenfalls schienen sie nicht davon auszugehen, dass Sie mit dem Mord an Monsieur Dourdine zu tun haben.«

»Und doch ist es so, Madame Brahut, dass ich in diesem Département der Einzige bin, der für sich in Anspruch nehmen darf, ein Unternehmermörder zu sein. Und, wissen Sie, fast hätte ich mich nicht mit diesem einen begnügt. Aber ein Unfall hat die Kandidaten vor der Art von Tod bewahrt, die ich für sie ins Auge gefasst hatte.«

»Sie haben Monsieur Dourdine nicht getötet. Vielleicht zehn andere, aber nicht Monsieur Dourdine.«

Ohne mein verbindliches Händlerlächeln zu verlieren, legte ich den Fortgang der Dinge in ihre Hand. Entweder, sie forderte mich auf einzutreten, oder ich würde geradewegs zur Polizei gehen und mich stellen. Natürlich war ihr die erste Variante lieber.

»Wir müssen reden«, sagte ich, während sie mich durch den Flur führte und mir freistellte, wohin ich mich setzte. Meine Wahl fiel auf die Couch, ein Möbel, das weniger hochgestochen wirkt als ein Sessel und offener für Gespräche ist. Und das mehr Platz für das Dollarbündel bot. Madame Brahut setzte sich auf einen Schemel, der so niedrig war, dass sie im Sitzen aussah, als würde sie kauern. Ich spürte ihre Nervosität. Ihre Finger bewegten sich, als knete sie ein unsichtbares Wollknäuel.

»Was wollen Sie?«, fragte sie beunruhigt, nachdem sie lange über diese Frage nachgedacht hatte.

»Dass Sie mir einen Gefallen tun, Madame Brahut.«

Sie war so aufgeregt, dass sie nicht einmal daran dachte zu staunen. Sie war eine sehr gefühlsbetonte Frau. Mit dem Kinn wies ich in Richtung der Keksdose und fuhr fort:

»Es geht um diese Dose, Madame Brahut. Sie enthält hunderttausend Dollar.«

Hätte ich den Beweis für die Existenz Gottes erbracht, wäre sie vermutlich weniger erschrocken. Gemessen an den im Antiquitätenhandel geltenden Kriterien fand ich sie schön. Sie hatte diskrete Rundungen und war wie ein ganz in Leder gebundenes Buch, prall und trotz der unhöflichen Spuren mehrerer Jahrzehnte noch recht frisch. Ihre Augen waren etwas zu rund, wie die eines Plüschbären (dieser Vergleich kam mir sofort, und ich habe keine Zeit, nach einem anderen zu suchen), ihre Hände weich und, soweit ich das beurteilen konnte, geschickt, ihre Brust entbehrte nicht einer gewissen majestätischen Haltung, und ihre Stimme war so sanft, dass man sie zeitweise kaum hörte.

»Gestohlenes Geld?«, erkundigte sie sich.

»Geld, das vermutlich bald gestohlen wird, wenn ich keinen Zufluchtsort dafür finde. Aber ich versichere Ihnen, dass es sich um ehrbares Geld handelt. Es gehört mir. Ich bekam es geschenkt. Man könnte es in gewisser Weise auch als Erbschaft bezeichnen. Verschiedene Gruppen von Übeltätern mühen sich, es mir wegzunehmen, und leider wissen diese Leute, wo ich wohne.«

»Dann bringen Sie es doch zur Bank.«

»Zu Banken habe ich zwar Vertrauen, nicht aber zu den Bankiers. Das sind nämlich auch nur Menschen, Geldmenschen obendrein. Ein Mensch hat Schwächen, aber ein Geldmensch hat bestimmte Neigungen. Der Mensch widersteht, solange er kann, und allen Qualen zum Trotz. Der Geldmensch erliegt der Versuchung sofort und mit Genuss. Aber Sie wissen sicher, wie Bankiers sind. Im Übrigen war Ihr Mann ja Gerichtsvollzieher und gehört somit einer verwandten Rasse an. Nichts für ungut.«

Es ist immer sinnvoll, »nichts für ungut« am Ende einer Einschätzung hinzuzufügen, die den Gesprächspartner verletzen könnte. Aber Madame Brahut schien meine Ansicht über Bankiers und Gerichtsvollzieher zu teilen. Langsam wiegte sie ihren Kopf von einer Seite zur anderen, während ihre Miene eine Art Besonnenheit ausdrückte.

»Nun wissen Sie, was ich von Ihnen will, Madame Brahut«, fuhr ich fort. »Ich vertraue Ihnen die hunderttausend Dollar an. Bei Ihnen wird niemand das Geld suchen, denn niemand kann nachvollziehen, dass ein

Mann wie ich verrückt genug sein könnte, sich von einem so hohen Betrag zu trennen und ihn einem Menschen anzuvertrauen, dessen Ruf nicht über jeden Verdacht erhaben ist. Nichts für ungut.«

»Ich muss doch sehr bitten«, begehrte sie auf.

»Sie haben mehrmals Ehebruch begangen, Madame Brahut. Wohlgemerkt: Ich meine das nicht im negativen Sinn. Aber es stand in allen Zeitungen, als der Fall verhandelt wurde. Sie haben auch mit diesem bemitleidenswerten Monsieur Dourdine geschlafen, wenngleich das nicht Ihr erster Fehltritt war.«

»Was nutzt es denn, die alten Geschichten wieder aufzuwärmen, Monsieur Monroe? Sie haben mir schon genug Ungemach bereitet, und ich hatte sie fast schon vergessen.«

»Ich weiß nicht, ob es etwas nutzt, darüber zu reden, aber ich weiß, dass es keinesfalls unnütz ist. Mir ist wichtig, dass die Dinge zwischen uns vollkommen klar sind. Ich verberge Ihnen nichts und vertraue Ihnen meinen Ärger, meine Probleme, mein Kopfzerbrechen und meine Schwierigkeiten an. Bald wissen Sie alles über mich. Einschließlich dessen, was ich von Ihnen halte. Aber das alles sollte umgekehrt genauso sein.«

Sie schloss die Augen, als könne sie auf diese Weise besser dem standhalten, was sie für einen Ansturm hielt, was aber von meiner Seite aus lediglich der Beweis meiner Freimütigkeit sein sollte.

»Was erwarten Sie von mir, Monsieur Monroe?«, flüsterte sie schließlich mit noch immer geschlossenen Augen.

»Das habe ich Ihnen gerade gesagt. Sie sind ab sofort verantwortlich für mein Geld, und zwar so lange wie nötig. Das kann Monate dauern, vielleicht sogar Jahre. Ich weiß es noch nicht. Natürlich kann es jederzeit sein, dass ich etwas brauche. Dann nehmen Sie ein paar Banknoten heraus und wechseln sie in Belgien oder Luxemburg in unsere Währung. Ich werde Ihnen das genaue Vorgehen noch erklären.«

»Und wenn ich ablehne?«

»Wenn Sie ablehnen, begebe ich mich umgehend zu meinem Freund, Inspektor Bradouate, und gestehe ihm die ganze Wahrheit über den Tod von Monsieur Dourdine.«

»Er wird Ihnen nicht glauben.«

»Er wird mir sicher glauben, denn er verdächtigt mich bereits. Ich komme gerade eben aus seinem Büro. Bis heute Abend könnte mein Geständnis für glaubhaft befunden werden, und dann wird Ihr Gatte entlassen, Madame Brahut.«

»Oh nein!«

Ihr Herz hatte ihr Innerstes nach außen gekehrt. Weniger hatte ich auch nicht erwartet. Noch fünf Minuten, und sie würde mir aus der Hand fressen. Ohne mich loben zu wollen: Für die Damenwelt bin ich der Größte. Bei Licht besehen hätte ich auch einen ausgezeichneten Zuhälter abgegeben, denn ich weiß, mir Gehorsam zu verschaffen. Und zwar schnell. Madame Brahut war dabei, den Verstand zu verlieren. Sie war mir ausgeliefert. Als wahrer Künstler jedoch überkam mich die Lust, noch einen Schritt weiter zu gehen und meine Macht zu festigen. Oder – wie bei La Fontaine – Katz und Maus mit ihr zu spielen.

»Ich fürchte, Sie haben einen falschen Eindruck von mir, Madame Brahut, und das schmerzt mich. Sie scheinen mich einer guten Tat für unfähig zu halten. Als wirklich guter Mensch darf ich natürlich nichts unversucht lassen, die Rückkehr Ihres Gatten unter das eheliche Dach zu erleichtern. Es war schon immer einer meiner schönsten Träume, vom Schicksal getrennte Paare wieder zu vereinen.«

»Hören Sie, Monsieur Monroe: Die Ermittlungen haben die Schuld meines Mannes bewiesen.«

»Nun, dann hat man sich eben getäuscht, Madame Brahut. Es gab keine Beweise. Die Mordwaffe wurde nie gefunden.«

»Auf dem Hemd meines Mannes wurden Blutspuren gefunden. Das Blut stammte von Monsieur Dourdine.«

»Vielleicht hat sich der Mörder das Hemd Ihres Gatten geliehen, um das Verbrechen zu begehen. Ich weiß es nicht. Wir können den Verlauf der Geschichte nicht mehr ändern, und je länger ich darüber nachdenke, desto überzeugter bin ich, dass ich mich der Polizei stellen sollte. Einen Unschuldigen zu retten ist doch eine tolle Sache.«

»Sie begehen einen großen Fehler, Monsieur Monroe.«

Sie war in meiner Gewalt. Ich quälte sie und spielte mit ihrer Angst. Ich war eine furchterregende Falle. Stolz auf den beginnenden Anflug von Sadismus richtete ich mich auf.

»Meine Bitte an Sie war ein großer Fehler, Madame Brahut, und ich mache mir deswegen Vorwürfe. Entschuldigen Sie vielmals. Ich fühle mich beschmutzt und kann mit diesem schwerwiegenden Geheimnis nicht länger leben. Ich muss alles beichten.«

Mit einem Satz war ich auf den Beinen. Wild entschlossen. Es war eine wirklich ausgeklügelte Finte, denn sofort warf sich Madame Brahut in einem Anfall heftigster Panik auf mich. Sie hatte Schaum vor dem Mund.

»Ich tue alles, was Sie von mir verlangen! Alles, was Sie von mir verlangen!«

Sie schüttelte den Kopf und flehte mich an. Sie zitterte am ganzen Körper und versuchte mit aller Kraft, mich auf das Sofa zu drücken. Sie war wie ein Tier, das Gefahr, Unwetter oder ein Erdbeben wittert. Aber eine Kraft, die vorwärtsstrebt, ist nicht aufzuhalten, wie schon Victor Hugo sagte. Er wusste, wovon er sprach, denn es ging um ihn selbst, aber das muss ich wohl nur ausgemachten Ignoranten erklären.

»Rufen Sie die Polizei!«, sagte ich entschlossen. »Rufen Sie die Polizei, Madame Brahut! Haben Sie Mitleid mit einem Mann, der unter quälenden Gewissensbissen leidet. Die Polizei! Bitte, die Polizei!«

Ich trieb es auf die Spitze. Es war riskant, da sie sich immer noch entschließen konnte, mich beim Wort zu nehmen. Aber Mühe, Kraft und Ehre sind mir einfach wichtig, und ich liebe es, unüberwindliche Hindernisse allen Widrigkeiten zum Trotz zu meistern.

»Monsieur Monroe, Sie haben nicht das Recht, mein Leben zu zerstören. Ich appelliere an Ihre Menschlichkeit. Zerbrechen Sie mein Glück nicht. Ich bin nur eine hilflose Frau und weiß, dass ich mich in Ihrer Gewalt befinde. Sie haben mich gebeten, Ihr Geld zu verwahren. Nun, ich werde es tun. Als Gegenleistung lassen Sie meinen Mann so lange wie möglich im Gefängnis schmoren. Er ist ein niederträchtiger Mensch und hat sein Schicksal verdient.«

»Aber am Abend seiner Festnahme habe ich Sie weinen sehen. Es lief im Fernsehen und hat mich zutiefst berührt.«

»Ich habe mich dazu gezwungen, Monsieur Monroe. Für die Journalisten, das Publikum und die Richter. All diese Leute erwarteten von der Ehefrau Tränen. Ich habe nur ihre Erwartungen erfüllt. Sie kennen das doch sicher: Man kann im Leben nicht immer das tun, was man möchte.«

»Und ich dachte, Sie wären wirklich traurig gewesen.«

»War ich nicht. Überhaupt nicht. Im Gegenteil: Ich hatte Lust zu tanzen, zu singen und mein Glück laut hinauszuschreien, weil ich endlich auf Dauer von diesem verachtenswerten Menschen erlöst sein würde.«

»Nun, Madame Brahut, man sollte ihm nicht die gesamte Schuld in die Schuhe schieben. Das wäre nicht richtig. Er war ein gehörnter Ehemann, und das erklärt vieles.«

»Darf ich Sie eines Besseren belehren, Monsieur Monroe? Er war es, der meine Liebhaber aussuchte. Er war es, der darauf bestand, dass ich mit Dourdine schlafe. Dourdine gefiel mir nicht, ebenso wenig wie die anderen. Aber meinem Mann bereitete es Vergnügen zu wissen, dass ich mit einem anderen Mann schlief. Als wolle er mich jedoch gleichzeitig für diesen Fehltritt bestrafen, suchte er immer abstoßende, lasterhafte und ekelhafte Männer aus. Ich hingegen träumte von einem Märchenprinzen, einem einfachen, einem starken Mann. Intelligent sollte er sein. Ich wünschte mir lange Gespräche im Mondschein. Ich wünschte mir, viele Stunden von Angesicht zu Angesicht und Hand in Hand zu verbringen. Ich wünschte mir romantisches Geflüster und zärtliche Umarmungen. Wir Frauen lieben es raffiniert, kultiviert und humorvoll.«

»Seltsam«, flüsterte ich. »Es ist wirklich seltsam, Madame Brahut, aber seit einigen Minuten habe ich den Eindruck, dass Sie von mir sprechen.«

»Dafür kenne ich Sie zu wenig.«

»Aber ich bin genau so. Es ist vielleicht dumm, das zu sagen, aber genau so bin ich.«

Mit einer bedächtigen Schulterbewegung stieß sie sich ein Stück von mir ab, stützte sich aber nach wie vor mit beiden Händen auf mich. Sie betrachtete mich, als prüfe sie ein Kunstwerk. Ich lächelte sie an. Nicht etwa, weil ich meine Vorteile herausstreichen wollte, sondern aus reiner Liebenswürdigkeit.

»Mag sein«, stellte sie fest, allerdings ohne die von mir erhoffte Begeisterung.

Unsere Stellung konnte man durchaus als schlüpfrig bezeichnen. Sie lag auf mir. Ich nahm ihre Wärme durch den Stoff hindurch wahr und muss gestehen, dass ihr träges Gewicht und ihre sich bei jedem Atemzug hebende Brust meine Gedanken und Reflexe durcheinanderbrachten. Ich bewegte meinen Körper in dem gespielten Versuch, mir eine bequemere Position zu suchen, und schmiegte mich eng an ihr Becken. Dieses rücksichtsvolle Verhalten eines wohlerzogenen Mannes ließ sie schwer schlucken, und sie biss sich auf die Unterlippe. Ihre Finger krallten sich in meine Brust. Nicht brutal, eher so, als wolle sie einer unwiderstehlichen Sehnsucht Einhalt gebieten. Ich schloss daraus, dass sie bereits von mir gefesselt war.

»So weit, so gut«, sagte ich, um einen plötzlichen Gefühlsausbruch zu vermeiden, »Sie sind also einverstanden, mein Geld aufzubewahren.«

»Sie haben mein Wort«, flüsterte sie.

»Ich möchte keinesfalls kleinlich wirken, aber Sie wissen, wie das ist: Wenn man sich in der Nähe von hunderttausend Dollar aufhält, die einem nicht gehören, besteht die Gefahr, dass man der Lust, sie sich anzueignen, nicht widerstehen kann. Richtig?«

»Ich bin nicht so«, sagte sie, nachdem sie sich die Lippen befeuchtet hatte, indem sie mit der Zungenspitze zunächst über ihre geschwungene Oberlippe und dann über die Unterlippe fuhr.

»Ich weiß, dass Sie nicht so sind, Madame Brahut. Trotzdem muss alles seine Ordnung haben. Ich bin sicher kein Prinzipienreiter, aber ich lege einen gewissen Wert auf Dokumente, Papiere und Formulare. Daher denke ich, es wäre sinnvoll, unsere Abmachung schwarz auf weiß festzuhalten.«

»Ich bin eine ehrenwerte Frau.«

»Und das bleiben Sie natürlich auch, solange ich Ihnen die hunderttausend Dollar noch nicht überlassen habe.«

»Und was ist, wenn die Gauner, die Sie verfolgen, dieses Papier bei Ihnen finden? Sie sehen meine Adresse, ich bekomme Schwierigkeiten, und Sie verlieren ein Vermögen.«

»Sie scheinen zu vergessen, Madame Brahut, dass Sie es mit einer Ausnahmepersönlichkeit zu tun haben. Das sage ich, weil es wahr ist und weil man sich seiner Fähigkeiten nicht schämen sollte. Ich werde dieses Papier natürlich in einem doppelten Umschlag als Einschreiben auf dem Postweg an einen sicheren Freund schicken.«

Sie konnte nur noch zustimmen. Ich hatte die Situation unter Kontrolle. Sie vollzog einen kleinen Aufschwung, der von perfekter Gelenkigkeit zeugte, stand sofort auf den Füßen, drehte sich um die eigene Achse und trat aus der geschmeidigen Bewegung heraus an den Tisch.

»Ich wäre sehr glücklich gewesen, wenn Sie mir voll und ganz vertraut hätten, Monsieur Monroe«, seufzte sie und suchte in einem Schubladenschrank nach Papier und Stift.

Als Raritätenhändler weiß man, dass Vertrauen ein rein theoretischer Begriff ist. Weil ich aber weiblicher Verletzlichkeit gegenüberstand, gab ich mich als Mann von Welt und machte mir die Mühe, ihr zu erklären, dass es sich hier nicht um Vertrauen, sondern um ein Prinzip handelte.

»Im Grunde ist unsere Übereinkunft doch unser gemeinsames Werk, nicht wahr, Madame Brahut? Genau genommen bitte ich Sie jetzt eigentlich nur um ein Zertifikat. Eine Bestätigung – mehr nicht.«

Meine Worte zeigten ihr, dass sie nicht mit irgendwem verhandelte. Und auch, dass ich sie respektierte. Nicht nur als Frau, denn das war schließlich selbstverständlich, sondern vor allem auch als meine Geschäftspartnerin.

Mit imponierend gestrafftem Rücken durchschritt ich das Zimmer. In diesem Augenblick tat es mir fast leid, dass ich kein Tattoo vorzuweisen hatte, und wenn es nur eines auf dem Unterarm gewesen wäre. Ein Tattoo wäre in diesen Verhandlungen von großem Nutzen gewesen. Ganz im Ernst.

12

Nachdem ich das Dokument abgeschickt hatte, gönnte ich mir ein Bier in der Bahnhofskneipe, ehe ich mich auf den Heimweg machte. Mit Madame Brahut war alles geklärt. Ich würde sie kurz anrufen und ihr die zu wechselnde Summe sowie die Übergabemodalitäten mitteilen. Das Prozedere würde je nach Situation variieren. Jetzt war meine Zukunft tatsächlich gesichert. Leichten Schrittes und Herzens ging ich nach Hause.

Inspektor Bradouate hatte meine Bude minuziös auf den Kopf gestellt. Leider hatte er die Gelegenheit nicht dazu genutzt, ein wenig sauber zu machen. Im Gegenteil: Auf dem Boden fanden sich Blutflecken. Einige Tropfen waren gar bis auf die Tapete gespritzt, und ein Tuch, das zusammengeknüllt auf dem Darwinsofa lag, war mit Blut getränkt.

»Er hat sich über eine Stunde hier verbarrikadiert«, informierte mich einer der bulgarischen Homosexuellen. »Zunächst haben wir noch nach ihm geschaut, aber er hat uns verboten, näher zu treten. Er sagte, er wolle auf seinen Freund Majésu Monroe warten.«

»Das stimmt«, bestätigte der andere. »Er ist noch nicht lange fort. Als er durch den Hof ging, haben wir ihn gefragt, ob wir Ihnen etwas ausrichten könnten.«

»Er sagte nein, es gäbe nichts auszurichten.«

»Und er wollte so bald wie möglich Kontakt zu Ihnen aufnehmen. Er schien nicht besonders gut gelaunt.«

»Er hätte beinahe einen Finger eingebüßt.«

Aha. Bradouate hatte sich also an der »Guillopine« zu schaffen gemacht, einem Gerät, mit dem man das männliche Geschlechtsteil in Scheiben schneiden kann. Die breitenwirksame Erfindung stammt aus der Zeit der Kreuzzüge, ist aber bis in die heutige Zeit aktuell. Einer der bulgarischen Homosexuellen äußerte die Vermutung, dass Bradouate unterwegs war, seine Wunden nähen zu lassen.

»Vielleicht sollten Sie sich nach seinem Befinden erkundigen. Man kann ja nie wissen, und schließlich hängt man doch auch an so einem Finger«, sagte der andere und bewegte seinen Zeigefinger vor seinen Lippen.

Der Ratschlag entbehrte nicht einer gewissen Eleganz. Umgehend rief ich Bradouate auf dem Polizeirevier an. Ich besaß die Durchwahl zu seinem Büro, ein Privileg, das ich wahrscheinlich nur mit seinen engsten Vertrauten teilte. Der Klang seiner Stimme bewies mir sofort, dass er sehr unter seiner Verletzung litt. Und zwar nicht nur in seinem Stolz.

»Meine Freunde, die bulgarischen Hausbesitzer, haben mir mitgeteilt, dass sich während Ihres Aufenthalts in meiner Wohnung der Zustand eines Ihrer Finger deutlich verschlechtert hat. Stellen Sie sich nur meine Verwirrung vor!«

»Das können Sie laut sagen«, knurrte er.

»Leider habe ich nicht daran gedacht, Sie vor einigen Stücken meiner Sammlung zu warnen. Vor allem vor dieser Guillopine. Aber ein Finger ist reparabel, und ich hoffe, es ist nicht allzu schlimm.«

»Oh doch, es ist schlimm, Monroe. Wegen Ihrer Dummheiten hat es einen Toten gegeben.«

»Wie das, Inspektor? Wegen der Guillopine? Entschuldigen Sie, aber ich verstehe nicht. Bitte noch einmal von vorn. Wir sprachen von Ihrem Finger.«

»Hören Sie mir überhaupt zu, Monroe?«

»Aber natürlich höre ich zu, Inspektor. Erklären Sie es mir.«

»Kommen Sie sofort her, Monroe. Es hat Ärger gegeben, und zwar nicht zu knapp.«

In wenigen Worten versuchte er, mir die Ereignisse zu schildern. Die Sprache der Polizei ist prägnant. In einem Satz fassen sie *Krieg und Frieden* zusammen – von wem noch? Stendhalowski? Ich kann mich gerade nicht erinnern. Ich als Zivilist würde jedenfalls viele Seiten brauchen, um das gleiche Resultat zu erzielen. Im Großen und Ganzen lief es darauf hinaus, dass einer der Sicherheitsleute, die Noème entführt hatten, in Panik seine Waffe abgefeuert hatte. Angeblich hatte er nur in die Luft geschossen, um sich den Weg zu bahnen. Doch die Kugel hatte sich in der Bahn geirrt und war nach der Kollision mit einem Verkehrsschild in die Schläfe einer Person eingedrungen, die auf den Bus wartete. Ich verstand nicht, was der Zwischenfall mit mir zu tun hatte. Es passiert schon einmal, dass Leute eine Kugel ins Gehirn bekommen. In der Provinz, dem Eldorado der Jäger, geschieht so etwas jeden Sonntag. Niemand interessiert sich dafür, und auf die Dauer ist es sogar langweilig – liebe betroffene Familien: nichts für ungut.

So, wie Bradouate auf mich wirkte, war es sicher Ewigkeiten her, dass er einen derart hübschen Verband am Finger gehabt hatte. Die Wunde war mit fünf Stichen genäht worden, und man hatte seine Tetanusimpfung aufgefrischt. Der Knochen des letzten Fingerglieds war angeknackst, und der Arzt hatte dem Inspektor Tabletten gegen die Schmerzen verschrieben. Der Verletzte war so bleich wie der Hintern eines Kellermeisters. Aus menschlicher Solidarität überhäufte ich ihn mit Mitleidsbekundungen und medizinischen Ratschlägen.

»Hören Sie auf mit dem Quatsch, Monroe.«

»Könnte es sein, dass Ihre Verstimmung mit mir zu tun hat, Inspektor?«

»Ich habe Sie nicht kommen lassen, damit Sie mich trösten.«

»Nichtsdestoweniger fühle ich mich verantwortlich für den Unfall, der Ihren Finger getroffen hat, Inspektor.«

Ich spürte, wie er unwirsch wurde. Er rutschte unruhig auf seinem Stuhl herum und verpasste der Leere unter seinem Schreibtisch kleine Tritte.

»Bitte, Monsieur Monroe, erschweren Sie mir meine Aufgabe nicht noch mehr. Ihre Frau wurde von meinen Kollegen festgenommen. Die Leibwächter ebenfalls.«

»Noème? Mein Gott! Wie ich sie kenne, wird ihr das ausgesprochen schlecht gefallen. Ich verlasse mich auf Sie, dass Sie diese dumme Sache so schnell wie möglich aus der Welt schaffen, Inspektor.«

Bei diesen Worten, die auf das Einfühlungsvermögen der Polizei gegenüber freundschaftlichem Druck abzielten, betrachtete er mich mit einem Blick voller Bitterkeit. Während des folgenden Seufzers entwich seiner Brust alle in ihr enthaltene Verachtung in Gasform.

»Monsieur Monroe«, sagte er, wobei er sich mühsam wieder seiner sanften Art zu befleißigen versuchte, an die er mich gewöhnt hatte, »Monsieur Monroe, hören Sie mir bitte ganz genau zu. Heute Nachmittag musste ein Benutzer des öffentlichen Personennahverkehrs sterben. Er wurde von einem Projektil getroffen, das aus der Waffe eines der Leibwächter Ihrer Frau stammte. Können Sie mir folgen?«

»Wo liegt das Problem, Inspektor?«

»Das Problem besteht darin, dass Ihre Frau als verantwortlich für den Tod dieses armen Mannes gilt.«

»Aber sie war doch nicht diejenige, die geschossen hat!«

»Die Aussagen der Leibwächter belasten sie schwer. Sie haben zu Protokoll gegeben, dass sie ihnen den Auftrag erteilte, sie aus der Gewalt eines Mannes zu befreien, der sie entführt hatte und als Geisel hielt. Die Männer gehorchten eigenen Angaben zufolge nur ihren Befehlen. Sie streitet das natürlich ab. Aber die Umstände sprechen nicht für sie.«

»Was steht für sie auf dem Spiel?«

»Nach derzeitigem Stand der Ermittlungen, und sofern kein Wunder geschieht, wird ihr ein Gefängnisaufenthalt wohl nicht erspart bleiben. Es ist wirklich ernst. Viele Leute haben sie auf dem Rücken der Muskelmänner gesehen. Sie lachte und trieb sie an wie Elefanten.«

»Sie hatte getrunken, und wenn sie trinkt, muss sie immer lächeln. Dafür kann sie nichts. Und wie bei vielen Alkoholikern verbirgt sich unter ihrem Lächeln eine tiefe Unsicherheit. Aber das wissen Sie ja wohl selbst am besten, Inspektor. Sie lächeln häufig, nicht wahr? Aber kommt es von innen? Wirklich von innen?«

»Ich habe nichts zu verbergen.«

»Sie sind ein ängstlicher Mensch, Inspektor. Ich spreche nur aus, was ich denke. Und wann immer ich Sie sah, hielten Sie sich nicht gerade an Limonade fest. Ich gehe davon aus, dass Ihre Schwäche für alkoholische Getränke die Folge einer inneren Verunsicherung ist.

Tief in Ihrem Herzen befindet sich eine Wunde, die sich nie wirklich geschlossen hat.«

»Trauen Sie nie dem Augenschein, Monsieur Monroe.«

Ich wollte vor allem Zeit gewinnen, um den genauen Sachverhalt der derzeitigen Situation zu überblicken. Mich traf jedenfalls keine Schuld, weshalb ich mich natürlich fragte, warum Bradouate mich unbedingt dazu hören wollte. Bradouate schien die Fähigkeit der Gedankenübertragung zu beherrschen, denn er wies mit seinem Verband in Richtung der Tür.

»Am besten wäre es, wenn Sie mit Ihrer Frau sprechen, Monsieur Monroe.«

Im Nebenzimmer saß Noème in sich zusammengesunken auf einem Stuhl. Als ich sie sah, breitete ich – ganz Mann von Welt und Schutz bietender Gatte – die Arme aus. Ich zeigte meine Bestürzung und rollte die Augen wie ein japanischer Schauspieler.

»Liebling! Was haben sie dir bloß angetan, diese Schmutzfinken! Geht die französische Polizei wirklich so mit Frauen um, Inspektor? Bravo! Ich stelle fest, dass die Romantik, die früher den Charme der Unterdrückung in diesem Land ausmachte, auf den Polizeiwachen längst an Bedeutung eingebüßt hat. Das ist äußerst tadelnswert.«

Bradouate seufzte und benahm sich, als pflegten wir seit vielen Jahren vertrauten Umgang miteinander.

»Majésu! Du musst mich hier rausholen«, sagte Noème mit einer Stimme, in der nur noch ein winziger Rest Autorität mitschwang.

Ich ergriff die Chance beim Schopf, umarmte sie und fummelte diskret ein wenig an ihr herum. Aber es war offensichtlich nicht die richtige Zeit für Zärtlichkeiten. Noème wich der zweiten Hand auf der zweiten Brust aus, allerdings konnte sie mich nicht daran hindern, ihr wiederholt zu versichern, dass ich sie liebte, dass ich verrückt nach ihr war und dass ich mich gerne für sie opfern würde. Schließlich drehte ich mich um und streckte dem Inspektor meine Handgelenke entgegen.

»Lassen Sie sie frei, Inspektor. Stecken Sie sie nicht ins Gefängnis. Es wäre ein Justizirrtum. Nehmen Sie mich statt ihrer fest. Ein Schuldiger ist schließlich so gut wie ein anderer. Für die Justiz spielt es doch letztlich keine Rolle, ob sie oder ich die Strafe antreten. Ich kann ebenso gut im Gefängnis sitzen wie sie.«

Bradouate runzelte die Augenbrauen mit einer Bewegung, bei der vor seinen Augen ein dunkler Staub niederzugehen schien, der an Schnupftabak erinnerte.

»Du brauchst deine Freiheit nicht zu opfern, Majésu«, sagte Noème. »Alles, was ich von dir verlange, ist eine Zeugenaussage.«

»Eine Zeugenaussage?«

»Eine Zeugenaussage, die der Aussage der Muskelprotze entgegensteht. Sie behaupten, du hättest mich mit Waffengewalt entführt und ich hätte ihnen den Befehl gegeben, mich um jeden Preis zu befreien, selbst wenn sie dazu ihre Waffe benutzen müssten. Sie lügen, und du weißt genau, dass sie lügen. Was meinst du?«

»Wenn du sagst, dass sie lügen, dann lügen sie.«

»Natürlich lügen sie. Erstens hast du mich nicht entführt. Weder mit Gewalt noch unter Androhung von Waffengewalt. Eine Frau hat ihrem Gatten zu folgen, und ich bin dir gefolgt. Ich habe das Haus meiner verstorbenen Eltern verlassen und bin in die eheliche Wohnung zurückgekehrt. Auf deine Bitte hin habe ich meine

Leibwächter entlassen, erinnerst du dich? Wir erledigten in aller Ruhe unseren Haushalt, als die Grobiane auftauchten und mich auf ihrem Rücken wie ein Paket schmutziger Wäsche davonschleppten.«

»Sie haben dich sogar samt dem Kopfende des Bettes mitgenommen, an dem du mit antiken Handschellen befestigt warst«, fügte ich hinzu.

Sie errötete, blickte zu Boden und presste die Lippen zusammen.

»Wir müssen hier unsere besonderen sexuellen Praktiken nicht in allen Einzelheiten ausführen, nicht wahr, Majésu?«, murmelte sie. »Was sich zwischen Eheleuten abspielt, sollte vertraulich bleiben. Zumindest ist das meine Meinung als Ehefrau.«

Der Inspektor begrüßte diesen Anfall von Schamhaftigkeit, der dem Menschengeschlecht zur Ehre gereichte. Ich spürte, dass er beinahe etwas dazu gesagt hätte, doch er zügelte sein Wohlwollen, da dies Zweifel an seiner Objektivität hätte nach sich ziehen können.

Der Zeitpunkt war vielleicht nicht der beste, aber meine innere Überzeugung bestärkte mich grundsätzlich darin, mich meinen Launen hinzugeben, sobald mich eine überfiel. Natürlich lag es mir fern, die herrschenden Umstände auszunutzen. Ehe ich mich jedoch in das wunderbare Abenteuer der Unredlichkeit stürzte, überkam mich die Lust, den Dummkopf zu geben – einzig um des Vergnügens willen, der Natur einen Streich zu spielen, die mich mit einer so überragenden Intelligenz ausgestattet hat.

Ich holte also tief Luft, blickte Noème tief in die Augen und erklärte betroffen:

»Noème, ich dachte, du wolltest dich scheiden lassen!«

Der Satz traf sie mitten ins Herz. Sie richtete sich auf und warf den Kopf zurück wie ein Hahn vor dem Krähen. Hätte ich geschrieben, wie es in Romanen vorkommt, dass ein Schatten über ihr Gesicht glitt, wäre der Wahrheit keineswegs Genüge getan. Es war die reinste Polarnacht, die sich auf ihren Zügen ausbreitete. Eine Nacht ohne Mond, ohne Sterne, ohne Straßenlaternen.

Und aus dieser schwarzen Nacht drang ein düsteres Flüstern.

»Was erzählst du da, Majésu?«

»Ich sage nur, dass du vor noch nicht einmal drei Stunden die Scheidung wolltest. Oder habe ich dich missverstanden?«

»Du hast mich missverstanden, Majésu.«

Oh ja, die Rückeroberung einer Frau führt durch die grausamsten Niederungen. Noème gehört zu den Frauen, die nur die Männer lieben, die sie gerade brauchen. Sie hatte mich geliebt, um ihren Eltern das Leben zu vergällen. Jetzt liebte sie mich, weil meine Aussage sie vielleicht aus einer unangenehmen Situation retten konnte.

»Wir haben niemals über Scheidung gesprochen!«, versicherte sie mit blassem Gesicht. »Ganz im Gegenteil. Du liegst mir am Herzen, Majésu. Ich liebe dich.«

»Nach dem Tod deiner Eltern hast du dich geweigert, mich zu sehen. Du hast sogar verlangt, dass wir uns siezen. Kannst du dir vorstellen, wie ich gelitten habe?«

»Der Schmerz hat mich verwirrt. Es ist schwer für die einzige Tochter, Vater und Mutter plötzlich und unerwartet zu verlieren, ohne ihnen noch einmal die Zuneigung zeigen zu können, die ich für sie hegte. Ich versank in Tränen, Reue und Schuldgefühlen. Ich war nicht ich selbst. Aber zu keiner Zeit dachte ich im Ernst daran, mich von einem Ehemann zu trennen, den ich zärtlich liebe und von dem ich mir nichts mehr wünsche, als gemeinsam mit ihm ein ruhiges Leben zu leben.«

Sie spielte mit meinen Gefühlen. Ich war den Tränen nahe. Sie legte ihre Hände an den Ort, an den sie gehörten: in meine. Sie formte ihre Lippen zu einem Rund und hauchte mir einen jener Küsse zu, die ich als Vorboten jener lüsternen Ausschweifungen kannte, die mir so bald wie möglich wieder zugutekommen sollten. Je eher ich meine Aussage machte, desto schneller würde ich meine Belohnung erhalten. Unser Vergnügen hing nur davon ab, wie schnell ich meine Falschaussage unterschreiben würde, die sie im Namen unserer ehelichen Solidarität von mir erwartete. Sie drängte:

»Wir gehören zusammen, im Leben und im Tod. Unsere Schicksale sind verwoben.«

Weil Liebesworte in einer Beziehung zwischen verantwortungsvollen Erwachsenen nicht viel kosten, sparte sie nicht mit dem Verb »lieben«, das sie mir zuliebe in Vergangenheit, Gegenwart und Zukunft konjugierte. Außerdem würzte sie es mit Gefühl. Ihre glänzenden Augen strahlten vor Aufrichtigkeit. Ich sah mich bereits zu ihren Füßen zusammensinken, mir die Hand aufs Herz legen und um Verzeihung dafür bitten, dass ich an ihren Gefühlen gezweifelt hatte. Mein Körper zitterte vor Begierde nach der Sinnlichkeit und der Wollust, die sie mir einst schenkte und die sie als erfahrene Liebestechnikerin auszeichneten.

»Ich liebe dich, Noème! Ich liebe dich! Ich liebe dich!«

Bradouate überwachte den Fortschritt der Verhandlungen. Er war so gerührt, als betrachte er ein Fernsehdrama, und musste ab und zu schwer schlucken. Selbst Polizisten sind empfänglich für sentimentale Lyrik.

»Ich liebe dich, Noème! Ich liebe dich wirklich. Aber du musst wissen, dass ich die Wahrheit noch mehr liebe. Die Wahrheit ist meine Leidenschaft, meine Stütze und der Stern, der mich durch mein Leben leitet.«

»Könntest du mir das bitte genauer erklären?«, gab sie mit einem verbitterten Zug um den Mund zurück.

»Da gibt es nichts zu erklären, Noème. Ich werde meine Aussage zu Protokoll geben, um meinen Anteil an der Suche nach der Wahrheit zu leisten. Sonst nichts. Du weißt, dass ich kein Lügner bin. Im Raritätenhandel ist die Lüge gleichbedeutend mit dem Tod des Gewerbes.«

Sie protestierte, aber so war ihr Charakter nun einmal. Bradouate schien nicht übel Lust zu haben, mir den Schädel einzuschlagen. In seinem Polizistenhirn war alles längst im Voraus geregelt. Ihm wäre jeder Trick recht gewesen, der den Muskelprotzen die Schuld in die Schuhe geschoben hätte. Das konnte ich ihm natürlich nicht übel nehmen, er praktizierte lediglich seine Philosophie der bequemsten Lösung. Und er gab sich erstaunt:

»Was soll der Quatsch? Wahrheit? Die kennen wir doch längst! Sie müssen sie lediglich bezeugen. Punkt. Haben Sie das verstanden, Monsieur Monroe?«

Nein. Ich verstand nicht. Ich wollte nicht verstehen. Ich hatte Gewalt angewendet, um Noème nach Hause zu holen. Sie hatte mir eine dicke Nuss zu knacken gegeben. Fast wäre es sogar zu Handgreiflichkeiten gekommen, oh ja.

»Sie behauptet, sie hätte die Muskelprotze gefeuert. Soll sie es doch beweisen. Gibt es irgendein Dokument?

Einen Brief vielleicht? Alles, was ich weiß, ist, dass sie in meiner Wohnung herumgeballert haben. Und bei der Verfolgungsjagd auf der Straße hatten sie den Befehl, auf mich zu schießen. Das ist die Wahrheit, Inspektor. Eine Seitenstraße hat mir das Leben gerettet, weil ich gerade noch rechtzeitig abbiegen konnte. Danke, lieber Gott!«

Noème starrte mich sprachlos an. Ihr war klar, dass ich zu allem fähig war, nicht aber, dass ich ihre Situation noch verschlimmern würde. Jetzt stand sie mit dem Rücken zur Wand und sah keinen Ausweg.

»Das wirst du mir büßen, Majésu!«

Dieser Satz brachte das Fass zum Überlaufen. Ich wandte mich an Bradouate:

»Sie droht mir, Inspektor. Ich möchte Sie bitten, dem sofort einen Riegel vorzuschieben. Auch wenn ich mich in den Dienst der Gerechtigkeit stelle, so bin ich nicht bereit, mein Leben dafür zu opfern.«

Die ausdrucksstarke Mimik des Inspektors gab mir mehr als deutlich zu verstehen, dass er mich höchstpersönlich für meine Haltung büßen lassen würde, die ihn in eine Zwickmühle brachte. Ich ließ mich nicht beirren.

»Ich liebe dich«, erklärte ich, ohne das Risiko einzugehen, mich Noème zu nähern. »Meine Leidenschaft für dich brennt noch wie am ersten Tag, aber du kannst nicht von mir erwarten, dass ich aus Liebe die Justizbehörden meines Vaterlandes täusche. Mit einem guten Anwalt holen wir dich da raus, mein Liebling. Ich kümmere mich darum. Du bist mein Leben, mein Glück und meine Zukunft.«

Ihr Wunsch, mich zu töten oder zumindest sterben zu sehen, war geradezu greifbar.

13

MAN KANN JA SAGEN, WAS MAN WILL, aber wenn das Schicksal einmal zuschlägt, dann gleich richtig. Innerhalb kürzester Zeit hatte es mich dreier mir sehr wichtiger Menschen beraubt. Noème prahlte damit, ihre Eltern verloren zu haben, wollte sich aber nicht mehr daran erinnern, dass sie ihnen den Tod gewünscht hatte. Mich jedoch degradierte dieser Umstand auf die wenig beneidenswerte Situation des Schwieger-Waisen, weil mir die Zuneigung meiner Schwiegereltern auf brutale Weise entzogen worden war. Darüber hinaus nahm mir die Wahrheit, diese harte, aber notwendige Tugend, meine geliebte Ehefrau. Ich fühlte mich einsam, unendlich einsam – selbst wenn ich an die hunderttausend Dollar dachte, die nur ein armseliger Trost für einen Mann waren, der tief im Herzen litt. Innerhalb weniger Tage hatte die Stadt für mich ihren Liebreiz eingebüßt. Selbst die Aussicht auf ein Bier lockte mich nicht mehr, nicht einmal der Tresen meiner Kneipe konnte mich verführen. Sollten die Zapfhähne ihre Träume doch für sich behalten. Ich war um tausend Jahre gealtert, was in meinem Alter ziemlich viel ist. Wie eine verlorene Seele irrte ich umher. Der Abendhimmel verfing sich in den Straßen wie in einer Falle.

Zunächst überlegte ich, mich in den Lieferwagen zu setzen und in die Nacht hinauszufahren. Doch der Schmerz gibt sich nicht mit einem derartig prosaischen

Transportmittel zufrieden. Der nächste Ölwechsel war seit zwei Jahren überfällig, die Karosserie an vielen Stellen durchgerostet. Ein Scheinwerfer zwinkerte nur noch, und es würde nicht mehr lange dauern, bis die Reifen gar kein Profil mehr besaßen.

Nachdem ich den Gedanken an den Lieferwagen verworfen hatte, steuerte ich die Bushaltestelle an, weil ich hoffte, meine Traurigkeit in der Menschenmasse ertränken zu können. In diesem Augenblick traf ich eine jener intuitiven Entscheidungen, welche die Sentenz des Unbewussten mit den Zweckmäßigkeiten der Wirklichkeit verbinden, und spürte, wie mein rechter Arm einem vorüberfahrenden, hubraumstarken Taxi winkte. Zehn Sekunden später sank ich auf eine zwar luxuriöse, jedoch nicht übertrieben gepolsterte Rückbank – ein Zeichen dafür, dass es sich um ein deutsches Fabrikat handelte.

»Zeigen Sie mir die Stadt«, sagte ich zum Chauffeur.

»Was möchten Sie denn sehen?«, wollte er wissen.

»Keine Ahnung. Ich möchte eigentlich nur ungefähr eine Stunde spazieren fahren. Am liebsten durch Viertel, wo es wenig Busverkehr gibt.«

Es war ein Augenblick der Entspannung, den ich mir gönnte. Ich musste nachdenken, aber zunächst einmal wieder zur Besinnung kommen. Die Ereignisse hatten mich ziemlich mitgenommen. Im Raritätengewerbe liegt die Latte für Fassungslosigkeit zwar einigermaßen hoch, aber auch die ist irgendwann erreicht. Um nicht zusammenzubrechen, dachte ich ständig an die hunderttausend Dollar. Eine solche Summe ist bei Anfällen von Nervenschwäche wirksamer als jedes Medikament. Die Erinnerung an die Geldscheine wirbelte durch meinen Kopf, und zwar genau zu der Stelle, an der meine Hoffnungen für die Zukunft, mein Hang zu Komfort und meine Erwartungen an Sicherheit, menschliche Schwächen, soziale Weitsicht und die Fähigkeit zur Vorausschau darauf warteten, geweckt zu werden.

Das Taxi fuhr durch die Straße, in der Madame Brahut wohnte. Es war eine Weile her, dass ich mich so nah bei meinem Geld befunden hatte, und ich muss gestehen, dass mich ein angenehmer Schauder überkam. Die Fenster der Wohnung waren hell erleuchtet. Ich zwinkerte ihnen zu und dachte an Madame Brahut, ihren Körper, ihre Formen, ihre Manieren, ihren lasterhaften Ruf und ihre Hände, die mein Geld schön warm hielten. Es war wie im Märchen.

Schließlich bat ich den Chauffeur, mich zur Villa der Parkers zu fahren. In meiner Eigenschaft als Ehemann warteten hier eine Bestimmung, Aufgaben und Verantwortung auf mich. Aus Respekt für meine eingekerkerte Gattin fühlte ich mich gehalten, den Platz auszufüllen, den sie aufgrund schicksalhafter Fügung zu verlassen gezwungen war. Die Abwesenheit der Muskelprotze erleichterte den Zugang zur Villa.

Auf mein Klingeln hin erschien das Hausmädchen. Sie hielt sich an der Tür fest, kein Wort drang über ihre Lippen. Ihr Blick sprach für sich, allerdings in einer verängstigten Sprache, von der ich nicht ein Sterbenswörtchen verstand.

»Ich bin es«, verkündete ich.

Mit diesen Worten versuchte ich, mir einen Weg zu bahnen, natürlich immer mit Rücksicht auf die in den Genfer Konventionen getroffenen Vereinbarungen.

»Ich habe Weisung, niemanden einzulassen«, sagte sie recht hastig.

»Ich bin nicht niemand …«

»Madame sagt …«

»Madame sitzt im Gefängnis und wird so schnell nicht zurückkommen. Als ihr Ehemann und nächster Angehöriger vertrete ich sie. Mit anderen Worten: Ich komme nach Hause. Wenn Ihnen an Ihrer Stellung gelegen ist, rate ich Ihnen, mir das Leben nicht schwer zu machen.«

Für ein Mädchen vom Land, wo sich nie etwas verändert, war die plötzliche Umkehrung der Situation schwer zu verstehen. Sie knirschte mit den Zähnen, presste die Lippen aufeinander und suchte nach der besten, diesem Gesichtsausdruck angepassten Haltung. Inzwischen schützte sie das Haus, indem sie ihren Körper zur Festung werden ließ. Meines Erachtens dachte sie darüber nach, zum Zwecke weiterer Informationen die Polizei anzurufen. Ich nahm ihr die Entscheidung ab.

»Falls Sie meine Angaben bezweifeln, rufen Sie doch auf der Wache an. Da komme ich übrigens gerade her. Ich habe Madame gesehen, und wenn Sie meine persönliche Meinung hören wollen, so drohen ihr mindestens zehn Jahre. Ein Mann musste ihretwegen sterben. Von Steuerschulden abgesehen, ist der Tod eines Menschen das ernsteste Vergehen in unserer Gesellschaft.«

Mit einer trotz allem von einer gewissen Ehrerbietung geprägten Entschlossenheit schob ich die kleine Bedienstete beiseite und durchquerte die Eingangshalle. Als ich das Wohnzimmer passierte, hielt ich mitten im Schritt inne, wandte mich halb um und erklärte, ich hätte Hunger und wolle sofort etwas zu essen.

»Sie werden mir am Wohnzimmertisch ein üppiges Mahl servieren, und zwar bitte mit Bier. In genau zehn Sekunden beginne ich zu warten. Vielen Dank.«

Autorität ist die beste Erfindung des Lebens, wenn

man Gehorsam wünscht. Im Raritätengewerbe braucht man sie, um die Glaubwürdigkeit einer Schwindelei zu untermauern. Ohne Autorität ist es unmöglich, die Vase von Soissons zu verkaufen. Zumindest verkauft man dann höchstens eine. Wenn die Bedingungen es erlauben, nehme ich für mich in Anspruch, pro Woche mindestens eine Vase von Soissons zu verticken. Eine Heldentat gilt nichts, wenn man sie nicht wiederholt, und ein Favorit hat Rekorde zu brechen, das ist seine Aufgabe. Im Raritätengewerbe bin ich ein Meister. Die besten Maschen, die schönsten Lügen und die verwirrende Wortgewalt eines echten Artistenkindes – sie zeichnen mich aus. Meine Kunden kaufen nicht, sie gehorchen dem Verkäufer. Nur, damit das klar ist.

Meine erste Aufgabe würde darin bestehen, das Haus genau in Augenschein zu nehmen, Inventur zu machen, Hinweise zu finden, Objekte zu bewerten und Geheimnisse und Kuriositäten auszugraben. Zum ersten Mal im Leben würde ich mich benehmen wie der Sohn einer Familie. Zumindest so ähnlich. Immerhin war ich es ja in gewisser Weise auch, wenn auch nur durch Heirat. Noème war schließlich auch in meiner Wohnung zu Hause. Wir waren sowohl dort als auch hier daheim. Für mich gab es daran nicht den geringsten Zweifel, und daher machte ich es mir bequem.

Das Hausmädchen hieß Ployette. Sie brachte mir eine Platte mit Wurst und Käse, die köstlich aussah.

»Sie haben ziemlich lange gebraucht, um ein wenig Pastete, drei Scheiben Schinken und zwei Stücke Käse auf einen Teller zu legen, Ployette. Haben Sie die Polizei angerufen?«

Um ihr Mut für ihr Geständnis zu machen, griff ich

nach ihrem Handgelenk und drückte zu. Ich wollte ihr nicht wehtun, wandte aber genug Kraft auf, dass sie die Geste als Warnung verstand.

»Treiben Sie es bitte nicht auf die Spitze, Ployette. Ich stehe auf der Seite jedes arbeitenden Menschen, aber nur unter der Bedingung, dass der arbeitende Mensch auch auf meiner Seite steht. Haben Sie die Polizei angerufen?«

Sie nickte und schluckte heftig. Schließlich gab sie zu, mit Inspektor Bradouate gesprochen zu haben, der ihr zwar die Festnahme von »Madame« bestätigt, die Behauptungen »dieses Witzbolds Monsieur Monroe« jedoch dementiert hatte.

»Es handelt sich um einen Justizirrtum«, flüsterte Ployette. »Morgen, spätestens übermorgen, wird Madame freigelassen. Sie hat sich nichts zuschulden kommen lassen.«

»Wir werden sehen. Zurzeit jedenfalls sitzt sie im Gefängnis. Sie sehen also, dass ich die Wahrheit gesagt habe. Habe ich die Wahrheit gesagt oder nicht, Ployette?«

»Sie haben die Wahrheit gesagt, Monsieur Monroe.«

»Ich lüge nämlich nie. Ich bin rein wie pures Gold, was man von Madame nicht unbedingt behaupten kann. Es liegt mir fern, ihren Ruf zu schädigen, aber Sie sollten wissen, dass sie es darauf angelegt hat, mich zu unrechten Taten zu verleiten. Sie wollte eine Falschaussage. Ganz offiziell. Oh ja! Begreifen Sie die Tragweite einer solchen Forderung? Ich kann es selbst noch nicht fassen. Und dabei habe ich in meinem Leben als Antiquitätenhändler viel gesehen, das kann ich Ihnen versichern. Aber noch nie hat sich jemand dazu verstiegen, eine Falschaussage von mir zu fordern. Noch nie.

Ich bin älter als Sie, Ployette, und ich will Ihnen wirklich keine Lektion erteilen. Aber einen guten Rat sollten Sie dennoch von mir annehmen: Es geht um die Wahrheit! Nur die Wahrheit zählt, Ployette. Immer nur die Wahrheit. Man muss im Leben geradeaus gehen. Keine Umwege. Man gewinnt dabei. Ich gewinne, und auch Sie werden fraglos dabei gewinnen. Ein Verbrechen zahlt sich nicht aus. Aber die Wahrheit ... Oh ja!«

Dass ein Arbeitgeber sein Erfolgsrezept mit seinen Untergebenen teilt, ist sehr außergewöhnlich. Aber ich hatte noch nie ausschließlich meine persönlichen Interessen im Blick. Ployette klimperte mit den Wimpern und demonstrierte mir auf diese Weise etwas plump ihre Dankbarkeit. Mit dem, was ich ihr soeben enthüllt hatte, war sie endlich in der Lage, in der Liga der ganz Großen mitzuspielen, wie man so schön sagt.

Was mich betraf, so waren in Bezug auf sie nun die besten Voraussetzungen geschaffen. Sie musste davon ausgehen, dass Noème nichts gegen mich unternehmen konnte, ohne sich selbst zu schaden, denn sie würde meine Gier nach Wahrheit nur noch weiter vorantreiben. Ohne mich als starken Mann brüsten zu wollen, konnte ich mich dennoch loben, die Situation wunderbar im Griff zu haben.

»Vielleicht müssen auch Sie als Zeugin aussagen, Ployette.«

»Ich? Aber warum denn?«

»Um der Wahrheit in all ihren Aspekten Ausdruck zu verleihen. Zum Beispiel werden Sie aussagen, dass ich mich mit Schwiegerpapa und Schwiegermama auf das Allerbeste verstand. Sie haben doch bemerkt, wie gut wir uns verstanden? Daran besteht also kein Zweifel. Richtig?«

»Ach wissen Sie, Monsieur Monroe, ich habe nicht wirklich darauf geachtet.«

»Aber Sie erinnern sich sicher, dass mein Schwiegerpapa und ich uns lange Zeit oben im Arbeitszimmer eingeschlossen hatten?«

»Ja, daran erinnere ich mich.«

»Natürlich kommt kein Sterbenswörtchen über meine Lippen, aber Ihnen kann ich es ja sagen – schließlich sind wir unter Freunden, nicht wahr? Schwiegerpapa hat mir Dinge gesagt, die mir heute noch den Atem rauben. Klar wirke ich nach außen, als Sohn des Volkes, ein wenig derb – genau wie Sie, Ployette –, aber unter meiner rauen Schale steckt ein weicher Kern. Sie wissen sicher, wozu Gefühle fähig sind.«

Ployettes plebejisches Gedankengut schien durch meine kleine Predigt ins Wanken zu geraten. Sie betrachtete mich nicht mehr mit der gleichen Vorsicht wie zu Beginn. In ihrem Blick las ich gar so etwas wie brüderliches Klassenempfinden.

»Sie und ich, wir sind aus dem gleichen Holz geschnitzt, Ployette.«

»Also wirklich, Monsieur Monroe!«, entrüstete sie sich.

»Oh doch, es stimmt! Und um Ihnen zu beweisen, dass ich es wirklich ernst meine, dürfen Sie mich ab sofort Majésu nennen, wenn wir unter uns sind.«

»Oh, Monsieur Monroe!«

»Ich bestehe darauf. Ich nenne Sie Ployette, Sie nennen mich Majésu. Indem wir unsere Bemühungen einen, verringern wir die sozialen Unterschiede, sorgen für Harmonie in dem Teil der Welt, in dem wir uns aufhalten, und brechen im Gleichschritt in eine strahlende Zukunft auf.«

Um den Worten auch Taten folgen zu lassen, lud ich sie ein, meine Brotzeit zu teilen. Selbst ihre Behauptung, bereits gegessen zu haben, und ihre Ausrede, mein Wunsch sei ihr peinlich und sie hätte das Gefühl, sich nicht an dem ihr gebührenden Platz zu befinden, konnten mich nicht von meinem Entschluss abbringen.

»Setzen Sie sich, Ployette, und essen und trinken Sie!«

Tollpatschig, wie sie war, brauchte sie geraume Zeit, um sich zu setzen, es sich einigermaßen bequem zu machen und an einer Scheibe Brot mit wenig Pastete und einem Fetzen Schinken zu knabbern. Vor Verwirrung war sie ganz rot geworden.

»Ich glaube, so etwas tut man nicht«, stammelte sie.

»Sie sind nicht dazu berufen, Ployette, sich Gedanken darum zu machen, was man tut und was nicht.«

»Trotzdem! Wir sollten es nicht auf die Spitze treiben. Wenn uns jemand sieht ...«

»Wer sollte uns denn sehen? Schwiegerpapa ist tot. Schwiegermama ist tot. Noème und ihre Muskelprotze sitzen hinter Schloss und Riegel. Und selbst wenn uns irgendjemand vom Garten aus beobachten würde – was würde er schon sehen? Einen Mann und eine Frau, die etwas essen. Ist das ein Vergehen? Was soll schlecht daran sein?«

»Also Sie ... es ist nicht das Gleiche, Monsieur Monroe.«

»Majésu bitte. Danke!«

»Sie mögen als Ehemann von Madame vielleicht das Recht dazu haben – das weiß ich nicht. Aber ich werde dafür bezahlt zu arbeiten, und nicht dafür, im Wohnzimmer herumzusitzen.«

»Sie sind eine Frau mit Prinzipien, Ployette. Ich

finde das toll. Trotzdem möchte ich Sie bitten, Ihre Bedenken zu vergessen. Ich bin in Trauer, ich habe meine Ehefrau verloren, und Einsamkeit wäre jetzt das Schlimmste für mich. Ich sehne mich nach Gesellschaft. Sie wissen, wie leicht ein enttäuschter Mensch in tiefen Depressionen versinken kann. Heute Nachmittag war ich fast so weit, meinem Leben ein Ende zu setzen. Es gab zu viel Unglück in zu kurzer Zeit. Man muss in der Geschichte weit zurückgehen, um etwas Ähnliches zu finden, Ployette.«

»Es stimmt schon, dass das Leben manchmal nicht gerade lustig ist …«

Für eine Angestellte fand sie erstaunlich leicht die treffenden Worte. Das, was sie mit eifriger Stimme feststellte, entsprach ziemlich genau den erfolgreichsten Thesen der Philosophie. Wir stießen darauf mit unserem Bier an, denn die Blüten der Rhetorik müssen begossen werden, um sich entwickeln zu können.

»Liebe Ployette, hätten Sie die Güte, mir einen unendlich großen Gefallen zu tun?«

»Tun Sie, was Sie wollen. Ich habe hier nichts zu sagen, ich bin nämlich nur die Hausangestellte.«

»Genau darauf wollte ich hinaus, Ployette. Sie sind die Hausangestellte, und ich bin Ihr Interimschef. Mir ist nicht verborgen geblieben, wie oft man Sie in Ihrer Funktion vor den Kopf gestoßen hat. Sie haben gelitten, das kann ich Ihnen an der Stirn, den Augen und den Lippen ablesen. Ich irre mich doch nicht, Ployette, nicht wahr?«

»So ist das nun einmal in diesem Beruf. Wenn man sein tägliches Brot verdienen muss, darf man nicht kleinlich sein.«

Um der Feierlichkeit meines Vorhabens Rechnung

zu tragen, erhob ich mich und forderte Ployette auf, es mir gleichzutun.

»Im Namen von Schwiegerpapa, Schwiegermama sowie im Namen meiner Gattin Noème und in meinem eigenen Namen bitte ich Sie, diese Bekundung unserer tiefsten Reue anzunehmen. Bitte verzeihen Sie uns unsere Beleidigungen, unsere Knauserigkeit, unsere Tyrannei, unseren Machtmissbrauch, unsere Arroganz, unsere Grobheit und unsere Verachtung von Untergebenen. Ich nehme Ihre Hand als Zeichen der Wiedergutmachung. Und wenn Sie einverstanden sind, bitte ich Sie, gemeinsam mit mir in eine bessere Welt aufzubrechen.«

Der Trick mit der Reuebekundung ist zwar ein alter Hut, aber wenn man ihn überraschend anwendet, funktioniert er noch immer äußerst wirksam. Es macht sich immer gut, sich wie ein Ehrenmann für frühere Lumpereien zu entschuldigen, Fehler einzugestehen, sie auf die eigene Kappe zu nehmen und sie sich verzeihen zu lassen. Ganz wie Jesus, der die Sünden der ganzen Welt auf sich genommen hat. Und weil ich schon einmal dabei war, machte es mir nicht viel aus, noch ein Stück weiter zu gehen und meine Raritätenhändlerkultur ins Spiel zu bringen.

»Liebe Ployette, dieses Schuldeingeständnis betrifft nicht nur uns – Sie und mich und die kürzlich Dahingeschiedenen –, sondern auch all diejenigen, die mir in meiner Eigenschaft als Vorgesetzter vorausgegangen sind und denen Sie in Ihrer Rolle als Bedienstete nachfolgen. Ich beziehe mich auf Napoleon und Ludwig XIV., auf den Merowingerkönig Chlodwig, den Cro-Magnon-Menschen, auf alle Monarchen, Zaren, Kaiser, Sultane und Radschahs, auf alle Neros und Sardanapals, auf alle

Despoten und ebenso auf alle Unterdrückten im dienenden Gewerbe, auf Kammerdiener und Soubretten, auf Lakaien und Domestiken, auf Haushälterinnen und Küchenmädchen. Im Gedenken an Erstere möchte ich mich entschuldigen und bitte Sie, eingedenk der anderen meine Entschuldigung zu akzeptieren. Sagen Sie: ›Ich nehme die Entschuldigung an‹.«

Sie gehörte nicht zu der Art von Mädchen, die lange fackeln, und akzeptierte meine Entschuldigung, ohne zu zögern. Dabei legte sie einen gewissen Stolz an den Tag, weil sie sich ihrer Verantwortung bewusst war.

»Ich glaube, Ployette, unser kleines Reuegeständnis verleiht uns historische Bedeutung. Von nun an wird nichts mehr so sein wie zuvor. Wir sind zu Pionieren auf dem Gebiet der Beziehung zwischen Arbeitgeber und Angestellten geworden, und Sie waren großartig, das muss ich schon sagen.«

»Also, eigentlich habe ich ja gar nichts getan ...«

»Sie haben fünfzig Generationen von Unterdrückern vergeben.«

»Diese Leute haben mir schließlich nichts getan. Die Zeiten der Könige sind lange vorbei. Ich will nicht behaupten, dass es sie nicht gegeben hat, aber es ist so lange her, dass es einem vorkommt, als wären sie nie da gewesen.«

»Umso verdienstvoller ist es von Ihnen, dass Sie ihnen trotzdem vergeben haben.«

Wir stießen mit unserem Bier zunächst auf die Gesundheit der Arbeitgeber und dann auf die der Bediensteten an, anschließend auf mein Wohl und dann auf das Wohl von Ployette. Während sie zu guter Letzt den Tisch abräumte, machte ich es mir vor dem Fernseher gemütlich.

14

Ich möchte nicht behaupten, dass ich mich in der Villa der Parkers ganz und gar zu Hause fühlte und dass ich der Meinung gewesen wäre, vollkommen zu Recht frei über Wände, Möbel und Papiere verfügen zu dürfen. Allerdings konnte ich mich, während ich die weitere Entwicklung der Dinge abwartete, als Herr der Situation und demzufolge auch – wenn auch nur durch Heirat – als Herr des Hauses betrachten, zumindest vorläufig und vertretungsweise, und auf diese Art meiner verhinderten Gattin einen Dienst erweisen.

Zweifellos hatten sich Noèmes Anwälte längst auf dem Revier eingefunden. Innerhalb von drei Tagen wäre sie frei, und das war noch optimistisch gerechnet.

Aus diesem Grund verlor ich keine Zeit. Im Handel mit Raritäten lernt man, genau hinzuschauen und Dinge zu entdecken, die sich hinter anderen Dingen verbergen. Man weiß, wie man Wandverkleidungen, Holzvertäfelungen und Kaminabzüge abzuklopfen hat, man weiß, wie man Böden untersucht, und man poltert niemals einfach so gegen Treppenstufen. Ich begann meine Erkundigungen auf dem Speicher. Mit Erinnerungsstücken vollgestopfte Koffer enthalten nicht selten Familiengeheimnisse, kompromittierende Fotos und andere Dinge, die dem guten Ruf abträglich sind.

Ich suchte in der Tat nach nichts Bestimmtem, sondern hoffte lediglich, das Glück möge mir hold sein.

Es hätte mir zum Beispiel nichts ausgemacht, ein paar Geldbündel, Goldbarren oder Münzen zu finden, selbst wenn es sich um Schwarzgeld handelte. Schwarzgeld besitzt nämlich einen ganz eigenen Wert. Wenn man es nicht selbst unterschlagen hat, gibt man es vermutlich mit dem Gefühl aus, Recht und Ordnung etwas Gutes zu tun und die Justiz dadurch zu unterstützen, dass man den Hehler auf kostspielige Weise bestraft und dadurch sowohl der einen als auch der anderen Seite Hilfe zuteilwerden lässt. Allerdings gehörte mein verblichener Schwiegerpapa nicht zu der Art von Menschen, die Dokumente auf einem Speicher verstecken. Für solch tölpelhafte Praktiken war er viel zu modern. Trotzdem untersuchte ich zur Beruhigung meines Gewissens alle Ecken und Schlupfwinkel – allerdings ohne großen Erfolg, wie ich gestehen muss.

Tief bewegt von meiner Reuebekundung willigte Ployette ein, mich über die Gewohnheiten von Schwiegerpapa und Schwiegermama zu informieren. Ihr zufolge hatte Schwiegerpapa seine Mitarbeiter und Teilhaber in seinem Büro empfangen, wo er ohnehin die meiste Zeit verbrachte. In einem anderen Teil des Hauses hatte sie ihn nie gesehen. Wenn es also einen Safe gab, musste der sich im Büro befinden.

»Ployette«, sagte ich, der ich immer gleichzeitig mehr als eine Idee verfolge, »wünschen Sie ernsthaft, dass Noème zurückkehrt? Ich meine, als Ihre Chefin …«

»Nun ja, sie ist kein einfacher Mensch.«

»Natürlich liegt es mir fern, mich besonderer Vorzüge zu rühmen, aber ich glaube, ich wäre ein deutlich sozialer eingestellter Vorgesetzter als dieses verzogene Mädchen mit seinen grausamen, ja manchmal geradezu teuflischen Charakterzügen, dessen Alkoholkonsum zu unvorhersehbaren Reaktionen führen kann. Dabei spreche ich nicht einmal von ihrer Arroganz gegenüber dem Personal. Ich bin sicher, Sie haben Angst vor ihr – oder irre ich mich etwa?«

Allein die Erwähnung von Noèmes Namen schien Ployette zu erschrecken. Sie starrte mich mit ihren blauen Proletarieraugen an, und ich bekam Mitleid. Ich sprach von Lohnerhöhung, Verbesserung der Arbeitsbedingungen, mehr Freizeit und Ausbau des Personalbestandes. Von Reformsozialismus eben.

Mein Plan stand noch nicht in allen Einzelheiten fest, aber ich spürte, dass eine gut durchdachte Zeugenaussage von einer Hausangestellten zu meinem Erfolg beitragen könnte. Und Ployette würde ebenfalls gewinnen, wenn sie per Eid schwor, dass ihre junge Vorgesetzte mir gegenüber Todesdrohungen ausgestoßen und ihren Muskelmännern befohlen hatte, mich abzuknallen wie ein Karnickel. Inzwischen wusste schließlich längst die halbe Stadt, dass sie vorhatte, sich meiner zu entledigen – natürlich durch das legale Mittel der Scheidung. Unter bestimmten Umständen jedoch ist eine Scheidung lediglich der Beginn eines Verbrechens gegen die Liebe. Ich war ein liebender Gatte, beseligt von Zärtlichkeit und voll der Hingabe an eine Leidenschaft, die ausschließlich meiner Frau galt. Dies aber konnte nur bedeuten, dass ich unter dem Liebesentzug dieser Frau sehr litt. Die Situation machte mich verrückt und quälte mich – der übliche Pathos eben. Ployettes Äußerungen würden mich diesbezüglich taktisch unterstützen.

»Was genau wollen Sie eigentlich?«, fragte sie verunsichert.

»Meine Absicht steht noch nicht bis ins Detail fest,

Ployette. Noch habe ich mich nicht festgelegt, aber ich will Ihnen nicht verhehlen, dass meine oberste Priorität darin besteht, die Beziehung zwischen Vorgesetzten und Beschäftigten zu reformieren. Natürlich muss sich auch der Arbeitnehmer entsprechend einbringen, sonst ist eine Veränderung nicht möglich. Wenn Sie mir vertrauen, liebe Ployette, findet der große Abend morgen Vormittag statt.«

Meine Formulierung sollte ganz bewusst mit Worten und Tageszeiten spielen und so genau das ausdrücken, was ich sagen wollte. Die wichtigste Aufgabe der Gegenwart ist es, die Zukunft vorzubereiten. Und ich bereitete Ployette sehr sorgfältig vor.

»Ich zähle auf Sie, Ployette.«

Früher oder später würde sie glauben, meine Verbündete zu sein. Tatsächlich aber machte ich sie zu meiner Komplizin. Ich ging ausgesprochen clever vor.

Das Büro war bereits von Noème durchsucht worden, die dabei allerdings offenbar von Gier und Habsucht getrieben vorgegangen war. Sie hatte ohne Methode herumgewühlt und Hefte und Register durchstöbert, ohne auf deren Rücken und Einbände zu achten. Sie hatte auch in Schubladen und Schränken herumgekramt, ohne zu bedenken, dass sie doppelte Böden, bewegliche Seitenwände oder Geheimfächer haben könnten. Sie war überhastet vorgegangen und hatte viele Papiere und offene Aktenordner auf dem Boden liegen lassen, als wäre sie in großer Eile gewesen. Das Rechnungsbuch lag auf einem Stuhl. Es enthielt die offiziellen Abrechnungen und war daher uninteressant. Trotzdem sah ich es kurz durch und stieß auf die Zeile »Hochzeitsliste: hunderttausend Dollar«, die mein Herz erwärmte. Ich widmete Madame Brahut einen kurzen Gedanken – meiner Hehlerin, wenn wir die Dinge ehrlich beim Namen nennen wollen.

In einem besonders ausgeklügelten Versteck fand ich fünf Bündel zu je hunderttausend Dollar, also den Wert von fünf Mitgiften. Schwarzgeld. Mit Sicherheit. Ein Hochgenuss. Ein Wunder. Eine halbe Million Dollar. Fast fehlten mir die Worte. Ich war wirklich aufgewühlt. Ohne das geringste Schuldgefühl packte ich den Schatz in einen einfachen Karton aus Wellpappe, weil – da ist das Gesetz eindeutig – der Tatbestand des Diebstahls zwischen Eheleuten nicht existiert. Ich umhüllte das wertvolle Päckchen mit drei Lagen Packpapier, verstärkte Kanten und Ecken mit Klebeband und schrieb Madame Brahuts Adresse darauf.

Die Sonne war längst aufgegangen. Ployette rumorte in der Küche. Ich rief sie und trug ihr auf, das Päckchen als Einschreiben zu schicken. Nachdem sie mich eingehend gemustert hatte, erklärte sie, ich sähe aus wie ein Mann, der Glück im Leben gehabt hat. Es stimmt, dass es mir sehr schwerfiel, meine Zufriedenheit zu verbergen.

»Eines muss ich Ihnen sagen, Ployette: Wer sich im Leben Mühe gibt, wird letztlich immer dafür belohnt.«

Sie sah mich an, als hielte sie mich für einen Idealisten, und zuckte die Schultern. In ihrem Beruf weiß man immer, woran man ist, denn auf die Mühe folgt die erwartete Entlohnung. Aber ich beharrte auf meinem Standpunkt.

»Man muss nur daran glauben, Ployette. Man muss nur daran glauben. Das Glück vergisst niemanden. Ich möchte weder schwülstig noch belehrend klingen, aber ich weiß, dass Sie, wenn Sie die Augen zu mir erheben, das Antlitz des Glücks entdecken – der Chance Ihres Lebens, Ployette. Lassen Sie sie nicht vorüberziehen.«

Ob sie an meinen Worten zweifelte? Gut möglich. Ein kurzer Argwohn trübte ihren Blick wie der Schatten eines Vogelflügels (ich verwende diesen Ausdruck, weil er sehr schön ist).

»Kann Ihr Paket vielleicht noch zwanzig Minuten warten? Dann könnte ich nämlich schnell das Weißbrot für Ihr Frühstück toasten.«

»Das erledige ich schon selbst«, erklärte ich hoheitsvoll.

Mit diesen Worten schob ich sie in den Flur und klatschte in die Hände, als triebe ich eine Gänseherde vor mir her:

»Los, los, los, los!«

Mein Gefühl hatte mich nicht getrogen. Ployette war kaum fünf Minuten fort, als ein Wagen in den Park einbog und vor dem Eingang anhielt. Noème stieg aus. Sie wurde von zwei Männern eskortiert, die sich als ihre Anwälte vorstellten und früher die Anwälte ihrer Eltern gewesen waren. Sie schien nicht gerade bester Laune zu sein. In kürzerer Zeit, als es sich literarisch einigermaßen ausdrücken lässt, stürzte sie sich wutschnaubend und beißwütig und mit geballten Fäusten auf mich.

»Liebling, wie schön, dass man dich freigelassen hat!«, rief ich, um das Gesicht zu wahren.

»Was machst du in diesem Haus?«, explodierte sie. »Du hast hier nichts zu suchen! Das ist Hausfriedensbruch.«

»Ich habe deine Interessen gewahrt und mich um deine Angelegenheiten gekümmert. Hätte ich gewusst, dass Inspektor Bradouate deine Unschuld so schnell beweisen würde, hätte ich diese Vorkehrungen selbstverständlich nicht getroffen. Da offenkundig jedoch Handlungsbedarf bestand, folgte ich meinem Gewissen.«

»Schnauze!«

Ihre Reaktion kam mir bekannt vor, aber immerhin waren wir verheiratet und gehörten einander in guten und in – wie derzeit – schlechten Tagen. Einer der Anwälte berührte ihren Arm, als wolle er sie zu mehr Zurückhaltung mahnen. Mit einer genervten Bewegung schüttelte Noème ihn ab.

»Und jetzt verschwinde!«, forderte sie mich auf. »Ich will dich nie wieder sehen.«

Nicht mit mir! Spricht man so mit einem liebevollen Ehemann, der sich nichts hat zuschulden kommen lassen? Ich mahnte sie zur Ruhe und schlug ihr ein Gespräch vor, eine gute, eheliche Diskussion. Und dann legte ich meine Karten auf den Tisch, und zwar mit einer zynischen Spitze, welche die beiden Anwälte erstarren ließ:

»Noème, meine Liebste, du hast das alles hier geerbt. Ich bin dein Ehemann. Und ich bin der Meinung, dass mir rechtmäßig ein Teil dieses Erbes zusteht.«

»Du hast mir bereits hunderttausend Dollar gestohlen!«

»Ich schwöre bei allem, was mir lieb und teuer ist, dass ich nicht einmal weiß, wovon du sprichst.«

»Du wirst sie zurückbringen. Wenn nicht freiwillig, dann gezwungenermaßen.«

»Wechsele bitte nicht das Thema, Noème. Ich bin wegen des Erbes hier.«

Natürlich war mir das Erbe ziemlich egal. In Kürze würden mich bei Madame Brahut sechshunderttausend Dollar erwarten, ich konnte es also ruhig angehen lassen. Trotzdem legte ich Wert darauf, Noème hinters Licht zu führen und den Habgierigen zu spielen. In der Rolle des Hundes, der seinen Knochen verteidigt, kann ich sehr überzeugend sein.

»Keinen Heller! Keinen Heller!«, brüllte Noème.

Meiner Meinung nach grenzte ihr Auftreten an Hysterie. Zornig spie sie mir tödliche Beleidigungen und Vorwürfe entgegen. Sie beschuldigte mich, ihre schlechte psychische Verfassung ausgenutzt zu haben, um sie um den Finger zu wickeln und sie ihren geliebten Eltern zu entfremden. Ich glaubte zu träumen. Vorsichtshalber mimte ich einen Schwächeanfall, griff an meinen Brustkorb, verdrehte die Augen und sabberte. Es muss wirklich beeindruckend ausgesehen haben, ganz so, als hätte mein letztes Stündlein geschlagen. Aber selbst wenn ich in diesem Augenblick tatsächlich gestorben wäre, wäre es mir vermutlich kaum gelungen, diesen Block aus Egoismus zu berühren, in den sich Noème gerade verwandelt hatte. Sie hätte nicht einmal ein Wort des Mitgefühls gefunden, was ja nun das Mindeste wäre, wenn man gerade dem Drama eines Sterbenden beiwohnt.

Während ich im übertragenen Sinn kurz vor dem Exitus stand, las ich in ihrem Blick eine wutentbrannte Zurechtweisung. Ich stöhnte noch ein wenig über das Erbe, meinen Anteil daran und dass man doch alles in aller Freundschaft und in gegenseitigem Vertrauen besprechen könne. Tief im Innern aber schämte ich mich. Meine Falschheit stieß mich ab. Für einen Antiquitätenhändler allerdings ist die Lüge ein legitimes Mittel der Notwehr. Würde er immer nur die Wahrheit sagen, würde er nie auch nur einen Cent verdienen. Nur wer handelt, erzielt Profit. Schließlich will man ja leben.

Ohne Rücksicht auf meinen Zustand verhandelte Noème kurz mit ihren Anwälten. Gemeinsam suchten sie nach einer Möglichkeit, mir den größtmöglichen Ärger zu bescheren.

»Ich will, dass er vor mir im Staub kriecht«, erklärte Noème und bewies damit ihren Mangel an logischem Denkvermögen.

»Nichts leichter als das!«, sagten die Anwälte.

»Ich will eine Entschädigung samt Zinsen. Er soll alles verlieren! Bankrottgehen! Er soll in Schande versinken!«

»Kein Problem«, versprachen ihre Ratgeber, reckten ihre Hälse und bleckten die Zähne.

Falls sie mich damit beeindrucken wollten, so gelang es ihnen. Ich schluckte meinen Speichel so umständlich, als hätte ich eine Tasse kochenden Öls getrunken. Einer der Anwälte trat einen Schritt auf mich zu. Seine Hand steckte in seiner Westentasche. Er gebärdete sich wie ein Zivilist, der nicht verbergen will, dass er eine Waffe versteckt. Im Kopf vollführte ich die einzige Addition, die es wert war, dass man dafür seine grauen Zellen anstrengte: Hunderttausend Dollar plus fünfhunderttausend Dollar sind sechshunderttausend Dollar. Für diesen Betrag würde ich mir auch von den Bluthunden meiner Frau die Schnauze polieren lassen.

»Schon gut, ich habe verstanden«, seufzte ich. »Wenn es keine Möglichkeit gibt, darüber zu reden, gehe ich eben. Aber ich warne dich, Noème: Ich schicke dir meine Anwälte. Und zwar die Koryphäen der Anwaltskammer, nicht solche Provinzpinguine. Ich kenne einige von ihnen und verstehe mich seit der Dreyfusaffäre auf das Allerbeste mit ihnen.«

Würdevoll und ohne unnötige Boshaftigkeit drehte

ich mich majestätisch wie ein sehr wohlhabender Mann um und ging zur Tür. Es war der einzige Ausgang.

»Ich kriege dich schon noch klein«, schrie Noème hinter mir her. »Ich lasse dich bis zum letzten Tropfen ausbluten.«

In dem Augenblick, als ich die Tür zur großen Freiheit öffnete, verdarb Inspektor Bradouate das schöne Bild. Er stand auf der Vortreppe, und seine Hand schwebte irgendwo zwischen seiner Schläfe und dem Klingelknopf.

»Welch außergewöhnliche Überraschung!«, rief er. »Monsieur Monroe! Sie hier! Ich dachte gerade eben, dass ich Sie gern noch einmal sprechen würde. Es geht um unseren Fall, wissen Sie, und um eine Person, die Ihnen sehr ans Herz gewachsen ist ...«

Der perfekte Heuchler.

»Kommen Sie wegen der Bezahlung?«, fragte ich unhöflich.

»Bezahlung? Wie meinen Sie das, Monsieur Monroe?«

»Ich hoffe, Noème hat Ihnen wenigstens ein ordentliches Sümmchen angeboten. Ich wüsste nur allzu gern, wie viel Ihre Polizistentugend der Dame wert ist.«

»Sie tun mir weh, Monsieur Monroe. Ich bin nicht käuflich.«

»Falls es Sie interessiert, Inspektor: Ich kenne eine Person, vor der Noème nicht hinter dem Berg gehalten hat, wie wenig sie sich um mein Leben schert. Werden Sie diese Person möglichst bald vernehmen?«

»Ist das denn überhaupt noch nötig, Monsieur Monroe? Mademoiselle Parker wurde vollständig entlastet. Sie ist nicht für den unglücklichen Alleingang eines ihrer Leibwächter verantwortlich. Im Übrigen handelt es sich um einen Unfall. Einen versehentlichen Schuss. Einen Querschläger, der bedauerlicherweise Unheil angerichtet hat.«

Nun, Noème hatte mir ohne ihr Wissen zu Wohlstand verholfen, und jetzt, wo der Schatz in Sicherheit war, interessierte mich das Schicksal meiner Frau allenfalls noch aus Prinzip.

»Wenn Sie übrigens die hunderttausend Dollar zurückzahlen, Monsieur Monroe, würde die Polizei vermutlich Nachsicht walten lassen.«

»Ich nehme an, dass einer von Noèmes Armen das Geld eingesteckt hat. Eine andere Erklärung fällt mir nicht ein. Hätte ich das Geld gefunden, hätte ich es nur allzu gern mit Ihnen geteilt – allein um des Vergnügens willen, einen Staatsbeamten zu korrumpieren.«

»Ich weiß, dass Sie die Dollars versteckt haben, und ich werde sie finden, Monsieur Monroe. Ich werde Ihnen keine Zeit geben, sich damit zu amüsieren. Die Polizei wird Sie keine Minute aus den Augen lassen.«

»Sie haben wirklich eine lebhafte Fantasie, Inspektor. Unglaublich! Sie hätten Romane schreiben sollen.«

»Machen Sie sich nur lustig ...«

Trotz allem verabschiedeten wir uns wie höfliche Menschen voneinander. Als fairer Spieler reichte er mir sogar die Hand. Ich nahm sie und schüttelte sie herzlich und ohne jede Scheinheiligkeit. Zumindest sah es so aus. Dann aber empfahl er mir erneut, auf der Hut zu sein. Ich bedankte mich für den Ratschlag, ohne auch nur eine Sekunde daran zu zweifeln, dass es sich dabei um eine Warnung handelte.

Während ich auf den Bus wartete, versuchte ich, mir eine Strategie zu überlegen, aber die Freude über den Glücksgriff verwirrte meine Ideen. Sobald ich versuchte, meine Situation zu analysieren, verwandelten sich meine Gedanken in Jubel, und meine Neuronen hüpften vor Freude. Ich überlegte, ins Exil zu gehen. Vor meinem inneren Auge erschienen Kokospalmen, blauer Himmel, warmes Meereswasser und eine sanfte Brise. Frauen tanzten um meine Hütte und streuten Blüten in meinen Schlummer.

»Jetzt ist nicht der richtige Moment, um von einem besseren Leben zu träumen …«, ermahnte ich mich.

Also kehrte ich in die Realität zurück, was mich sehr anstrengte und intellektuell ermüdete. Ich ließ mir alles durch den Kopf gehen, was ich noch zu tun hatte, ehe ich mich in die Zauberwelt der Reichen davonstehlen konnte.

Zunächst wäre es vermutlich das Beste, nichts an meinem derzeitigen Leben zu ändern. Der Antiquitätenhandel bot eine hervorragende Deckung. Nach einem arbeitsamen Leben würde ich mir das Vergnügen leisten, so zu tun, als geriete ich geschäftlich in Schwierigkeiten. Wenn man über ein ausreichendes Polster verfügt, macht es Spaß, zeitweise wie ein ganz armer Schlucker zu leben. Ich würde also weiterhin Märkte bereisen, um kleine Summen feilschen und am Tresen mein Bier trinken, wie ich es schon immer getan hatte. In einer oder zwei Wochen wäre es noch immer früh genug, Kontakt zu Madame Brahut aufzunehmen.

Als ich zu Hause ankam, glaubte ich, im Treppenhaus der bulgarischen Homosexuellen einen Polizisten zu erkennen, der dort Wache stand. Aus einem unerfindlichen Grund fiel mir bei diesem Anblick ein, dass ich mir von Ployette noch den Einlieferungsbeleg für das Päckchen aushändigen lassen musste. Bradouate war mit Sicherheit noch in der Nacht hier gewesen und hatte meine Wohnung durchsucht. Dabei musste er mit der Axt gewütet haben, denn sämtliche Wertobjekte lagen in Scherben, und die Wände waren zertrümmert. Der Inhalt aller Schränke lag verstreut herum. Regale waren umgekippt und lagen auf Bergen von Objekten, die samt und sonders nicht mehr zu gebrauchen waren. Aber der Inspektor hatte sich ganz umsonst geplagt. Ich gestattete mir ein böses Lachen.

15

Ich will nicht überheblich klingen, aber ich kann durchaus von mir behaupten, kein Mensch zu sein, der aus Leichtsinn Fehler begeht. Außerdem fühlte ich mich stärker überwacht, als es in Wahrheit der Fall war, was mir dabei half, stets äußerst wachsam zu sein. Überall sah ich Bradouates Polizisten, sie vermehrten sich auf geradezu teuflische Weise. Sie lösten sich aus ihrem jeweiligen Bataillon, um als Spaziergänger durch die Straßen zu schlendern oder als Kunden Einkäufe zu erledigen. Wenn ich mich durch die Stadt bewegte, rempelten sie mich mit der Schulter an, traten mir auf die Füße oder blickten mir prüfend in die Augen. Eines Abends wollte ich Madame Brahut anrufen, konnte mich aber des Eindrucks nicht erwehren, dass mein Telefon abgehört wurde, und legte sofort wieder auf. Als ich nachts im Bett lag, entdeckte ich an der Zimmerdecke unbewegliche Schatten, wie Wachposten. Im Halbschlaf spielte ich allerlei Möglichkeiten durch, mich Ployette zu nähern, damit sie mir endlich den Einlieferungsbeleg für das Päckchen gab.

Aber mit den Überlegungen kamen auch die Ängste. Ich sah Noème vor mir, wie sie ihre Angestellte durchsuchte und dabei auf den Zettel stieß, der Bradouate und seine Bluthunde direkt auf Madame Brahuts Fährte führen würde. Ich schwankte zwischen den unterschiedlichsten Hypothesen. Auf eine Art war eine Scheidung durchaus akzeptabel. Noème würde ohnehin recht bekommen. Man konnte unsere Ehe als zerrüttet ansehen. Schon jetzt war ich mir nicht mehr sicher, ob ich mich überhaupt noch im Liebestaumel befand. Offiziell natürlich schon, um dem Bild des unglücklich leidenden Liebenden gerecht zu werden, das in unserer Zeit gefühlsmäßiger Unmoral immer äußerst befriedigend wirkt. Aber tief in meinem Innern fand ich nichts mehr davon. Die Dollars hatten jegliche Zärtlichkeit vernichtet, die ich dieser geizigen Kreatur einmal hatte schenken wollen.

Trotz alledem kamen mir die Tage endlos lang vor. Ich hatte keine Lust, Geschäfte zu machen. Ich saß auf meinem Campingstuhl und wartete auf Kundschaft, ohne auf sie zu hoffen. Um mich beim Schicksal zu bedanken, verkaufte ich die meisten meiner mythischen Waren, wie beispielsweise die aus dem Oberschenkelknochen eines prähistorischen Pottwals geschnitzte Pfeife, den Knochensporn aus der Wirbelsäule von Kaiser Franz-Joseph oder das in eine Flasche Calvados eingelegte Ohr des Königsmörders Ravaillac. Ich war zerstreut, feilschte nur halbherzig und war mit den Gedanken weit weg – keine Ahnung, wo.

Bradouate tat sich in Bezug auf mich keinerlei Zwang an. Er neckte mich wegen der Ware, die ich zum Kauf anbot, äußerte sich übertrieben begeistert über den historischen Wert eines Kammes oder eines Waffeleisens.

»Ich wüsste genau, was ich machen würde, wenn ich hunderttausend Dollar in der Hinterhand hätte«, stichelte er.

Ich tat, als höre ich ihn nicht. Eines Tages, als er gerade zum zehnten Mal auf der Frage nach den hunderttausend Dollar herumritt, kam Madame Brahut um die Ecke. Sie zog einen prall mit Obst und Gemüse gefüllten Einkaufstrolley hinter sich her. Ich schob den Schirm meiner Kappe tiefer ins Gesicht. Dies war gewiss nicht der richtige Augenblick, die Dame anzusprechen, denn Bradouate war schlau genug zu erahnen, dass zwischen uns etwas lief. Und er würde wissen wollen, was es war.

»Sehen Sie nur, wer da auf uns zu kommt, Monsieur Monroe. Ich bin sicher, Sie kennen die Dame.«

Falls er mich verunsichern wollte, war er auf dem richtigen Weg. Zur Sicherheit tauchte ich zwischen zwei Kartons ab, von der Kappe bis zu den Schultern. Madame Brahut näherte sich dem Stand, ich konnte jeden einzelnen ihrer Schritte auf dem Bürgersteig hören.

Wäre der Inspektor nicht anwesend gewesen, hätte ich mir gestattet, nach meinen hunderttausend Dollar und dem Paket zu fragen, das ich ihr per Post zugesandt hatte, aber unter den gegebenen Umständen zog ich es vor, sie vorbeiziehen zu lassen. Mit Bradouate auf der Lauer konnte uns ein einziger Blick verraten. Die Parole lautete: Misstrauen.

»Guten Tag, Madame Brahut«, säuselte der Inspektor.

Madame Brahut passierte, ohne den Inspektor zu grüßen, tauchte in den Trubel des Marktes ein und wandte sich den Ständen mit Damenwäsche zu.

»Das war Madame Brahut«, gluckste der Inspektor. »Für ihr Alter sieht sie noch ganz knackig aus, und bei ihrer Vernehmung hat sich herausgestellt, dass sie nicht ganz unerfahren ist. Interessiert Sie das etwa nicht, Monsieur Monroe?«

Mit einer übertrieben heftigen Bewegung schob ich meine Schirmkappe zurück über die Stirn und seufzte vernehmlich, um ihm zu verdeutlichen, wie genervt ich war.

»Missverstehen Sie mich nicht, Monsieur Monroe. Vor mir müssen Sie nicht den Unschuldsengel spielen. Madame Brahut ist auf mehreren der von Ihnen aufgenommenen Fotos zu sehen. Zum Beispiel beim Verlassen der Polizeiwache oder auf den Stufen zum Gerichtsgebäude, in Begleitung der Anwälte ihres Mannes. Tun Sie also nicht so, als wüssten Sie nicht, wovon ich spreche. Sie kennen diese Frau zumindest vom Sehen. Zumindest!«

Was wollte er mit diesem »zumindest« andeuten? Ich vertrete den Standpunkt, Herr über mein Schicksal zu sein, und zwar der einzige. Damit kann ich mir aber auch als Einziger ein Urteil über die Beziehungen erlauben, die ich zu meinen Zeitgenossen unterhalte.

»Das *zumindest* ist zu viel, Inspektor«, berichtigte ich ihn, »um das ein für alle Mal klarzustellen. Ich habe nichts zu verbergen und Ihnen bereits alles gesagt, was ich über diese Sache weiß. Wenn Madame Brahut auf den Fotos zu sehen ist, dann nur, weil sie die Ehefrau des Mörders von Monsieur Dourdine ist.«

»Vielleicht ist Ihnen entgangen, dass die neuesten Ermittlungsergebnisse Monsieur Brahut entlasten, Monsieur Monroe. Ich möchte Ihnen keineswegs zu nahe treten, aber meine innere Überzeugung sagt mir, dass Sie etwas mit Monsieur Dourdines Tod zu tun haben könnten.«

»Ich habe Ihnen bereits alles erklärt und bin nicht bereit, mich zu wiederholen, Inspektor. Sie stehlen meine Zeit.«

Er versuchte, mich einzuschüchtern. Ich ahnte, dass er mit Noème unter einer Decke steckte. Und nicht nur mit ihr. Allmählich begann ich mich zu fragen, ob es nicht sinnvoller wäre, mit ihm über meine Zukunft zu verhandeln. Mir kamen nämlich allmählich Zweifel. Die Anzahl meiner grauen Zellen schien sich mit jeder Minute zu verringern.

»Legen Sie endlich die Karten auf den Tisch, Inspektor. Reden Sie Klartext. Hier gibt es keine Zeugen, wir können also unter vier Augen sprechen. Was genau wollen Sie von mir?«

»Gar nichts. Ich will gar nichts. Die Initiative muss von Ihnen ausgehen, Monsieur Monroe. Ich bin nur ein armer kleiner Beamter, weder sonderlich intelligent noch besonders reich. Aber es geht mir gut, weil ich es nicht für nötig halte, auf großem Fuß zu leben. Natürlich hätte ich nichts dagegen, meine Lage zu verbessern. Ein Zubrot wäre mir durchaus willkommen, aber leider sind Wohltäter für Polizisten heutzutage dünn gesät. Auf diesem Gebiet sollte jeder gemäß seinen Mitteln verfahren, nicht wahr? Wer viel hat, gibt viel, und wer weniger betucht ist, gibt weniger. Aber ich dränge Sie nicht. Sie müssten mich allmählich kennen, Monsieur Monroe, und wissen, dass ich ein Ehrenmann bin.«

»Sie waren kein Ehrenmann an dem Tag, als Sie meine Wohnung kurz und klein geschlagen haben. Was haben Sie dort gesucht?«

»Die Wahrheit, Monsieur Monroe. Ich habe nach der Wahrheit gesucht.«

»Dann können Sie ja zufrieden sein, denn Sie haben sie gefunden.«

»Ich habe überhaupt nichts gefunden, Monsieur Monroe.«

»Sie haben nichts gefunden, weil es nichts zu finden gab – das ist die Wahrheit.«

Ich dachte vor allem an meine Ruhe. Schließlich ist sie ein Gut, das durchaus hunderttausend Dollar wert ist, vor allem, wenn man die fünffache Summe besitzt, die irgendwo in der Stadt in einem Päckchen auf einen wartet. Ich liebäugelte in der Tat mit einer großzügigen Geste zugunsten des Inspektors. Irgendwie findet man doch immer Typen sympathisch, die ebenso verdorben sind wie man selbst. Was auf Bradouate unter seinem rührseligen Gehabe durch und durch zutraf. Trotzdem war er es, der Farbe bekennen musste. Nicht ich.

»Wissen Sie, Inspektor, Sie dürfen um alles bitten. Was immer Sie wollen. Ich kenne Ihre Bedürfnisse nicht und bin daher verunsichert. Ich zögere. Dabei würde ich Ihnen nur allzu gern einen Gefallen tun.«

Er musterte mich mit einem merkwürdigen Blick, als wäre er verwundert. Er sah aus, als wolle er mich eines Korruptionsversuchs ihm gegenüber beschuldigen. Er wirkte empört, als hätten ihm meine Worte den Atem verschlagen, doch er protestierte mit keinem Wort.

»Ich will Ihnen lediglich zu verstehen geben, dass ich Ihnen vielleicht dabei helfen kann, das Hochzeitsgeschenk von Schwiegerpapa wiederzufinden, Inspektor. Meines Erachtens haben Noèmes Arme es an sich gerissen. Aber das ist nur eine Vermutung; ich will damit niemanden beschuldigen. Es könnte durchaus sein, dass Sie auf die fragliche Summe stoßen würden, wenn Sie sich bei diesen Leuten einmal umsähen. Wahrscheinlich haben sie es unter einem Gullydeckel oder in einem Mauerloch versteckt. Wenn Sie wollen, kann ich mich einmal umhören.«

Angeekelt verzog er das Gesicht, nickte dann aber zustimmend.

»Gullydeckel gibt es eine ganze Menge in dieser

Stadt«, seufzte er bedrückt. »Der Polizei fehlt es an Personal, daher könnte die Suche sehr viel Zeit in Anspruch nehmen. Und an die Mauerlöcher darf ich gar nicht erst denken. Davon gibt es auch einige!«

»Wenn Sie möchten, erkundige ich mich mal, Inspektor. Innerhalb von zwei bis drei Tagen dürfte ich mehr wissen.«

»Ideal wäre, die genaue Lage dieses verdammten Gullydeckels zu erfahren. Die Armen sind nämlich ziemlich durchtrieben, vor allem die aus dem Umfeld von Mademoiselle Parker. Sie haben eine gute Schule durchlaufen.«

»Ich kann Ihnen nichts versprechen, Inspektor, aber ich werde alles in meiner Macht Stehende tun, um die genaue Lage des Verstecks herauszufinden. Sie müssen sich dann nur noch bücken.«

Er schwieg, aber seine Augen glänzten. Mir kam der Gedanke, dass mir die Umstände eventuell gestatteten, ihm nur einen Teil des Geldes zu überlassen.

»Sie sollten sich darüber im Klaren sein, Inspektor, dass Sie wahrscheinlich nicht mehr die komplette Summe auffinden werden. Die Armen werden sich mit dem Geld ein schönes Leben gemacht haben. Diese Leute sind sich des Wertes gewisser Dinge nicht bewusst und neigen aufgrund ihrer mangelhaften Erziehung zur Verschwendung. Sie wissen ja, wie das ist – wenn man das Geld erst einmal in den Fingern hat, geht es schnell, sehr schnell.«

Bradouate blickte ausgesprochen deprimiert drein, runzelte die Stirn und rümpfte die Nase, während er von einem Fuß auf den anderen trat.

»Die menschliche Natur ist mir durchaus vertraut, Monsieur Monroe, und sie enttäuscht mich immer wieder. Ich wäre ausgesprochen deprimiert, wenn die Summe nicht meinen Erwartungen entspräche.«

Er war eben durch und durch Polizist: Er wollte alles. Er legte es darauf an, mir nicht einmal einen gewissen Prozentsatz zu überlassen, keinen Schein, kein Trinkgeld, nicht einmal den Preis für meinen guten Willen. Trotzdem opferte ich mich.

»Die Vollständigkeit der Summe hängt nicht von mir ab«, verteidigte ich mich zwar noch, aber schon weniger nachdrücklich. »Die Armen haben keinen Sinn für Sparsamkeit. Genau aus diesem Grund sind sie ja arm.«

»Es gibt solche und solche Arme, mein sehr verehrter Monsieur Monroe, das brauche ich Ihnen ja wohl nicht zu erklären.«

So ein Schwein! Und dabei blickte er mir mit der Arglosigkeit eines Erstkommunikanten direkt ins Gesicht. Ich wiederholte, dass ich mein Bestes geben würde, und bereute bei dieser Gelegenheit zutiefst, Madame Brahut mit einem Gullydeckel verglichen zu haben.

Da Ployette sich immer noch nicht gemeldet hatte (wurde sie etwa von Noème daran gehindert?), beschloss ich, ihr ein – wie ich fand – äußerst geschickt formuliertes Telegramm zukommen zu lassen:

»Mutter geht es sehr schlecht. Schlage vor, gemeinsam zu reisen. Treffpunkt Samstag 20 Uhr Café des Arcades. Dokument nicht vergessen. Dein Bruder Paul.«

Es war schlau ausgetüftelt. Vor allem, weil ich bei diesem Treffen auch die Einzelheiten ihrer Aussagen gegen Noème mit ihr durchsprechen könnte. Zwar gab es für mich in dieser Sache nichts zu gewinnen, aber ich hatte nichts dagegen, der Frau einigen Ärger zu bereiten, die ich einmal für die Liebe meines Lebens gehalten hatte.

Meine Güte reicht nicht so weit, irgendeine Art von Rache auszuschließen, wenn man mein Vertrauen missbraucht. Es gibt Gemeinheiten, die dem Menschen Größe zurückgeben, indem sie zumindest einen Teil seiner Ehre wiederherstellen. Noème hatte mich gedemütigt und mich mit ihren Launen und ihrer Boshaftigkeit manipuliert. Sie hatte mich erniedrigt. Um Haaresbreite wäre ich zum Doppelmörder geworden – ich, der ich noch nie einer Fliege etwas zuleide tun konnte, der ich ein Herz für verlorene Katzen und verirrte Hunde habe, und der ich mich niemals ziere, eine Runde auszugeben sogar an Menschen, die deutlich mehr besitzen als ich. Es war wirklich an der Zeit, mir Vergeltungsmaßnahmen zu überlegen.

Ich biss die Zähne zusammen und stellte mir vor, ein Raubtier zu sein, eine Rolle, die mir plötzlich richtig gut gefiel. Ployette würde das sicher begrüßen, denn auch sie hatte ein Hühnchen mit dem Hause Parker zu rupfen, und ich bot ihr die Gelegenheit, sich schadlos zu halten. Unsere Gemeinheiten würden Noèmes Schicksal zwar nicht beeinflussen, aber sie wäre zumindest gezwungen, Erklärungen zu liefern, sich zu verteidigen und ihre Anwälte ordentlich arbeiten zu lassen. Und mit etwas Glück würde sie sogar ihre Erfahrungen mit dem Polizeigewahrsam noch einmal vertiefen dürfen. Ich fühlte mich wie ein Widerstandskämpfer. Ich hatte das Gefühl, aus dem Untergrund zu steigen und mit der Waffe zwischen den Zähnen den Hügel hinunterzustürmen. Gemeinsam mit Ployette würde ich eine herrliche Seite im großen Buch des Klassenkampfs verfassen.

»Soll sie doch krepieren!«, fauchte ich im vollen Bewusstsein, ein wenig zu weit zu gehen.

Weil mir nach Vagabundieren war, streunte ich vor dem Heimgehen noch eine geraume Zeit durch die Stadt. Falls mir ein Polizist folgte, würde mein Herumschlendern seine Socken zum Glühen bringen. Das Viertel, in dem Madame Brahut wohnte, mied ich. Noch nie im Leben hatte ich ein derart großes Gefühl von Klarheit gehabt. Meine Fähigkeiten als berechnender Bösewicht erreichten ihren Gipfel, aber glanzvolle Höhenflüge sind für einen Menschen mit meinen Vorzügen reine Routine.

Die einzige Überraschung dieses Tages erwartete mich zu Hause. Die Polizei hatte einen der beiden Muskelmänner freigelassen, der sich jetzt auf einem Haufen kaputten Krempels lümmelte. Es war der bequemste Platz in meiner zertrümmerten Wohnung.

»Keine Angst, ich bin nicht bewaffnet«, rief er.

Als ob ich mich vor einem hirnlosen Muskelpaket fürchten würde! Mit einer Stimme, der die Autorität des Hausherrn anzuhören war, fragte ich ihn, was er dort zu suchen hätte.

»Mademoiselle Parker hat meinen Kollegen belastet«, erklärte er. »Jetzt drohen ihm fünfzehn Jahre Knast, und ich muss gestehen, dass ich eine so lange Trennung von ihm nicht aushalte. Wir leben seit sieben Jahren als Paar zusammen und wollten demnächst unseren Jahrestag feiern ...«

Er stützte sein Gesicht in die Hände, als wolle er verhindern, dass es noch tiefer sank.

»Und was habe ich damit zu tun?«, knurrte ich. »Ihre Familienangelegenheiten interessieren mich nicht im Geringsten.«

»Ich dachte, dass auch Sie ein paar gute Gründe hätten, sauer auf Mademoiselle Parker zu sein. Sie hat Ihnen den Laufpass gegeben, genau wie uns, und sie versucht, Ihnen Dinge in die Schuhe zu schieben, genau wie meinem Kollegen. Wäre es da nicht möglich, unseren Groll gegen sie zu vereinen und eine Art Kriegsmaschinerie daraus zu entwickeln?«

»Ich kann nur wiederholen, dass ich weit über solchen Banalitäten stehe.«

»Halten Sie sich für Gott?«

»Ganz und gar nicht. Aber wenn es nötig sein sollte, fühle ich mich durchaus in der Lage, seine Funktionen zu übernehmen.«

Als er endlich begriff, wen er vor sich hatte, wurde sein Blick deutlich ehrerbietiger.

»Dann möchte ich Sie anflehen, ein Wunder zu vollbringen«, sagte er, streckte die Arme nach mir aus und faltete die Hände.

Dieser Dummkopf führte mich in Versuchung! Wenn wir seine Aussage mit der von Ployette und meiner eigenen abstimmten, würden wir Noème damit in ordentliche Schwierigkeiten bringen. Natürlich würde man die Geschichte ein wenig ausschmücken und die Unwahrheiten genau miteinander absprechen müssen. Der Muskelprotz eröffnete meinem Ansinnen, Noème zu schaden, vollkommen neue Perspektiven.

»Darüber muss ich erst genauer nachdenken und das Für und das Wider abwägen«, sagte ich. »Die Wahrheit ist doch, dass Sie selbst beschlossen haben herumzuballern. Das kann ich bezeugen. Noème hatte Sie auf meine Bitte hin nämlich bereits entlassen.«

»Wir waren der Meinung, das Richtige zu tun, als wir sie aus ihrer misslichen Lage befreiten. Es war eine durch und durch professionelle Entscheidung.«

»Das will ich durchaus nicht leugnen. Allerdings waren Sie befangen. Und dass Sie auf mich geschossen haben, betrachte ich als persönlichen Affront.«

»Hören Sie, wir sollten hier nicht die Verfehlungen der Vergangenheit erörtern. Ich weiß, dass ich falsch gehandelt habe, genau wie mein Kollege. Aber Sie müssen zugeben, dass wir aus den strafmildernden Umständen unseren Nutzen ziehen können.«

»Sie hätten mich umbringen können ...«

»Das stimmt, und dafür möchte ich mich in aller Form entschuldigen. Aber nachdem das jetzt aus der Welt ist, könnte ich mir vorstellen, dass wir die gleichen Interessen verfolgen. Arbeiten Sie doch einfach eine Aussage aus, der zufolge Mademoiselle Parker uns unter Druck gesetzt und uns unter Androhung der Entlassung gezwungen hat, gegen das Gesetz zu handeln, was wir dann auch unglücklicherweise getan haben. Verstehen Sie, wie ich das meine?«

Ich verstand mehr oder weniger. Zusammen mit der Aussage von Ployette konnte uns damit eine hervorragende Täuschung gelingen.

»Kein Mitleid mit diesem Miststück«, keifte der Muskelprotz, um mich zu überzeugen.

»Ich muss doch sehr bitten«, fuhr ich ihn an. »Diese Person ist immer noch meine Gattin, und ich gestatte nicht, dass man so über sie redet.«

Aber im Grund stimmte ich ihm zu.

16

Hausangestellte sind pünktliche Menschen. Ich betrat das Café des Arcades fünf Minuten vor der vereinbarten Zeit und suchte mir einen Platz in einem Winkel auf halber Strecke zwischen dem Eingang und den Toiletten. Als es von der Turmuhr des Rathauses acht Uhr schlug, erwartete ich, Ployette zu sehen, aber es war Noème, die das Bistro betrat. Mir blieb beinahe die Luft weg. Sie sah sich um. Ihr Blick blieb nur kurz an einigen der Gäste hängen, und als sie mich entdeckte, wirkte sie, als begreife sie plötzlich alles. Sie hatte sich aber schnell wieder unter Kontrolle und kam mit wiegendem Schritt auf mich zu. Als freundlicher Mensch lud ich sie mit einer Handbewegung ein, an meinem Tisch Platz zu nehmen:

»Welch nette Überraschung! Darf ich Ihnen etwas zu trinken bestellen, Mademoiselle Parker?«

Verschlagen wie ein Diplomat flüchtete ich mich in die Heuchelei.

»Ich bin mir nicht ganz sicher, ob Sie es sind, den ich hier treffen wollte«, knurrte sie, zog aber einen Stuhl heran und setzte sich auf den Platz, auf den ich gedeutet hatte.

Um Zeit zu gewinnen, erkundigte ich mich nach ihrer Gesundheit und dem Gang ihrer Geschäfte. Dabei stellte ich fest, dass sie weder wie eine trauernde Dame der gehobenen Bürgerschicht noch wie eine ungesunde, sozial schwache Frau gekleidet war. Sie hatte sich kleidungstechnisch für einen Mittelweg entschieden, irgendwo zwischen jungem Mädchen aus guter Familie und distinguierter Frau, die genau weiß, was sie will. Qualitativer Modeschmuck und ein eng anliegendes Oberteil unter einer Weste, die über ihrer Brust auf sehr natürliche Weise offen stand.

»Was versuchst du gerade wieder auszuhecken?«, erkundigte sie sich ohne Aggression.

Es war weniger eine Frage als eine Anschuldigung. Ich setzte eine Miene auf, als wäre ich noch nie im Leben auch nur auf die Idee gekommen, etwas auszuhecken. Während dieses mimischen Intermezzos prüfte mein Gehirn in Windeseile die weiteren Entwicklungsmöglichkeiten, entwarf Pläne, wappnete sich für Rückschläge und dachte über Ausreden nach, die ich im Notfall auftischen konnte. Blitzartig begriff ich, dass Noème mein Telegramm abgefangen hatte. Sie gehört zu den Arbeitgebern, die ihren Angestellten kein Recht auf ein Privatleben zugestehen. Ihrer vorwurfsvollen Äußerung setzte ich ein schmollendes, fast bockiges Schweigen entgegen. Ich senkte den Kopf über mein Bier und wartete die weitere Entwicklung ab.

»Es gibt da etwas, das ich nicht verstehe, Majésu.«

Auf mich brauchte sie in Bezug auf eine Erklärung nicht zu zählen, zumal es durchaus auch Dinge gab, die ich nicht verstand – angefangen beim Grund für ihre Anwesenheit im Café des Arcades.

»Du hast eine Nacht im Haus meiner Eltern verbracht«, fuhr sie mit versöhnlicher Stimme fort. »Ich bin nicht so naiv zu glauben, dass du es nicht vom Speicher bis zum Keller durchsucht hast. Die einzige Person, die mir in dieser Hinsicht Klarheit hätte verschaffen können, ist heute mit ihrem Bruder Paul in diesem Café verabredet.«

Ich brauchte es nicht einmal aus ihr herauszukitzeln. Sie kam gleich auf den Punkt und gab zu, dass sie von meinem Telegramm wusste.

»Zwar hat Ployette einen Bruder, aber der heißt nicht Paul. Er hieß Marcel und kam im Alter von vier Jahren bei einem Bergrutsch ums Leben.«

»Okay. Und weiter?«, stöhnte ich, um ihr begreiflich zu machen, wie wenig mich diese biografischen Exkurse interessierten.

»Nichts weiter. Mir genügt es. Alles lässt darauf schließen, dass du dieses Telegramm geschickt hast.«

Sie zog das Papier aus der Tasche und warf es zwischen uns auf den Tisch, wo es in einer Bierpfütze kleben blieb. Ich ließ mich nicht dazu herab, auch nur einen Blick darauf zu werfen.

»Warst du das?«, forschte sie.

Spielte es eine Rolle, ob das Telegramm von mir stammte oder nicht? Was wollte sie eigentlich? Mit welchem Recht erlaubte sie sich, mir gegenüber wie eine Inquisitorin aufzutreten?

»Hast du dieses Telegramm an Ployette geschickt?«

Statt einer Antwort wackelte ich mit dem Kopf – eine Bewegung, die sehr unterschiedlich und sogar widersprüchlich ausgelegt werden konnte.

»Ja oder nein?«

Sie wurde nicht wütend. Noch nie hatte ich sie derart besonnen erlebt, noch nicht einmal ganz zu Beginn, als sie noch die Notleidende spielte, die von der Gesellschaft Ausgestoßene, den von Entbehrung und Laster erschöpften Abschaum. In ihren Augen lagen ein Drängen und eine Ungeduld, die mir keine Bitte zu sein schienen.

»Wenn du etwas weißt, Majésu, dann musst du es mir sagen ...«

»Ich weiß nichts.«

»Wieso bist du dann genau zum Zeitpunkt von Ployettes Treffen hier in dieser Kneipe?«

»Ich gehe oft in dieses Bistro. Wir haben einmal zusammengelebt, du solltest das also eigentlich wissen.«

»Aber normalerweise stehst du am Tresen und sitzt nicht am Tisch, Majésu. Wärst du ausschließlich zum Trinken hier, würdest du am Tresen lehnen.«

»Die letzten Tage waren sehr anstrengend. Meine Beine müssen ausruhen. Am Tresen zu stehen erfordert ein gutes Allgemeinbefinden.«

»Hör bitte mit diesem Quatsch auf. Irgendetwas ist zwischen Ployette und dir vorgefallen, und ich wüsste gern, was es war.«

»Was geht bloß in deinem Kopf vor, Noème. Also wirklich! Wer mit der Chefin geschlafen hat, schläft doch nicht mit der Angestellten!«

»Darum geht es doch gar nicht.«

»Worum denn dann?«

Sie rieb sich mit dem Handrücken über die Lippen. In Bestform schien sie nicht zu sein, denn seit sie sich mir gegenüber niedergelassen hatte, war es ihr nicht in den Sinn gekommen, einen kleinen Muntermacher zu bestellen.

»Ganz einfach, Majésu«, murmelte sie, »seit du im Haus warst, ist Ployette verschwunden.«

Ich wäre nicht sprachloser gewesen, hätte sie mir eine Axt auf den Kopf geschlagen. Ployette, die Crème de la Crème der Arbeiterklasse, war mit dem Geld geflohen, das ich unter Einsatz all meiner Kräfte und ohne fremde Hilfe gestohlen hatte.

»Sie ist wirklich verschwunden?«, hakte ich nach.

Aber ich glaubte Noème aufs Wort. Sie hatte ihren ehrlichen Gesichtsausdruck aufgesetzt und schien weniger wütend denn beunruhigt zu sein. Für ihre Antwort brauchte sie eine gewisse Zeit, weil sie nicht sofort die richtigen Worte fand. Im Gegensatz zu ihrer sonstigen Arroganz senkte sie nicht nur den Blick, sondern sogar den Kopf, was abgesehen von der Kniebeuge das deutlichste Anzeichen von Demut ist.

»Weißt du, Majésu, es gibt Dinge, die du besser nicht tun solltest. Es sind Dinge, die für viele Menschen weitreichende Konsequenzen haben. Wir hatten eine kleine Meinungsverschiedenheit, aber deswegen darfst du mir nicht böse sein.«

Worauf wollte sie hinaus? Sie schien sich dermaßen in ihren Argumenten zu verheddern, dass ich fast Mitleid bekam.

»Majésu, wenn du weißt, wo Ployette ist, dann sag es mir!«

Ganz spontan schwor ich, nichts zu wissen. Sie glaubte mir nicht, weil sie mich völlig zu Recht für gewitzter hielt als sich selbst, was das Verschweigen von Dingen betraf. Mir hingegen fiel es unendlich schwer, das Problem zu begreifen. Wenn Ployette tatsächlich verschwunden war, war auch das Geld verschwunden, das ich ihr anvertraut hatte. Mein Herz blutete – anders kann ich nicht ausdrücken, was ich empfand. Es war ein abscheuliches Gefühl.

»Lass uns mit offenen Karten spielen, Majésu. Ployette hat gewisse Dokumente mitgenommen, welche die Geschäfte der Familie Parker betreffen. Die Papiere sind das reinste Dynamit. Wenn du also irgendetwas mit Ployette aushecken willst …«

»Ich weiß wirklich nicht, wovon du sprichst, Noème. Ich hecke mit Ployette nichts aus. Ich gebe gern zu, dass ich ihr das Telegramm geschickt habe, aber dabei ging es nur darum, ein Postdokument von ihr zu bekommen, das sie versehentlich oder aus Schlamperei behalten hat.«

Ich musste die Wahrheit irgendwie präsentabel verpacken. Das war tückisch, da nicht alle Gegebenheiten meiner Kontrolle unterlagen. Ich fürchtete ständig, zu viel zu sagen, mich zu verraten oder mich in Widersprüche zu verwickeln. Insgesamt jedoch war ich überzeugt, dass Ployette sich mit den fünfhunderttausend Dollar aus dem Staub gemacht hatte und sich längst irgendwo in der Sonne räkelte. Seit der Trennung von Kirche und Staat ist das Proletariat auch nicht mehr das, was es einmal war. Genau wie die Reichen setzt es sein Seelenheil aufs Spiel, indem es sich sträflicher Taten schuldig macht und Todsünden begeht – nennen wir das Kind doch beim Namen.

»Um was für Dokumente geht es denn überhaupt?«, erkundigte ich mich stirnrunzelnd.

»Ich weiß es nicht.«

»Um Geld?«

»Geld kompromittiert niemanden. Nein, ich denke eher an Adressbücher, Namenslisten und möglicherweise auch Datenträger. Ich habe das ganze Haus abgesucht, aber nichts gefunden. Aber Ployette kannte das Haus und die Gewohnheiten meines Vaters sehr viel besser als ich. Wenn sie sich diese Dinge tatsächlich angeeignet hat, dann kann sie damit nicht nur die Stadt, sondern auch das Departement, die ganze Region und sicher auch einige Regierungsmitglieder auffliegen lassen, ganz zu schweigen von Parteichefs, Kirchenfürsten und Nobelpreisträgern ...«

»Übertreibst du nicht vielleicht ein bisschen, Noème?«

»Ich befürchte lediglich das Schlimmste.«

Da war sie nicht die Einzige. Innerhalb weniger als einer Minute war ich plötzlich wieder arm wie eine Kirchenmaus, ruiniert und vernichtet. Noèmes Angst hingegen war unmotiviert. Ployette hatte nichts mitgenommen, was die Familie Parker ruinieren könnte. Mich jedoch hatte sie beraubt. So etwas sollten Kinder des Volkes sich nicht gegenseitig antun. Es gibt wirklich Tage im Leben, da muss man zugeben, dass Unternehmer recht haben, wenn sie ihre Angestellten nach allen Regeln der Kunst piesacken. Ich bin ein Idealist und glaube an die Menschheit. Nie hätte ich mir träumen lassen, dass mir ausgerechnet eine Frau aus der Arbeiterklasse so in den Rücken fällt.

»Warum wolltest du dich mit Ployette treffen?«, fragte Noème erneut.

Ich wusste nicht, was ich antworten sollte. Es war an der Zeit, meinen Schmerz hinunterzuspülen. Ich fühlte mich wie ein waidwunder Hirsch. Noème bedrängte mich mit leiser Stimme und streckte ihre Hand nach meiner aus, die auf dem Tisch ruhte.

»Majésu, ich kann bezahlen. Es geht hier nicht um Geld.«

Mit Sicherheit verdächtigte sie mich noch immer, etwas mit der Sache zu tun zu haben. Ich dachte an Ployette und war stinksauer auf sie. Wirklich stinksauer. Gleichzeitig bemühte ich mich, eine Strategie zu entwerfen, Antworten zu konstruieren und Möglichkeiten auszuarbeiten, die mir wieder Dominanz verleihen konnten.

»Geld ist mir nicht wichtig«, hörte ich mich zu meiner großen Überraschung sagen.

Noème forderte mich auf, diesen Gedanken zu vertiefen. Ich sprach zu ihr von Gefühlen, von tiefem Schmerz, von trauter Zweisamkeit bei Kerzenschein, von lyrischen Erinnerungen. Im Süßholzraspeln bin ich gut.

»Wir sind noch durch die heiligen Bande der Ehe vereint, Noème«, erklärte ich. »Für einen Romantiker wie mich gehört das zu den Dingen, die wirklich zählen.«

»Was genau willst du?«, fragte meine holde Angetraute ängstlich.

»Ich will nur dein Glück, Noème. Du hast mich zurückgewiesen, aber ich habe im Verborgenen nie aufgehört, dich zu lieben.«

Ich kalkulierte mit dem Zufall in der Hoffnung, dass sie den Köder vielleicht schluckte und einverstanden wäre, das gemeinsame Leben wieder aufzunehmen – kurz: Ich gebe zu, dass ich meine Möglichkeiten sondierte, durch die Ehe sozial zu arrivieren.

»Ich weiß, dass du mich nicht mehr liebst, Noème. Aber wenn du bereit wärest, mich zum Schatten deiner Handtasche werden zu lassen, zum Schatten deines Kugelschreibers, zum Schatten deiner Pantoffeln, würdest du mich damit zum glücklichsten Mann der Welt machen und es sicher nicht bereuen.«

»Was redest du da für einen Unsinn, Majésu?«

»Solange du mich an deiner Seite leben lässt, wird Ployette nie zu einer Bedrohung für dich werden. Ich kann dich beschützen.«

Ich finde, dass ich das gut hingebogen hatte. Noème war völlig verblüfft. Ich musste davon ausgehen, dass sie irgendeinen teuflischen Plan hegte, aber bisher war ich im Vorteil und würde ihr zumindest ein paar ordentliche Nüsse zu knacken geben. Ployette war es gelungen, mich zu hintergehen, und ich würde alles tun, Noème zu hintergehen.

»Ich verstehe dich nicht«, seufzte sie.

Und dann bestellte sie ein Glas Wodka. Das ist der Anfang vom Ende, dachte ich.

Zwei Stunden später zog ich in die Villa Parker ein. Noème wies mir das Gästezimmer zu, sie selbst würde in ihrem Jungmädchenzimmer schlafen. Jedem sein Bereich – so war es besser. Mein Plan war ganz einfach: Sobald ich mich an Ort und Stelle eingerichtet hatte, würde ich abwarten, bis Noème eingeschlafen war, um die verborgensten Winkel des Hauses zu durchsuchen. Wenn ich methodisch vorging und ausreichend Zeit hatte, würde ich sicher die ominösen Dokumente finden, die Ployette sich angeblich unter den Nagel gerissen hatte. Und dann wäre ich wieder an der Reihe, den Ton anzugeben.

In dieser Nacht geisterten Träume von Macht durch meinen Schlaf. Ich haute Geld auf den Kopf und die Türen hubraumstarker Limousinen zu. Ich organisierte den weltweiten Handel mit Raritäten auf höchstem Niveau. Ich zwang meine Gesetze sowohl den Großen dieser Welt als auch den Kellnern kleiner Sauerkrautkaschemmen auf. Ich verwandelte den Louvre in einen Flohmarkt und die Nationalbibliothek in ein Refugium für Provinzbuchhändler. Ich verhandelte von Mann zu Mann mit dem Papst über die Verteilung der lukrativsten Lügen und kaufte ihm ein wenig Gott, ganze Pakete von Engeln und kübelweise Heilige ab. Ich schrieb zehn neue Gebote. Ich vertonte die Gleichnisse. Ich organisierte Tombolas, rief Zirkusspiele ins Leben und erfand Fernsehprogramme, um das Volk zu verblöden, das mich in Person von Ployette, dieser Symbolfigur der Falschheit kleiner Lohnempfänger, betrogen hatte.

Mehrmals wachte ich verschwitzt und zitternd vor Wut auf, nachdem ich Hasstiraden auf die Gewerkschaften geschrien hatte. Im Morgengrauen tauchte Madame Brahut in meinen Träumen auf. Sie zog einen Einkaufstrolley hinter sich her, in den sie die hunderttausend Dollar gestopft hatte. Als Nächstes sah ich Bradouate, der mitten auf einer Straße herumschnüffelte und die Augen in Richtung eines Gullydeckels verdrehte. Es ist deutlich zu erkennen, in welcher Weise die zurückliegenden Ereignisse mein natürliches Gleichgewicht beeinflusst hatten.

Irgendwann saß ich aufrecht im Bett und versuchte, die Albträume zu vertreiben, indem ich mir den warmen, köstlich in die Kissen geschmiegten Körper Noèmes vorstellte, die nur zwei Türen weiter schlief. Oder vielleicht ebenfalls schon nicht mehr schlief, weil sie so an mich dachte wie ich an sie. Mir kamen die prächtigen Ferkeleien in den Sinn, die wir miteinander durchexerziert hatten. Ich ließ sie in chronologischer Reihenfolge, aber ohne die umständlichen Längen, höflichen Hinhaltetaktiken und perfekten Manieren Revue passieren. Die so bereinigte Version meiner Erinnerungen neigte zu einer gewissen Brutalität, ziemlich perversem Treiben und einer fieberhaften Umsetzung von Bedürfnissen. Noème und ich passten wirklich gut zusammen, zumindest was den körperlichen Aspekt betraf. Die Gedanken an unser goldenes Zeitalter brachten mein Blut in Wallung und kurbelten meine Fantasie an. Mein Körpervolumen nahm zu. Ich war kurz davor, die Initiative zu ergreifen und Noème in ihrem Jungmädchenzimmer aufzusuchen, als plötzlich die Tür aufging und meine Frau im Evakostüm vor mir stand. Sie war splitterfasernackt wie ein echtes Luder, stand mit bestürzter Miene vor mir und öffnete und schloss den Mund, ohne dass ein Ton herauskam. Sie schien wie erstarrt unter dem Eindruck eines Gefühls, das sie offensichtlich ganz und gar durchdrängte. Mein Herz pochte wild. Ich musste heftig schlucken und war wie gelähmt vor Glück. Noème hatte an die gleichen Dinge gedacht wie ich, und die Erregung trieb sie nun zurück in meine Arme.

Der Wecker zeigte acht Uhr morgens. Das war zwar ziemlich spät, aber wir würden trotzdem noch Zeit haben, uns ein wenig umeinander zu kümmern. Ich stellte mir eine Stunde voller Schamlosigkeit, sexueller Schandtaten und geradezu mythologischer Bocksprünge vor. Zwischen Ehegatten ist schließlich alles erlaubt. Ich hatte viele Ideen und einen guten Plan. Ich legte mir zurecht, wie ich vorgehen würde, denn ich wusste, was ihr gefiel. Ich dachte an einige bereits erprobte Ausschweifungen ebenso wie an schlüpfrige Mutproben und herrlich verrückte Bravourakte – ein Programm, das sich von Biestigkeiten bis hin zu tiefstem Glück erstreckte, von Großartigem zu Barbarischem, von wundervoller Raffinesse zu wilder Grobheit.

Um ihr zu zeigen, dass ich sie und ihre libidinösen Bedürfnisse akzeptierte, schlug ich das Laken zurück und entblößte meine erigierte Turgeszenz wie eine Stele zu Ehren ehelicher Maßlosigkeit. Das Schauspiel, das ich ihr in meiner Nacktheit bot, kam ohne Kommentar aus. Ihm noch eine anzügliche Einladung, einen Zuruf oder eine auffordernde Bemerkung hinzuzufügen, hätte diesen Beweis meiner Liebe in einen banalen Pleonasmus verwandelt.

Ihr Blick wandte sich wie magnetisiert meinem Genital zu, und ihre Lider flatterten, als blicke sie in grelles Licht. Ein Erschauern glitt über ihre Haut, und sie bewegte den Kopf von rechts nach links, während ihre Hand zu ihrem Schamhaar fuhr.

»Gerade ist etwas sehr Ernstes geschehen«, sagte sie.

Ich setzte meine verständnisvolle Miene auf.

»Komm sofort mit«, fuhr sie fort.

Mit diesen Worten drehte sie sich um und präsentierte mir die Seite, die bisher verborgen geblieben war, die in mir aber sofort ebenfalls süße Erinnerungen hervorrief.

17

Bradouate hatte angerufen. Der Muskelprotz hatte sich in seiner Zelle erhängt. Erst später sollten wir erfahren, dass er sich in Wirklichkeit nicht erhängt, sondern mit bloßen Händen selbst erdrosselt hatte. Diese Art der Selbsttötung hatte bei den Polizisten rückhaltlose Bewunderung hervorgerufen. Mit einem Schlag war der Muskelprotz in der Achtung der gesamten Polizeiwache gestiegen. Selbst der sonst schwer zu beeindruckende Bradouate zog seinen Hut vor dem Mann.

»Was hat ihn bloß geritten?«, entrüstete sich Noème, während sie sich Kaffee einschenkte.

Sie hatte sich in aller Eile ein Baumwollhemdchen übergeworfen, dessen Durchsichtigkeit Schatten erahnen ließ, deren Formen meine lasterhaftesten Erinnerungen weckten. Ich hatte solche Lust auf sie, dass ich den glühend heißen Kaffee hinunterschluckte, ohne zu merken, dass ich mir die Zunge verbrannte. In gewisser Weise war ich dem Muskelprotz böse, dass er seinem Leben ausgerechnet zu einem Zeitpunkt ein Ende gesetzt hatte, als der Zufall sich anschickte, Noème wieder in mein Bett zu bringen.

»Er hat getan, was er konnte …«, sagte ich, was sich jedoch als Grabrede nur bedingt eignete.

»Wie hätten wir auch ahnen sollen, dass er depressiv veranlagt war?«, stöhnte Noème.

»Wahrscheinlich hat er sich Sorgen um seine Zukunft gemacht. Verständlich, wenn man im Gefängnis sitzt und eine Klage wegen Körperverletzung mit Todesfolge am Hals hat.«

»Trotzdem verstehe ich es nicht.«

Da war er wieder, der Egoismus der reichen Tochter. Sie verstand die Welt der Armen nicht, diese Welt der blind gehorsamen, abhängig Beschäftigten, jener Verdammten des kapitalistischen Systems. Sie konnte sich nicht vorstellen, dass dieser der Sicherheit reicher Leute dienende Muskelberg über die Empfindsamkeit eines Künstlers verfügte. Eine Knarre macht aus einem Menschen nicht unbedingt einen Barbaren. Das Gegenteil ist der Fall. Noème hatte gegen ihn ausgesagt und ihn belastet. Der Muskelprotz fühlte sich abgeschoben, ungeliebt und zur Bedeutungslosigkeit degradiert, obwohl er seit Jahren seine Wochenenden und seine Freizeit geopfert hatte, um die Sicherheit der Parkers zu gewährleisten.

»Ich verstehe es nicht«, wiederholte Noème und goss einen ordentlichen Schuss Schnaps in ihre vom Kaffee noch lauwarme Tasse. Das machte sie immer, wenn sie etwas nicht verstand.

»Meines Erachtens hätten deine Anwälte ihn verteidigen sollen, zumindest damit hättest du ihn unterstützen können. Aber so musste er ja jegliche Zuversicht verlieren.«

Im Laufe des Vormittags opferte Bradouate eine Stunde seiner wertvollen Polizistenzeit, um Noème in gewisser Weise sein Beileid zu bekunden. Er wirkte erstaunt, mich in der Villa vorzufinden. Angesichts seines verdrossenen Gesichtsausdrucks hielt ich es für ratsam, ihm zu erklären, dass Noème und ich wieder zusammenlebten.

»Seltsam ...«, entfuhr es ihm.

»So ist nun einmal die Liebe, Inspektor. Wir versuchen, unsere Ehe zu retten. Was gibt es Schöneres als ein glückliches Ehepaar? Die Leidenschaft hat für uns entschieden.«

Noème schien dem zuzustimmen. Die Schnapsflasche hatte inzwischen einen guten Teil ihres Inhalts eingebüßt. Von Zeit zu Zeit tunkte ich ein Stück Zucker in meine Tasse. In Schnaps getunkten Zucker habe ich schon immer gern gemocht. Er erinnert mich an meine Kindheit auf dem Land.

»Das Problem liegt darin«, erklärte Bradouate, »dass Ihr unglücklicher Leibwächter dem Richter eidesstattlich erklärt hat, dass Sie ihn beauftragt haben, auf der Straße zu schießen, Mademoiselle Parker.«

»Aber das stimmt doch nicht«, verteidigte sich Noème. »Zwar muss ich zugeben, dass es mir in diesem Moment durchaus recht gewesen wäre, wenn er auf die Stelle zwischen Majésus Augen gezielt hätte, aber das war natürlich eine übertriebene Reaktion. So etwas passiert häufig, wenn Verliebte sich streiten. Zorn ist nun einmal ein schlechter Ratgeber. Wäre Majésu tatsächlich von einer Kugel getroffen worden, hätte ich es schnell bereut. Ich hatte gerade meine Eltern verloren und befand mich im Ausnahmezustand. Schmerz und Trauer, Sie wissen schon!«

Sie öffnete die Tischschublade, tastete mit der Hand darin herum und förderte schließlich einen Umschlag zutage, den sie dem Polizisten zuschob.

»Verfahren Sie damit nach bestem Wissen und Gewissen«, riet sie ihm, während er hastig nach dem Umschlag griff und ihn in seiner Tasche verschwinden ließ.

»Schon geschehen«, nickte Bradouate, ohne übertrieben stolz zu klingen.

Noème fürchtete die Presse. Im Augenblick jedoch hatte sie andere Sorgen, unter anderem wegen einer gewissen Ployette. Ich war vermutlich der Einzige, der die Situation mit der Ungezwungenheit genießen konnte, die der Unschuld zu verdanken ist.

Dennoch verlangte Bradouate, dass ich ihn zur Tür begleitete. Mit gedämpfter Stimme redete er in einer Art Geheimsprache und über den Umweg der Erwähnung von Gullydeckeln von einer gewissen Geldsumme, über deren Verbleib er möglichst bald Genaueres wissen wollte.

»Brahut wird in den nächsten Tagen freigelassen«, raunte er mir zu.

»Was? Dieser Kriminelle? Dieser notorische Mörder?«, empörte ich mich.

»Vielleicht interessiert es Sie, dass ich kurz davor bin, der Tatwaffe habhaft zu werden, Monsieur Monroe. Diese Wendung wird Brahut entlasten. Ich bin untröstlich, Monsieur Monroe. Diesen kleinen Hinweis gebe ich Ihnen lediglich um unserer guten Freundschaft willen. Schließlich geht diese Sache in gewisser Weise auch Sie etwas an.«

Er bluffte, dafür hätte ich die Hand ins Feuer gelegt. Als moderner Mensch interessierte er sich für leicht verdientes Geld, und das konnte ich ihm nicht einmal übel nehmen. In einer freundschaftlichen Geste legte er mir die Hand auf die Schulter.

»Es ist schon so, dass ich Sie sehr mag, Monsieur Monroe. Wider besseres Wissen habe ich Vertrauen zu Ihnen. Außerdem verbinden uns ähnliche Interessen. Ich hoffe, das ist Ihnen klar.«

Ich setzte eine wissende Miene auf – eine Grimasse, die mich möglicherweise hunderttausend Dollar kosten würde.

Noème wurde von Ängsten überwältigt, die sie zu verdrängen versuchte, indem sie trank. Als liebender Gatte bemühte ich mich natürlich, sie zu trösten. Ich ließ ihr eine Sorgfalt angedeihen, wie man sie ansonsten nur Brandopfern zukommen lässt. Ich redete sanft auf sie ein, malte ihr die Zukunft aus und sprach über den milden Tag und das Glück, erneut unter demselben Dach vereint zu sein. Wie ein Häufchen Unglück lag sie auf der Couch, zermalmt wie eine Scheune, nachdem eine Planierraupe darübergewalzt ist. Von Zeit zu Zeit gestattete ich mir eine intensivere Berührung ihrer erogenen Zonen, aber sie stieß mich jedes Mal mit verdrossener Miene zurück und murmelte, das sei jetzt nicht der richtige Moment. Es half auch nichts, dass ich ihr erklärte, ein wenig körperliche Liebe könnte ihr so etwas wie Lebensfreude zurückgeben. Der Zerreißprobe, der sie ausgesetzt war, schien sie nicht auf diese Weise begegnen zu wollen.

Es stimmt, dass alles über ihr zusammenzubrechen schien – vom Tod des Muskelprotzes über Ployettes Verschwinden bis zu meiner Rückkehr als erpresserischer Ehemann –, zumindest in gewisser Weise.

»Und das ist noch längst nicht alles. Die Geschäftspartner meines Vaters verlangen Rechenschaft«, stöhnte sie mit ängstlichem Blick. »Wenn Ployette bestimmte Dokumente hat mitgehen lassen, wird es Ärger geben.«

Ohne tatsächlich Gewissheit zu haben, versicherte ich ihr, dass Ployette bestimmt nichts Kompromittierendes mitgenommen hatte. Ich wirkte offensichtlich überzeugend, denn sie entspannte sich leicht. Das nutzte ich, um drei Finger zwischen ihre Schenkel gleiten zu lassen, die sie jedoch sofort fest zusammenpresste wie eine Jungfrau.

»Bitte, Majésu …«

Schließlich vertraute sie mir an, dass ihr Vater eine Organisation geleitet hatte, die Liebhabern ausgefallener Sexualpraktiken die unterschiedlichsten Monstrositäten geliefert hatte – Frauen mit zwei Köpfen, siamesische Schwestern, Riesinnen mit drei Vulven, weibliche Versehrte, Frauen ohne Arme, Ziegenfrauen und tausend weitere Kuriositäten der Natur.

»Es gibt einen Markt für diese Art von Gelüsten. Sowohl Männer als auch Frauen haben skurrile Begierden, und wenn sie alle Farben und Rassen durchexerziert haben, beginnen sie mit der Erkundung der Formen. Viele finden schnell Geschmack daran. Sie beginnen mit Buckligen, Fettsüchtigen, Hinkenden, Tauben und Stummen. Anschließend testen sie Gelähmte, Versehrte, Wunderliche und Einäugige. Weiter geht es mit allen Arten von Gemütskranken, die schreien, speicheln und übertriebene Reaktionen zeigen können. Die Kunden sind bereit, für das monströseste menschliche Wesen jeden Preis zu zahlen. Manchmal muss sogar chirurgisch nachgeholfen werden, um die Klientel zufriedenzustellen. Wir haben wahre Ungeheuer hergestellt und auf Anfrage die seltsamsten Kreaturen erschaffen. Ich sage zwar ›wir‹, muss mich aber trotzdem ausnehmen. Bis heute weiß ich kaum Genaueres über diese Art von Handel. Allerdings ist mir bekannt, dass es Schaulaufen und Ausstellungen für bestimmte Erscheinungsformen gab. Ebenso entsprechende Abendveranstaltungen. Ich hätte dich lieber von all diesen Abscheulichkeiten verschont.«

Zum ersten Mal seit langer Zeit griff sie nach meiner Hand und drückte sie an ihre Brust. Ich ahnte, dass sie den Tränen nahe war.

»Ich wollte diese abstoßenden Geschichten so

schnell wie möglich zum Abschluss bringen, mich sowohl der Papiere als auch des Geldes entledigen und alles an die Geschäftspartner meines Vaters zurückschicken. In wenigen Wochen wäre alles erledigt gewesen, und ich hätte zu dir zurückkehren können. Du hättest nie etwas von alledem erfahren, und wir hätten wieder zusammengelebt. Bei dir. Wir hätten weiterhin Märkte besucht und wären vielleicht glücklich geworden.«

Mit diesen Worten traf sie mich mitten ins Herz. Plötzlich ging mir ein Licht auf, und ich verstand Noèmes Verhalten seit dem Tod ihrer Eltern. Sie hatte niemals aufgehört, mich zu lieben.

»Warum hast du mir denn nie etwas gesagt, mein Liebling, mein Herzchen, mein Häschen? Glaubst du etwa, ich bin nicht intelligent genug, um derlei Dinge zu begreifen? Ich möchte dir keine Vorwürfe machen, aber du hast mir Qualen zugefügt, die meine Seele fast zerstört hätten ...«

»Es musste sein, Majésu. Beinahe wäre alles schiefgelaufen. Noch am Abend des Todestages meiner Eltern kontaktierte mich der Vertreter der Teilhaber meines Vaters. Er sprach von bestimmten Dokumenten und von etwa einer halben Million Dollar. Obwohl ich ihm natürlich erklärt habe, dass ich keine Ahnung hätte, gab man mir nur zwei Wochen Zeit, das Versteck des Geldes und der Papiere zu finden.«

»Eine halbe Million Dollar!«, rief ich.

»Aus diesem Grund wollte ich zumindest einen Teil der hunderttausend Dollar zurückhaben, die mein Vater uns geschenkt hat ...«

»Das hat nichts damit zu tun, Noème. Nie im Leben hätte dein Vater Geld der Organisation veruntreut. Niemals!«

»Ich weiß. Er hatte gern ausgeglichene Konten. Er war, wie er war, aber was die Buchführung betraf, war er der anständigste Mann der Welt.«

»Mach dir keine Sorgen, Noème. Alles wird sich einrenken, da bin ich ganz sicher. Und willst du wissen, was ich vermute: Ich denke, Ployette ist nicht mit leeren Händen gegangen.«

»Ich habe den Eindruck, dass du mir etwas verheimlichst, Majésu«, jammerte Noème.

Mit der Hand auf dem Herzen schwor ich ihr, dass ich grundehrlich sei, keine Ahnung von der halben Million Dollar hätte und mich lediglich darauf beschränke, Vermutungen anzustellen, Hypothesen zu äußern und mir Möglichkeiten auszumalen. Weniger aus Vorsicht als vielmehr aus Schamgefühl stellte ich überdies klar, dass ich keine Vorstellung hätte, wo sich die angeblich zu unserer Hochzeit geschenkte Summe befinden könnte.

»Jeder hätte dieses Geld nehmen können«, verdeutlichte ich mit einer Verlogenheit, die mir fast peinlich war. »Du musst zugeben, Noème, dass du sehr seltsame Menschen zu unserer Hochzeit eingeladen hattest.«

»Für diese Leute lege ich jederzeit die Hand ins Feuer. Sie würden vielleicht Flaschen stehlen, aber Geld? Nie im Leben!«

»Vielleicht nicht Geld um des Geldes willen, das mag sein. Aber Geld, um Flaschen zu kaufen, das könnte ich mir durchaus vorstellen. Nicht dass ich jemanden beschuldigen will ...«

Dazu möchte ich bemerken, dass ich nicht die Absicht hatte, wie ein Egoist das Geld zu behalten. Es war immer noch genügend Zeit, es sozusagen wiederzufinden, indem ich so tat, als ob ich herumsuchte, und mir vor allem eine vernünftige Geschichte zurechtlegte. Die Angelegenheit zu meinen Gunsten darzustellen war ich mir mit meinem Hang zu Eleganz, als Ästhet und als moralisches Wesen einfach schuldig.

»Ich werde alles versuchen, um dieses Geld wiederzufinden, Noème.«

»Aber dann ist es zu spät, Majésu. Außerdem ist es bei Weitem nicht genug. Sie fordern fünfhunderttausend Dollar von mir.«

Sie weinte wie ein kleines Kind, das Angst vor der Dunkelheit hat. Nicht einmal der Alkohol konnte sie trösten. Ich nahm sie in die Arme, wiegte sie und hauchte ihr Küsse auf den Hals und sanfte Worte ins Ohr. Während ich mich ganz der Tröstung Noèmes hingab, wanderten meine Gedanken zu Ployette. Diese Verräterin! Sie ahnte nicht, in welchen Schlamassel ihre Rücksichtslosigkeit Noème und mich gestürzt hatte. Bradouate hatte sich des Falles Parker offensichtlich mit Leib und Seele angenommen, und so überlegte ich, ob es sinnvoll war, ihn mit der Suche nach der Spur der flüchtigen Hausangestellten zu betrauen. Wenn wir ihm einen kleinen Betrag zugestanden – genug, um sich davon eine Ferienreise oder ein neues Auto zu leisten –, würde er sich unter Ausschöpfung der Möglichkeiten der Polizei vielleicht auf die Jagd begeben.

Nachdem ich ein weiteres Mal vergeblich versucht hatte, mich sexuell mit Noème zu vereinigen, stattete ich dem Inspektor einen kleinen Besuch ab. Er empfing mich wie einen Kameraden, den er seit dem Kindergarten aus den Augen verloren hatte. Seine Freude war vergnüglich anzusehen. Ich hätte schwören können, dass er den Duft des Geldes witterte.

»Ich möchte Sie um einen persönlichen Gefallen bitten, Inspektor. Ployette, die Hausangestellte, ist verschwunden.«

»Sie wird schon zurückkommen. Sie ist ausgerissen, Monsieur Monroe. Würden Sie sich mit Frauen ebenso gut auskennen wie mit altem Plunder, wüssten Sie, dass die Damen manchmal gewissen Fantasien von Freiheit, Schamlosigkeit und sogar reinster Pornografie nachhängen. Sobald Ployette ihre Instinkte befriedigt hat, kehrt sie zurück. Ganz bestimmt.«

»Ich weiß, dass sie nicht zurückkommt. Man kommt nicht zurück, wenn man eine halbe Million Dollar im Gepäck hat.«

»Was reden Sie da, Monsieur Monroe!«

Er reagierte ausgesprochen verblüfft, als er mich eine derart betrübliche Wahrheit aussprechen hörte. Obwohl er bereits saß, hatte ich das Gefühl, dass er nach dieser überraschenden Wendung noch tiefer in seinen Stuhl sank.

»Ich falle aus allen Wolken«, murmelte er.

Zwar kennt sich die Polizei zur Genüge mit der Fähigkeit der Menschen aus, ihresgleichen hinters Licht zu führen, aber es gibt Situationen, da empfindet selbst der abgestumpfteste Polizist die Wirklichkeit noch als abscheulich.

»Und ich dachte, ich kenne Ployette«, sagte er nachdenklich. »Nie hätte ich sie einer solchen Bauernschläue für fähig gehalten. Sie kann kaum lesen und schreiben. Ich will nicht behaupten, dass sie eine komplette Idiotin ist, aber viel hat sie nicht im Kopf. Sie ist ein Mädchen, das von der Natur dazu geschaffen wurde zu gehorchen und nicht dazu, selbst die Initiative zu ergreifen.«

»Sie muss längst über alle Berge sein, Inspektor. Geld kann Intelligenz ersetzen.«

»Sicher nicht. Noch einmal: Sie ist dumm wie Bohnenstroh. Mag sein, dass sie fort ist, aber sicher nicht weit. Sie hat sich allenfalls in ein anderes Departement abgesetzt.«

»Noème macht sich wegen dieser Sache große Sorgen, Inspektor. Ich möchte nicht übereilt agieren, Ihnen aber einen gewissen Prozentsatz auf den Betrag zugestehen, falls er gefunden wird. Vorausgesetzt natürlich, er wird unter diskreten Bedingungen gefunden. Um ehrlich zu sein, handelt es sich bei besagter Summe um nicht ganz sauberes Geld, das Noème überdies nicht gehört. Sie verstehen, was ich meine.«

»Zehn Prozent erscheinen mir angemessen«, murmelte er und stand auf.

Er umrundete den Schreibtisch und drückte mir freimütig und fest die Hand. Er gehörte wirklich zu der Sorte Polizisten, auf die der bedrohte Bürger sich verlassen kann.

»Geben Sie mir vierundzwanzig Stunden, dann liefere ich Ihnen sowohl die Person als auch ihr Gepäck«, sagte er und schob mich zur Tür.

Er wirkte verträumt. Wahrscheinlich überlegte er, was er mit seinem Anteil tun würde. Möglicherweise dachte er, dass das Glück ihm hold und die Sterne ihm gewogen waren und dass er gut daran getan hatte, mit der Familie Parker zusammenzuarbeiten – kurz: Ich erriet, dass er seinen Polizistengedanken nachhing. Nichts weniger erwartet man schließlich von einem Profi.

Nachdem die dunklen Wolken allmählich vom Horizont verschwunden waren und der Alltag weniger chaotische

Züge angenommen hatte, konnte ich mich endlich darum kümmern, die hunderttausend Dollar zurückzuholen, die ich in der Zwischenzeit von Madame Brahut hatte betreuen lassen. Sie schien mich erwartet zu haben, denn sie öffnete mir in einem kurzen Morgenmantel.

»Entschuldigen Sie, ich komme gerade aus der Dusche«, sagte sie.

Mit Sicherheit hatte sie sich auf mich vorbereitet. Ich musste bei unserem letzten Treffen einen tiefen Eindruck bei ihr hinterlassen haben. Sie duftete nach Lavendel, einem meiner Ansicht nach recht altbackenen Parfüm. Da ich mich durch eine galante Art auszeichne, sparte ich nicht mit Komplimenten zu ihren entspannten Zügen, ihrem Duft, ihren nackten Füßen und ihren hübschen Beinen. Um jeglicher Verwirrung vorzubeugen, fügte ich allerdings sofort hinzu, dass ich verheiratet sei, meine Frau liebe und dass meine Religion mir verböte, eine Beziehung zu einer anderen Frau aufzunehmen. Sie glaubte vermutlich an einen Scherz, denn sie antwortete mir mit einem ausgesprochen ermutigenden Blick. Dabei spielten ihre Finger mit dem Saum des Morgenmantels. Sie erregte mich und legte es offenbar auch darauf an.

»Treten Sie ein, Monsieur Monroe. Machen Sie es sich bequem. Ich werde mir derweil etwas Schicklicheres überziehen. Ich brauche höchstens fünf Minuten.«

»Bleiben Sie ruhig, wie Sie sind, Madame Brahut. Wir sind schließlich unter uns. Ich komme nur wegen des Geldes.«

Sie nickte, verschwand aber dann doch im Schlafzimmer und murmelte dabei etwas, das ich nicht verstand. Plötzlich fiel mir all das ein, was bei den Verhören nach Dourdines Tod über sie bekannt geworden war. Dass sie mit Zwergen und sogar mit farbigen Zwergen geschlafen hatte und dass es vielleicht noch viel schlimmere Dinge gab, über die zu berichten die Presse nicht den Mut gefunden hatte. Ich stellte sie mir in solchen Momenten vor, wie sie mit ihrem Liebhaber hantierte – möglicherweise auch mit ihrem Ehemann, warum eigentlich nicht? Gleichzeitig kamen mir Noèmes Bemerkungen über den Handel mit Monstrositäten in den Sinn. Was lag näher, als davon auszugehen, dass all diese Leute Schwiegerpapas Kunden gewesen waren? Innerhalb einer Sekunde war mir alles klar.

Als Madame Brahut in einem leichten Rock und mit meinem Geld in der Hand wieder aufzutauchen geruhte, hatte sich der Blick, mit dem ich sie musterte, grundlegend verändert. Indiskrete Fragen lagen mir auf den Lippen. Wir Raritätenhändler haben ein Faible für autobiografische Angaben.

»Ich hatte das Geld an einem ganz sicheren Ort deponiert«, erklärte sie. »In meinem Bett.«

Ihre Raffinesse milderte ihre Lasterhaftigkeit.

18

Dieser Abschnitt meiner Lebensgeschichte nähert sich seinem Ende. Ich bereite mich auf neue Abenteuer vor. Sagte ich Abenteuer? Nein, es ist mein Schicksal.

Nach meinem Abstecher zu Madame Brahut betrat ich die Villa Parker zum ersten Mal wie jemand, der nach einem anstrengenden Arbeitstag in sein gemütliches Zuhause zurückkehrt. Pfeifend legte ich meine Schlüssel auf die Ablage in der Eingangshalle, rief nach Noème, meiner Frau und großen Liebe, und teilte ihr lauthals mit, ich sei wieder da und ausgesprochen guter Laune, weil sich unsere Angelegenheiten bald regeln würden und ich Geld mitgebracht hätte. Bradouate werde Ployette sicher bald finden, die Zuversicht kehre in unser Haus und zu uns als Paar zurück, das Leben sei schön, die Vögel sängen und die Zukunft lächele uns zu. Ich rief das, was ein Ehemann allen Theorien zufolge traditionell seiner angetrauten Gattin mitteilt, die ihn strickend im Nebenzimmer erwartet.

Wie es aussah, hatte Noème während meiner Abwesenheit weitergetrunken. Der Tisch im Wohnzimmer legte beredtes Zeugnis darüber ab, dass ihr Durst sehr groß gewesen sein musste. Die arme Kleine lag merkwürdig verdreht auf dem Sofa, den Kopf zwischen den Kissen und den Po emporgereckt. Ich bemerkte nicht sofort, dass überall Blut war. Tatsächlich steckte Blei in ihrer Schläfe, und ihre Hirnmasse war auf die Sitzfläche des Sofas gelaufen. Auch wenn ich ein gestandener Mann bin – nicht irgendeiner –, beeindruckte mich diese Arbeit eines Auftragsmörders zutiefst. Eine unangenehme Gänsehaut lief mir über den Rücken, vielleicht eine Angstreaktion, wie sie selbst den tapfersten Helden bisweilen ereilt.

Noème war bereits kalt. In einem Anflug von Mitleid und Schuldgefühl warf ich mir vor, sie alleingelassen zu haben. Neben ihrer Leiche lag gut sichtbar ein rosafarbenes Blatt Papier, auf dem in ungelenker Schrift das Wort »Miststück!« stand.

Als ich mich umdrehte, entdeckte ich vor dem Fenster den leblosen Körper des Muskelmannes. Offenbar hatte er seinem Leben mit einer Kugel in den Mund ein Ende gesetzt. Er hatte den Freitod seines Gefährten nicht ertragen. Gefühle kann man eben nicht befehlen. Ich möchte nicht alles auf mich persönlich beziehen, aber ich muss sagen, dass ich dieser Versuchung in einem langen, an Liebeskummer sehr reichen Leben auch schon ausgesetzt war. Von jungen Jahren an überkamen mich dann und wann selbstzerstörerische Gedanken. Als Fünfjähriger hatte ich wegen einer kleinen Blondine ins Wasser gehen wollen, die mich hatte sitzen lassen, und zwar wegen eines Zöllnersohnes. Das war das Schlimmste daran gewesen. Später hatte ich mit dem Gedanken gespielt, mich zu erhängen, mich mit einer Waffe oder mit Gift des Lebens zu berauben oder mich aus dem Fenster zu stürzen. Aber immer war es mir gelungen, meinen Schmerz zu beherrschen, meist mithilfe der Vorsehung in Form einer neuen Liebe, die auf diese Weise ein schmerzendes Übel mit einem wohltuenden Übel geheilt hatte.

Ich hielt vor dem bemitleidenswerten Muskelprotz, dessen Verzweiflung größer gewesen sein musste als sein Überlebenswille, eine Schweigeminute zu Ehren aller Liebenden seit Romeo und Julia ab. Es war eine Geste, die mich ehrt, wie ich finde. Mein Schamgefühl hätte mich beinahe daran gehindert, dies an dieser Stelle zu erwähnen. Nicht nur mein Schamgefühl, sondern auch die Befürchtung, eingebildet oder selbstgefällig zu erscheinen, was ich auf keinen Fall möchte.

Nachdem ich das kurze, aber bewegende Ritual beendet hatte, suchte ich im Eilschritt Schwiegerpapas Büro auf. Mir blieb nur eine sehr begrenzte Zeit – höchstens eine Stunde –, ehe ich die Polizei alarmieren musste. Ich begann mit meiner Suche ganz von vorn, konzentrierte mich, untersuchte Wände und die Decke, klopfte jedes Brett des Parketts ab, ging methodisch durch sämtliche Schränke und verglich die Innenmaße aller Möbel mit deren Außenmaßen. Nach einer Stunde hatte ich nichts Interessantes entdeckt. Da beschloss ich, noch einmal gründlicher das Versteck zu durchsuchen, in dem Schwiegerpapa die halbe Million verborgen hatte. Es war ein guter Entschluss, denn dieses fast unauffindbare Versteck enthielt ein weiteres, noch viel unauffindbareres Versteck. Aber ein Virtuose des Handels mit Raritäten ist nicht so leicht hinters Licht zu führen. Hier fand ich in Form einiger Hefte und eines Datenträgers die Dokumente, um die Noème sich so geängstigt hatte. In den Heften standen alphabetisch aufgelistet Hunderte von Adressen. Dort entdeckte ich nicht nur die Namen Dourdine und Brahut, sondern auch die eines ehemaligen französischen Ministers und einiger belgischer Persönlichkeiten. Ich hatte genügend Material in der Hand, um einen großen Teil der europäischen Moral in die Luft zu jagen. Nun war es an der Zeit, Bradouate anzurufen. Mit tiefstem Kummer in der Stimme und verzweifelten Schluchzern bei jedem Atemzug beschrieb ich dem Inspektor schniefend meinen grausigen Fund. Wie ich erwartet hatte, befahl er mir, nichts anzurühren.

Bradouate gelangte zu der gleichen Schlussfolgerung wie ich. Auch er vermutete als Motiv eine Herzensangelegenheit, die ein böses Ende genommen hatte. Er erklärte mir seine Gedanken mit sehr viel Geduld, denn ich weinte ununterbrochen heiße Tränen und stöhnte immer wieder, dass mein Leben nicht mehr lebenswert wäre. Von Zeit zu Zeit warf ich mich in die Vorhänge und schrie Noèmes Namen. Bradouate fing mich auf, nahm mich in die Arme, wiegte mich und flüsterte mütterliche Worte voll tiefer Freundschaft. Eine Minute lang verharrte ich in atemloser Stille, um seine Bemühungen nicht zu enttäuschen, um dann von Neuem in einen Weinkrampf auszubrechen:

»Ich will nicht mehr leben! Ich will nicht mehr leben! Erschießen Sie mich. Jetzt und hier! Bitte Inspektor! Ziehen Sie Ihre Waffe. Eine Kugel genügt. Hier! Hier! Mitten in den Kopf!«

»Er steht unter Schock«, erklärte Bradouate seinen Kollegen. »Monsieur Monroe, ich bin doch bei Ihnen! Sie sind mein Freund! Ich werde Ihnen helfen! Ein Mann wie Sie wird auch mit großem Schmerz fertig. Zeigen Sie ein bisschen Mut, Monsieur Monroe.«

Ich versank in tiefster Verzweiflung. Schließlich ließ ich mich dann doch beruhigen, weil ich so viel herumgeschrien hatte, dass ich einen Anflug von Migräne verspürte – und ich hasse Kopfschmerzen. Als Noèmes Leiche abgeholt wurde, warf ich mich über die Bahre der ehemaligen Frau meines Lebens und rief ihren Namen, flehte unseren Herrn und Schöpfer an, ein Wunder zu vollbringen, wiederholte, dass mein Leben nur noch ein Scherbenhaufen war, dass meine Tage nie mehr glücklich werden könnten, und andere Dinge, die man in solchen Situationen eben so sagt. Weil Bradouate die Argumente ausgegangen waren, packte er meinen Kopf mit beiden Händen, näherte seine Lippen meinem Ohr und flüsterte mir etwas zu, von dem er annahm, dass es mich vor Freude hüpfen lassen würde:

»Ich habe Ployettes Spur aufgenommen, sie versteckt sich bei einer Tante in der Nähe von Lisieux. Morgen werde ich höchstpersönlich hinfahren und Erklärungen zu ihrem Verhalten Ihnen gegenüber verlangen, Monsieur Monroe.«

Ich tat, als ließe die Nachricht mich vollkommen kalt, drückte meinen Schmerz fortan aber weniger intensiv durch Weinen und Nasalgeräusche aus. Bradouate verstand die Botschaft. Er schob mich vor sich her zu einem Sessel, drückte mir ein Glas eines nicht zu starken Biers in die Hand und schenkte sich ebenfalls ein ordentliches Maß ein. Ohne uns zuzuprosten, was der Ernst der Lage nicht zugelassen hätte, nahmen wir uns die Zeit, gemeinsam unseren Durst zu stillen.

Gehen wir über die Beerdigung hinweg. Als Witwer war ich großartig, gebärdete mich aber maßvoll. Die Würdenträger der Region schienen voller Vorahnung, denn ausnahmslos alle waren anwesend, um meinen Schmerz zu teilen. An dieser einhelligen Darbietung von Zuneigung hatten Schwiegerpapas Heftchen zweifelsohne großen Anteil. Alle bedauerten mich und umarmten mich mit Trauermiene. Die Ehefrauen küssten mich freundschaftlich auf beide Wangen. Derart viele Sympathiebekundungen gingen nicht spurlos an mir vorüber, und mein Herz wurde weit vor Dankbarkeit. Gerührt dachte ich an die Familie meiner Frau. Mit zum Himmel gewandtem Gesicht betete ich am Grab von Noème, meiner geliebten Gattin, der Königin meines Herzens, der Heiligen und Märtyrerin dieses Provinzepos.

Im Anschluss schüttelte mir der alte Rimbaud-Spezialist arglos und mit großer Herzlichkeit die Hand.

»Das wahre Leben ist nicht hier auf Erden«, nuschelte er statt einer Beileidsbekundung.

Es liegt zum Teil an ihm, dass ich meinen Entschluss fasste. Er hatte meine Hand noch nicht losgelassen, als ich mich von einem unerklärlichen Instinkt beseelt verpflichtete, sein Werk zu finanzieren und so das Mäzenatentum des seligen Monsieur Parker fortzusetzen. Und das erklärte ich ihm auch. Der gute Mann blickte mich an wie ein Hund seinen Herrn.

»Ich trage die Fackel weiter«, murmelte ich. »So soll es sein, im Angedenken an Schwiegerpapa, Schwiegermama und Noème, meine unglückliche Gattin, die zum unschuldigen Opfer der eines Verlaine würdigen Leidenschaft eines Mannes für einen Mann wurde.«

»Verlaine war nichts als ein lasterhafter Sittenstrolch«, stellte der brave Professor richtig, ehe ihn die nachrückende Menschenmenge meiner Aufmerksamkeit entzog.

Oh ja, angesichts dieses großen Gelehrten, dieses Experten für verfemte Künstler und für den Zirkumflex, und just in diesem Augenblick, jenem Augenblick, den ich als historisch zu bezeichnen wage, verstand ich, dass es meine Pflicht war, den Fortbestand des Hauses Parker zu sichern – eine schwere Aufgabe, wenn ich genauer darüber nachdachte.

Während der Totenwache bei Noème, die so ruhig in ihrem im Wohnzimmer aufgebahrten Sarg lag, dass es eine Lust war, sie anzusehen, hatte ich Kontakt zu Schwiegerpapas Geschäftspartnern aufgenommen. Es handelte sich um Leute, mit denen ich, wie ich schnell begriff, ehrliches Spiel treiben musste. Also verhehlte ich ihnen nicht, dass sich Ployette mit dem Geld, das ihnen gehörte, aus dem Staub gemacht hatte, dass aber spätestens in wenigen Tagen eine Lösung für dieses Problem gefunden sein würde. Im Anschluss daran schlug ich vor, dass ich in meiner Eigenschaft als offizieller Schwiegersohn und Witwer der Tochter des Hauses die Leitung der Organisation übernehmen könne, die ich als großartiges Unternehmen, gesunde Investitionsgrundlage und zukunftsfähige Gesellschaft bezeichnete. Sie verlangten keine Referenzen von mir, denn sie wussten, mit wem sie es zu tun hatten, sie hatten schon vor langer Zeit Erkundigungen eingeholt. In diesem Milieu überwacht jeder jeden. Vielleicht aus Angst, die Ankunft des Messias zu versäumen.

Weil ich gerade dabei war, und natürlich auch, um ihnen zu zeigen, dass ich nicht so leicht zu beeindrucken war, ließ ich noch ein paar Worte zu Bradouate fallen.

»Mir scheint, er wird ein wenig habgierig«, erklärte ich sinngemäß. »Ich hätte nichts dagegen, ein Team zu ihm zu schicken, das ihn wieder auf den Boden der Tatsachen zurückholt. Ich glaube, er weiß zu viel.«

Diesmal war ich mir nicht ganz sicher, wirklich ehrbar zu handeln. Wenn Bradouate Opfer eines Verkehrsunfalls würde oder von einem Turm fiele, würde ich mir sicher Vorwürfe machen und hätte lange Zeit Gewissensbisse. Da ich aber nun einmal berufen war, das Unternehmen zu leiten, war es mir wichtiger, für den Zusammenhalt der Mitarbeiter des Hauses Parker zu sorgen. Ganz gleich, was es kostete.

Ployette machte keinen Schwierigkeiten und händigte Bradouate das Geld aus, der es mir am Vorabend seines unglücklichen Todes übergab. Er starb, genau wie Dourdine, im Eingangsbereich seines Wohnhauses mit durchtrennter Halsschlagader. Die Tatwaffe wurde nie gefunden. Sein unvorhersehbarer Tod machte mir schwer zu schaffen. Ich empfand eine fast brüderliche Freundschaft für diesen Ausnahmepolizisten, diese große Seele der Region, den Stolz der Beamtenschaft und die Ehre der Polizei, wie die Redner es so aussagekräftig vor den unzähligen Kränzen an seinem Grab formulierten.

Tatsächlich ist der Handel mit Raritäten der beste Lehrmeister, wenn man sich später menschlicheren Geschicken zuwenden möchte. Es ist ein Beruf, der den Sinn für Heimwerken und Recherche stärkt sowie den Geschmack für Ausgefallenes und fantasievolle Gestaltung entwickelt. Schwiegerpapa hatte mir zwar das Terrain geebnet, aber ich fühlte mich in der Lage, erheblich weiter zu gehen als er, stärker einzugreifen und zum Leonardo da Vinci der ästhetischen Chirurgie zu werden, während er in dieser Beziehung höchstens als Sonntagsmaler durchgegangen wäre.

In weniger als einem Jahr, so nahm ich mir vor, würden eine Menge Skalpelle in ganz Europa daran arbeiten, Neugierigen und Liebhabern Lebendprodukte zu liefern, wie sie bisher unbekannt und auch unvorstellbar waren – außer natürlich für ein so absolut begnadetes Gehirn wie meines.

Eine hinreißende Perspektive. Ich wollte keine Minute verlieren. Schon entwickelte ich nie gesehene Körperformen, neuartige Verschiebungen von Organen und atemberaubende Eingriffe. Längst stand nicht mehr zur Debatte, sich mit unausgegorenen Ungetümen zu begnügen oder Hässlichkeit einfach als solche zu verkaufen. Nein, von Anfang an beseelte mich der Ehrgeiz, Irrtümer der Natur zu modifizieren, sie zu bearbeiten, sie zu spektakulären Gestalten zu modellieren, sie neu zu interpretieren und sie zu Kunstwerken, zu Fantasiemaschinen und zu absoluten Zauberwelten umzuformen. Ich wollte Vorbilder aus der Literatur für die Launen der Kunden gestalten. Kafkas Ungeziefermensch, die Kreatur des Doktor Frankenstein, Victor Hugos Quasimodo und sein Lachender Mann, Frauen mit Katzenköpfen, Männer mit Falkengesichtern! Traumschnell passierten ägyptische Götter in meinem Kopf Revue, Figuren aus den Märchen von Perrault, die Wasserspeier der Kathedralen und Gemälde der frühen flämischen Schule. Mein Katalog würde meiner Erfahrung als Händler für historische Ausnahmeobjekte würdig sein. Ich sprühte geradezu vor Vorstellungskraft, ich würde Neues aus Altem erschaffen, Schönes aus Hässlichem, Krönungen der Schöpfung aus Ausgestoßenen.

An dieser Stelle möchte ich die genauen Worte wiederholen, die ich an jenem Tag vor meinem Badezimmerspiegel sprach:

»Erst jetzt, nachdem ich mit steigendem Alter eine

gewisse Weisheit erworben habe, werde ich die schier unglaubliche Wissensmenge ausschöpfen, die ich im Kontakt mit Objekten erworben habe, denen ich jeweils eine Geschichte, Herkunftspapiere, Echtheitszeugnisse, eine Seele und ein soziales Ziel verlieh. So, wie ich aus einem Knochen, der aus einem Pot-au-feu stammte, ein Stück der Wirbelsäule des Vercingetorix erschuf, werde ich aus einem hässlichen Menschen, von dem sich alle Blicke schaudernd abwenden, eine maßanalytische Komposition herstellen, die allgemein Bewunderung hervorruft und unsere glücklichen Kunden in einen wahren Rausch versetzt.«

Es war die Grundlage eines legendären Programms und gleichzeitig eine Absichtserklärung.

Meine Geschäftspartner stimmten meinen Plänen begeistert zu. Der Tod meiner Schwiegereltern hatte ihnen schwer zugesetzt, denn sie fürchteten um den Fortbestand ihres Geschäfts.

»Jetzt sind wir wieder zuversichtlich. Dank Ihres Einsatzes wird sich unser Unternehmen zu neuen Höhen aufschwingen. Es ist wunderbar. Wenn wir richtig verstanden haben, was Sie uns in Ihrer Liebenswürdigkeit zu erklären versucht haben, sind Sie sehr kreativ. Ein wenig wie ein großer Modeschöpfer, nicht wahr?«

»Das trifft es genau«, sagte ich. »Ich habe eine Menge Ideen.«

Am anderen Ende der Leitung verdaute mein Gesprächspartner das Gesagte. Eine drückende Stille entstand, die ich jedoch respektierte. Schließlich fuhr die Stimme fort:

»Apropos Ideen, Monsieur Monroe …«

»Keine Sorge, davon habe ich genug. Mehr als genug. Ich habe mein Leben lang Ideen gehabt. Manchmal mehr, als mir lieb waren, muss ich gestehen. Mein Kopf fabriziert sie ganz von selbst.«

»Natürlich. Aber für den Fall, dass Sie eine oder zwei Ideen haben sollten, die dem Geist unseres Unternehmens nicht angemessen sind, möchte ich Sie darüber in Kenntnis setzen, dass wir gewisse Maßnahmen getroffen haben ...«

»Aber Sie können mir blind vertrauen, meine Herren. Selbstverständlich werde ich immer im Geist des Unternehmens handeln, das versteht sich von selbst. Ich verspreche Ihnen, dem Weg zu folgen, den Schwiegerpapa mir eröffnet hat.«

»Genau darum geht es. Monsieur Parker hatte einen gewissen Hang zu Initiativen, die an höherer Stelle nicht gut ankamen. Glücklicherweise hat Gott ihn dafür gestraft. Aber lassen wir das, Monsieur Monroe. Für Sie besteht derzeit auf Flugreisen keine Gefahr.«

Solche Feststellungen, die eine Bedrohung erahnen lassen, ohne sie direkt auszusprechen, sind schwer in die Alltagssprache zu übersetzen. Ich war ziemlich perplex und wusste nicht, wie ich die Aussage verstehen sollte.

»Wissen Sie, mein einziges Ziel ist, mein Werk zu vollenden«, sagte ich und versuchte, meine Stimme mit dem letzten Rest Zuversicht zu festigen.

Man war mir dankbar für meine guten Absichten. Mein Gesprächspartner schien mehrfach zu schlucken, dann folgte ein dezenter Rülpser, den er mich nichtsdestoweniger zu entschuldigen bat.

»Monsieur Monroe, wir zweifeln keineswegs an Ihrer Loyalität. Falls Sie dennoch gewissen Versuchungen erliegen sollten, müssen Sie wissen, dass wir diesbezüglich Vorkehrungen getroffen haben. Sollte sich die Notwendigkeit ergeben, könnte beispielsweise die Polizei die Tatwaffe entdecken, die dem Leben von Monsieur Dourdine ein Ende gesetzt hat. Sie könnte sich etwa in der Geheimschatulle befinden, die Inspektor Bradouate bei Ihnen konfisziert hat.«

»Aber ich habe Monsieur Dourdine nicht ermordet!«

»Gerade deswegen, Monsieur Monroe. Die wahre Strafe besteht darin, für ein Verbrechen zu büßen, das man nicht begangen hat. Ansonsten wäre es so uninteressant wie das Bezahlen von Schulden beim Krämer an der Ecke. Fragen Sie Monsieur Mika Brahut. Er kann Ihnen sehr genau erklären, was man in einer solchen Situation empfindet.«

Ich musste mich setzen. Vielleicht lag es an meiner Müdigkeit, vielleicht auch an dem, was ich zu Mittag gegessen hatte, oder daran, dass das Wetter schwül und gewittrig war – aber irgendetwas machte mir zu schaffen.

»Hinzu kommt, dass Inspektor Bradouate auf die gleiche Weise ums Leben gekommen ist wie Monsieur Dourdine. Beide Morde tragen die gleiche Handschrift. Auch in diesem Fall könnte die Tatwaffe zufälligerweise in die Hände der Justiz gelangen. Manchmal geschehen eben Wunder – was kann man da schon machen?«

Wenn ich den Vorgang zu beurteilen hätte, so würde ich zu dem Schluss kommen, dass diese Leute nicht nur sehr stark und ausgezeichnet organisiert sind, sondern dass sie auch über eine ausgezeichnete Kenntnis der menschlichen Natur verfügen. Bravo. Wirklich bravo! Meinen Glückwunsch. Was würde alle Vorsicht nützen, wenn man sie nicht bei jeder Gelegenheit anwendete? Mit solchen Geschäftspartnern bekäme man nie auch nur das geringste Problem. Ich applaudierte.

»Monsieur Monroe, Sie sollten sich weniger als Geschäftspartner, sondern vielmehr als Dienstleister verstehen. Ein ausführendes Organ. Selbstverständlich stehen Ihnen die gleichen materiellen Leistungen zu, die wir auch Monsieur Parker zugestanden haben.«

»Ja, was denn sonst?«, rief ich. Schließlich war ich nicht so naiv zu glauben, dass ich als Partner der Organisation etwas anderes zu tun hätte, als ihr zu dienen.

»Natürlich. Aber es schadet nicht, die Dinge auf den Punkt zu bringen, Monsieur Monroe. In den nächsten Tagen erhalten Sie Besuch von unserer Kontaktperson. Sollte es Probleme geben, haben Sie sich immer an diese Person zu wenden. Haben Sie das verstanden?«

Wenn es nötig ist, verstehe ich im Handumdrehen. Wir verabschiedeten uns mit ausgesuchter Höflichkeit. Nach diesem Gespräch hatte ich einige Schwierigkeiten beim Einschlafen.

In der Folge erfuhr ich, dass Ployette ertrunken war, und zwar in der Normandie, wo diese Art von Unfällen relativ häufig vorkommt. Ein trauriges Ende für eine Frau aus dem Proletariat. Ich bekam eine Hausangestellte und zwei Muskelmänner zugeteilt. Ich arbeitete mich ein. Bald würde ich damit anfangen können, Befehle zu erteilen und mich zu bewähren, zumindest auf dem Gebiet der Aufgaben im Haushalt.

Ansonsten gibt es nicht viel zu berichten. Wie vereinbart wartete ich darauf, dass ich kontaktiert wurde, was am folgenden Freitag der Fall war. Jemand klingelte an der Tür. Die Hausangestellte ging öffnen. Dreißig Sekunden später stand Madame Brahut vor mir. Irgendetwas in meinem Gesicht musste sich verändert haben, denn sie schien mich nicht wiederzuerkennen.

Jetzt kann kommen, was will. Sollte mir etwas zustoßen, werden diese Seiten beweisen, dass ich im Grunde keine Schuld an den Ereignissen trug, auch wenn ich manchmal dazu tendiere, zu aktiv zu sein.